太阳鸟文学年选

丛书主编 阎晶明

主 编 陈 涛

2024 中国短篇小说精选

命运慢跑团

辽宁人民出版社

图书在版编目（CIP）数据

命运慢跑团：2024中国短篇小说精选 / 陈涛主编.
沈阳：辽宁人民出版社，2025. 1. --（太阳鸟文学年
选 / 阎晶明主编). -- ISBN 978-7-205-11387-2

Ⅰ. I247.7

中国国家版本馆CIP数据核字第2024P5Y608号

出版发行：辽宁人民出版社
　　　　　地址：沈阳市和平区十一纬路25号　邮编：110003
　　　　　电话：024-23284325（邮　购）　024-23284300（发行部）
　　　　　http://www.lnpph.com.cn
印　　刷：辽宁新华印务有限公司
幅面尺寸：145mm×210mm
印　　张：9
字　　数：205千字
出版时间：2025年1月第1版
印刷时间：2025年1月第1次印刷
责任编辑：高　丹
装帧设计：丁末末
责任校对：耿　珺
书　　号：ISBN 978-7-205-11387-2

定　　价：68.00元

年选是一种责任

◎ 阎晶明

每到年底，选本就成为热点。各种文学年选依次推出。名家主编、机构筛选，分体裁、分题材、分年龄、分性别，各显其能，各出新招。这是一个传媒不断发达，而且极速迭代的时代，也是一个写作方式、文学传播不断发生变革的时代，十年前的"新生"，已然成为"传统"，很多曾经的热议，今天看来，完全不具备继续关心的必要，只留下当年那般单纯的感慨。比如说吧，我现在参加文学活动，经常会听到对 AI 的议论，仿佛一场革命就要到来，又仿佛一个洪水猛兽正在闯入的路上。人们呼吁关注，也发表写作将会被替代的忧虑。文学是人学，难道会被"文学是人工智能学"所取代？现在当然给不了答案，但是它让我想起 40 年前电脑取代"笔"成为书写工具，引来文学人的一片惊呼。书写工具变了，思维岂能不变？写作速度提升，水分焉能防止？复制极大方便，原创如何保证？现如今，谁还把这个作为文学话题讨论呢？谁又敢说，坚持用笔书写的人一定比电脑录入的人更文学呢？也或者，谁还在阅读时嗅出了"电"的味道而感慨墨香不再呢？

文学就是如此在被迫适应与主动变革、坚守传统与引领新潮的纠缠中寻找着生存之道和发展之路。就像江河，曲折蜿蜒，清浊有别，又奔腾向前；就像空气，无形无色，浓淡各异，又须臾不可离开。这是我们最大的信念，这信念既来自文学数千年的伟大传统，也来自文学在一次次革命中获得的新生。

在如此复杂多样的文学生态背景下再来讨论文学年选的必要性和价值，就显得很有历史感。作品如此繁多甚至过剩，阅读又如此方便甚至厌食，年选是否仍有必要？回答应该是：正是因为目不暇接，精选才更显作用。如果有人问你近年来有什么好作品，说实话，一下子说出一篇小说、散文，或一首诗，还真的不易。那么，最方便的方式，就是推荐一本或一套年选作品集。

选编从来都是选编者眼光、审美的表达，是对文学形势的判断，更体现出一种文学的社会的责任。

1930年代，有人问鲁迅，如果只选自己的一篇小说推荐给世界，会是哪一篇？鲁迅说是《孔乙己》。为什么？因为在不足3000字的篇幅中写出了苦人的凉薄。这是鲁迅对自己小说艺术水准的自评，但我们看1927年鲁迅在《中国新文学大系·小说二集》中选了自己的四篇小说，《狂人日记》《药》《肥皂》《离婚》，恰恰没有《狂人日记》与《药》之间的《孔乙己》。为什么？因为1927年，五四新文学的时代主题还在，即使是选编，也更愿推出体现当时主题、现时仍然继续这一主题的作品。这就是一种责任的体现。

年选对于写作者，尤其是青年写作者具有特殊的鼓舞作用，我不妨再举一例。

青年方志敏，同时也是一位文学青年，他写过诗、小说、舞台剧作品。其中他在上海《民国日报》副刊上发表的小说《谋事》，曾被当时的某个小说研究机构选入了1922—1923《中国小说年鉴》。年鉴中出现的作者名字，包括鲁迅、茅盾、叶圣陶、郁达夫等名家。几乎没有文名的方志敏与之并列，给予他的鼓舞可想而知。1935年，方志敏在狱中坚持写作，写出了《可爱的中国》等美文。他设法把狱中文稿传送出去的时候，想到了鲁迅，并让传送者将部分手稿送到上海内山书店转交鲁迅。鲁迅也的确把这些手稿交给了冯雪峰，最终转送到延安。我个人以为，方志敏的这份信任，在一定程度上来自文学，这份信心也部分地得自于当年曾经在年选中与鲁迅"同框"。

你能说年选不是一件必须慎重、责任非常重大的事吗？我由此想与我们的编辑团队强调这份责任。我们的工作背后，有众多的目光关注，我们应该谨记这份责任和使命，为文学负责，为作家负责，为读者负责，甚至为未来留下年度的印迹负责。

辽宁人民出版社的文学年选坚持了很多年，已成为一个重要的文学和出版品牌，我们能够成为编选者，既感到荣幸，更感责任之重大。

愿我们的选择能够为读者带来新的审美体验，让文学像太阳鸟一样展翅飞翔。

是为序。

阎晶明

2024 年 11 月 18 日

在命运面前

◎ 陈　涛

2024年度短篇小说选本共收入十三篇作品。依旧是老中青搭配，依旧是注意推介青年和少数民族作者，限于视野，限于字数，最终呈现出此般模样。

何为好小说？每个编选者都会面临这个问题。因为这关涉到此选本缘何如此，或是借口。随着年岁增长和阅读量的积累，时常对许多作品无感。这绝对不是说这些作品不够优秀，甚至它们是一件件精致的艺术品，只是难以与我这个读者建立起言说的通道。所以，我一直在找寻那些可以言说的作品。

用一个词来形容今年的选本，"命运"最为合适。

一般而言，"命"含有冥冥中注定的因子，而"运"则更多取决于个体的抉择。时代的洪流中，我们如砥柱如沙砾如雄鹰如蝼蚁，在看似必然的长途中奋力制造着一个个偶然，而这些偶然又形成了某些人生的必然。

在写作者看来，小说写人，写人与人之间、人与万物之间的关系，并在种种关系的磨合拉扯中呈现出不同的人生境遇与走向。

而读者，则通过小说中的纷繁生活见证着不同个体或群体所遭际的诸般可能，可旁观，也可反观自身，进而生发短叹长吁。

《小镇上的将军》是陈世旭老师的名篇，读后意犹未尽，还专门找了一些描写将军的作品来看，如李浩的《将军的部队》、卢金地的《将军的子弹》等。若问陈世旭老师留给我的最深印象，不是他的作品，而是他的相貌，比实际年龄要年轻一二十岁。《表叔》一文信手从容，以至简之笔触，给我们带来了一个痴迷医学、乐于救人、甘于寂寞的乡野医者，他执着于自己的人生之路，有情有义，内里是一副浩然风骨。

李修文先生以散文见长，小说《木棉或鲇鱼》构思巧妙，平常中有跌宕，平静下是激流。由于厂里要接待重要人物，女人的丈夫奉命捞鱼而亡，多年后女人与曾经风光无限的厂长结合，并在梦中构置出对他的谋杀，只为报仇。三人的命运交织缠绕，读来心中百感却又无言可诉。

谁是命运的主宰？是自我吗？是。

《蝴蝶发夹》中两个高中求学时的恋人，经历了多年的磨难之后，终成眷属，并邀请棒打鸳鸯的班主任来证婚；《冬天到东北来放羊》中内蒙古大草原牧民将成群的羊带到大东北，这是他们主动选择的命运；《呦呦鹿鸣》中那个从好奇到主动选择留在长白山的志愿者令人印象深刻；李宏伟的作品质地独特，有哲学的底色，《鸡蛋道士》中三个鸡蛋内生活的道士象征着三种不同的人生形态，但终究要落入人间，融入氤氲着浓郁烟火的尘世。

但有时，似乎也不尽然，我们与他者之间互为命运。

《平静的海》中母亲与儿子；《初雪》中女儿与父亲；《锁飞

燕》中妻子与丈夫；《寤生》中儿子与父亲以及如母亲般的女性，以及《扎灯山》中外出打工者与村民之间的千丝万缕的心绪联结，均在互相映照之下决定着彼此的去处。命运之外，《扎灯山》背后是周瑄璞对乡村的熟稔；《寤生》展现着沈念身上的天真之气；《平静的海》是艾玛对母子关系的深切感悟；《初雪》是蒋在对女儿与缺席父亲之间关系的真切表达；《锁飞燕》则是妻子如何面对犯错的瘫痪丈夫的细致剖析。

做命运的主宰也好，与他人互为命运也罢，最重要的是我们面对命运的态度。

《大声说话的女人》来自朱婧，延续了她关于家庭女性的叙事视角。一个从小到大被保护得很好，被教育不能大声说话、要保持安静的女性，在与不同男性的交往中练习着讲话，从为人女到为人妇，她始终在学习说话。这种说话不仅仅是声音的发出，更是自我主体的确认。她要勇于表达，进而在生活中游刃有余，从容不迫。朱婧写下了这类被遮蔽的、没有存在感的女性，她让她们被看见、被尊重，她借用她们的声音传递出对命运的抗争。

蔡崇达的《命运慢跑团》书写了一个在城市工作的年轻人，在办理完父亲的葬礼后，离开家乡，两年没有回去。家乡一个叫黑昌的人物，向他讲述了父亲不为人知的多面，尤其是父亲年轻时，以及中风前后如何对待儿子的故事。黑昌的讲述，以及母亲对父亲的讲述，让父亲的形象在主人公心中越发鲜活可触。主人公逐渐懂得了父亲，更加体悟了父爱。《命运慢跑团》叙事简洁明快，语言朴素诚挚，作者使用散文的笔法，娓娓讲述源自生命深处的体验与感受，可以看作致敬父辈的作品，可以看作对成长的思索，还可以看作对希望的书写。作品中的人物栩栩生动，特点各异，但有一点是相同的，即在困苦的生活面前，始终乐观，不断迸发出令人敬佩的强悍生命力，而在朋友、亲戚、家人面前，却又无限柔和，充满深情，而这，正是我将《命运慢跑团》作为本年度选本标题的原因。

目录

表　叔

◎ 陈世旭

一

小弟记事，是进了表叔家以后开始的。

之前，爹爹怎样半夜从死人堆里爬出来，满身是血地回到驻防的城市，怎样带着一家人从外省跋山涉水，丢失了小弟的两个姐姐，怎样回到离开快20年的城市，老屋那片街巷已是废墟，怎样像叫花子一样找到了表叔的家……都是零零星星听大人说的，只有些模糊印象。

从老码头上岸，路对过就是上水巷口，表叔家在上水巷里。

巷子窄得像条缝，两边的小饭铺和杂货店密密麻麻，驾船的、打鱼的、河对面乡下过来赶集的，各种各样的男女老少，把巷子塞得满满的。表叔家的门面小，行人一不注意就走过去了。

姨公公已经不在，表叔接手做了坐堂郎中。

医馆没有招牌，大门是厚厚的活动木板，早上一块一块卸下，放进里屋，店堂就完全敞开。

店堂窄小，正墙一侧是进里屋的门，剩下的墙面，上面挂了一幅画：幽暗的背景上，是一个古代老人，酱色的高筒帽、蓝色的大襟袍，瘦脸上神色劳苦，心事重重。

画下面的硬木椅上，坐着细瘦的表叔，身前横着一张粗重的硬木桌子，桌上除了一个轻烟飘忽的小香炉，什么也没有。跟画上那个古代老人一样，表叔也是一脸忧愁，好像是从画上传下来的。

求医的人一个个畏畏缩缩地进来，又一个个满脸指望地出门。门外人声嘈杂闹哄哄，门内古炉香烟静如海。

里屋天井两边的厢房，光线最好。先前一边是表叔夫妇的卧室，一边是表叔的书房。

小弟一家住了书房。

爹爹受的伤不在要命的地方，调养了一些日子，渐渐恢复。姆妈去给表婶帮厨，爹爹去煎药的作坊打杂。

"要不得！要不得！"

表叔一脸煞白，嘴唇上几根稀疏的胡子簌簌发抖：

"兄嫂这是折煞我啊！"

爹爹之前屁股后面跟着毕恭毕敬的卫兵。若不是亲戚，表叔见了只会侧身走过。

"有什么要不得，我就丘八一个！"

爹爹从军前，爷爷在街上摆摊给人代写书信，家里时常揭不开锅，几个小孩子就在街上打流。爹爹年纪大些，有天见到军队张榜招兵，就跟着跑了。

"你不嫌我落魄，我已是三生有幸。我这一家三口要是白吃白住，那就是你折煞我了！"

爹爹脾气暴躁，一急起来就握紧一只拳头"砰砰"捶胸口。

表叔长叹了口气，说：

"那就劳烦你帮我个忙。"

多年来，表叔手头积攒了许多古代医书没有记载却灵验的民间药方；许多乡下人告诉他的省钱省事还容易采集的草药；许多用药的经验，比如有的方子，在医典里每一种都是毒药，组在一起却是良药，要紧在掌握剂量，病情不同，剂量也就不同，全凭医生各人的把握；许多过去的药书中将两药误为一药的，一药误为两药的，品种混淆不清的，药用部位失真的，药物归类不当的，等等，都随时随手做了记录。

表叔"劳烦"小弟爹爹把这些记录抄写成册。

爹爹毛笔字写得好，蝇头小楷写出来跟老书上刻印的一样。当年入伍，读书人出身的长官见他年少机灵，带在身边做勤务，由此成了他的头一个也是最后一个先生。每天早起晚睡，军务之外，长官写字练拳，爹爹都跟着：磨墨、沏茶、比比画画。长官见他用心，正式教他认字、写字、作诗、学拳，后来就让他做文书，做参谋，上火线，当军官。没想到有一天那笔字派上了用场。一身杀气的爹爹每天端端正正地坐在对着天井的窗前，工工整整地抄写表叔的记录。

小弟已经到了上学的年纪，无论爹爹怎样反对，表叔在附近的小学给他报了名，交了书费学杂费，表婶翻出了儿子的小书包。爹爹每天接送，在路上走着走着就没头没脑地把牙齿咬得"咯咯"响，恨自己无用，恨自己带着一家人成了表叔的累赘。有一次走到没人的地方，又握紧一只拳头"砰砰"捶胸口，把小弟吓哭了。

夜里，小弟发起了高烧，呼吸突然急促又突然止息，面色一下血红又一下铁青，眼睛上翻，瞳孔散大，口吐白沫，牙关紧闭，颈项强直，全身一阵阵抽搐，大小便失禁。把一家人吓坏了。

表叔赶来，一边连声说"不怕，不怕"，一边把小弟在床上放平，打开针盒，一根针一根针细细捻着，从鼻子底下开始，扎到脚板心。

也就几分钟，小弟缓过了气。

表叔看看小弟的舌头，又伸手按按他的小肚皮，和颜悦色地说，好好，没事。

这次小儿惊厥，后来成为表叔详详细细给小弟讲穴位的例子：

这是"人中"，这是"合谷"，这是"十宣"，这是"内关"，最后这个是"涌泉"。

谁都看得出，表叔嘴上不说，但像疼自己儿子一样疼小弟。

表叔几代单传，前面的老人们自己安慰自己说：也好，祖上留下的医道可以一脉相传。但传到表叔这一代就传不下去了。他的独生子死活不肯学医，一心要去大城市的洋学堂学画画。姨婆婆、表婶哭肿了眼睛，说"在家千日好，出门一时难"，无奈怎么也劝不住。

表叔最后说：

"随他，喜欢就好。"

儿子天分高，操行又好，在洋学堂学了几年，被选上公费留洋。临走前回来了一趟，画了一张油画留下，衣帽是古代的，面目却是照表叔的模样画的。爹爹告诉小弟，画的右下角斜着往上写的那几个潦草的字是"李——时——珍"。

表叔把画挂在自己坐堂的正墙上，时时感觉儿子就在身边。

小弟来了，他又仿佛看到了小时候的儿子。

在大人们嘴里，医馆曾经很兴旺，门头上挂过官府送的金匾。不记得从哪一代开始渐渐败落了。姨婆婆说，都是洋医院造的孽，抢了我们祖宗传下的饭碗。每回听母亲抱怨，表叔都不吭声，既不附和，也不反对。私下里，跟爹爹谈天，他说：这样的年头，安生就是福啊！

来找表叔的病人，少见穿金戴银、描眉画眼的，多是破衣烂衫、面黄肌瘦的。有的人用瓜菜鱼虾抵医药费，有的人实在两手空空，表叔就"哦"一声了事。不论有钱没钱，表叔都小小心心，轻言细语，偶尔问一声或叮嘱一声，就像悄悄话，生怕惊动了对方。

表叔三根手指在求医的人手腕上一搭，就把病人说得鸡啄米样地点头；几根细针轻轻一扎，腰酸背痛得直哼的人就松了口气；发炎厉害的就"放血"，就是在耳尖上扎出几滴血，疼痛还不如虫子叮一口。有回在路上遇见一个拉黄包车的，手顶肚子，额头冒汗，痛得弯了腰，脸都扭歪了，表叔握紧拳头，用中指的拐尖对准那人的小腿外侧按下去，用力扭了两下，那人一声尖叫，打了两个长嗝，放了两个响屁，一下伸直腰，舒了口气：好了，不痛了。

"这个穴是足三里穴，是强壮要穴，可以针灸、艾灸，来不及也可以按压，有燥化脾湿、生发胃气功效，对胃痛、呕吐、呃逆、腹胀、腹痛、肠鸣、消化不良，等等，效如桴鼓。"

一有机会，表叔就给小弟讲穴位：

"推拿有几千年历史。每个人身上有365个穴位，跟一年的天数一样，脚上和耳朵上的穴位最多，大多跟五脏六腑关联，只要找准穴位揉一揉、按一按，就是治病。"

最神奇的是，街上卖菜大嫂说两个月没来身上了，请表叔给她开通经的药。表叔伸出手背上青筋一清二楚的手，给她把完脉，板着的脸浮起笑容：

"恭喜。"

大嫂不信：

"不可能的，我儿子十几岁了，之后再没有怀过。"

表叔还是笑笑：

"我搭错脉的事少不了的，说得不对，不收诊金。"

小弟为表叔抱不平，但他不懂什么是"来身上"，什么是"通经"，表叔摸摸他的头，说："你现在不需要懂。"

过了些时，那个大嫂没来街上卖菜。好久好久，大家已经忘记她了，她却抱着一个小宝宝进来，对表叔连连鞠躬：

"我是来补交诊金的。去年您老说我怀上了，我不信，而今这女儿满月了！"

表叔也很开心：

"一儿一女，一龙一凤，正是一个'好'字！"

小弟觉得表叔太了不起了，应该高人一头才是，但表叔好像特别胆小，在他手上看好了病的人送来的"悬壶济世""妙手回春"一类牌匾和卷轴，他都收进里屋的库房，从来不挂。有人当面夸他"神医"，他立刻就受了惊吓似的摆手：

"不敢，不敢，千万莫说这种话！我也是剥皮吃萝卜，吃一截剥一截。"

表叔说的是实在话。

码头上扛大包的水生全身蜡黄，让人扶上门时已经有气无力。表叔很痛心：

"这种病，我无能为力，你们赶紧送去大医院，或许有救。"

表叔不是见死不救的人，他说没有办法那就是真的没有办法。

几个月后，水生又在码头扛大包，表叔见他红光满面，为他庆幸：

"还是大医院有办法。"

水生回答：

"我没去大医院，回了乡下等死。春荒没粮，只好吃草，没想到把病吃好了。"

表叔眼睛一亮。请水生下次带些那种草来，好用在其他同类病人身上。但连用了几次，病人都不见好。又去问水生：你病见好是在几月？水生说是春三月。表叔恍然大悟：春三月阳气上升，百草发芽，这时的草才有药力。

"医道最大，医理难精。人不穷理，不可以学医；医不穷理，不可以用药。做医生的，不能明病救人，反误其时，就是庸医了！"

表叔扼腕顿脚。

小弟从来没有听过表叔说自己医术高明，倒是不止一次听他自责。

二

不管到什么时候，小弟都觉得寄住在表叔家的几年，是他一辈子最难忘最快乐的日子。没有之一。

店堂后的里屋，最前面是四四方方的天井，晴天，照进阳光和月光；雨天，水像四面帘子一样挂下瓦檐。周边养着盆花，都是草药，用来辨别药的真假，防止用错药。

过了天井，是宽敞的正厅。挂着老画和对联的中堂、摆着香炉和烛台的供桌、黑得发亮的八仙桌和太师椅，无声无息，却让人胆怯。天井和正厅两边是一间间的厢房。再往后，是饭堂、厨房和煎药的作坊。

东启明西长庚南箕北斗乃摘星汉
春牡丹夏芍药秋菊冬梅为济生郎

中堂上的对联，字写得虽然中规中矩，但纸面已经发黑，墨迹已经模糊，爹爹花了好长时间给小弟讲解：上联的"摘星汉"是比喻医生的志向，下联的"济生郎"是形容草药的美妙。

进到里屋，就像进到另外一个天地。清凉、洁净、沉寂，与世隔绝。淡淡的药香，在屋子里飘散，让你知道这里并不是传说里的洞天福地，仍然是尘世上的百姓人家。

大家都喜欢小弟。小弟乖，不闹，总是不声不响，远远的没见人就见两只忽闪忽闪的大眼睛，姨婆婆叫他"大眼锣"，见面头餐饭，说"大眼锣坐我边上"，这个位子之后再没有变过。姨婆婆说，这是她前世修来的福分：老天爷见她一个孙子不在身边，又给她送来一个。

小弟最喜欢夏天的夜晚。正厅靠近天井的位置，摆了几张竹床，一家男女以及作坊的火工，都在一块儿乘凉。再热的伏天，这里也不用打扇，也不用赶蚊子——因为没有蚊子。大人们手上拿把蒲扇，只不过是做做样子，要不然不像过夏天。蒲扇的最大用处，就是做讲故事的道具。

每回讲故事，大家一定请姨婆婆开头。姨婆婆一手搂着小弟，一手有一下没一下摇着蒲扇，慢条斯理：

从前有个靠挖药为生的老婆婆，无儿无女。年老了，挖不了药，只好讨饭，希望能遇上个心术端正的后生做干儿子，把自己认药的本事传下去。

先先后后有几家人把老人接到家里，有的住了个把月，有的才过十几天，不见老人提传药的事，就把老人赶出了门。

老人被看成骗吃骗住的疯婆子，无人收留。一个大冬天，她又冷又饿，倒在了一个砍柴人的门外。

砍柴人两口子把老人搀进屋里，端上热饭热菜，说："您这把年纪了，要是不嫌我们穷，就在这里住下吧！"

转眼春暖花开，老人说："长住你家我心里过意不去，我还是走吧。"砍柴人两口子急了："您老没儿女，我们没了父母，认您当娘，一块儿过日子，不好吗？"

就这样，老人过了好多年福气日子，到了高龄。有一天，她突然对砍柴人说："儿啊，你背我上山走走吧。"

砍柴人背着老人翻山越岭，上坡下坎，累得浑身大汗，还不断宽老人的心。在一片野草中，有一丛线形叶子、开着白中带紫条纹的花，老人让砍柴人停下，说："把它的根挖来，这是一种药草，能治身虚肺热。"

"你知道娘早年是采药的吗？"

事后老人问。

"不知道。"

"那你怪娘这么久才告诉你吗？"

砍柴人说：

"不怪。娘是怕有人一心只想拿认药的本事发财，忘记了采药的本分。"

老人舒心地说：

"总算遇到懂娘心思的儿子了。这种药还没有名字，就叫它'知母'吧。"

后来，老人教砍柴人认识了许多许多药草。老人过世后，砍柴人做了采药人。他一直牢记老人的话，真心实意为救天下病苦不辞辛劳。

姨婆婆讲了，轮到表婶。表婶说，好，我讲"人参"：

很久很久以前，北方的蒙山上，两棵千年的人参，有了灵性，变成了人参娃娃。月夜，有人在山上见过他们——一男一女，白生生、胖乎乎的，系着红肚兜，蹦蹦跳跳。

一个坏和尚听说了，骑着一头毛驴，带着两个小和尚来到蒙山，建了一座寺庙，白天睡觉，夜晚出去寻找人参娃娃。

有天晚上，坏和尚出门了，小和尚正在舂米，忽然来了两个围着红肚兜的白胖娃娃，说："我俩帮你们舂米好吗？"从此以后，每当坏和尚外出的夜晚，两个娃娃就来帮忙干活，然后一块儿玩耍，快活极了。

不久，这事被坏和尚发现了。他对小和尚说："我给你们一人一根带红线的针，胖娃娃再来的时候，偷偷把针别到他们的红肚兜上，以后你们只要一想跟他们玩耍，他们就会出现。"小和尚信以为真，高兴极了。两个胖娃娃再来的时候，他照坏和尚说的做了。

第二天早晨，坏和尚顺着弯弯曲曲的红线寻到大山深处，挖出了人参娃娃。回到庙里，他把人参娃娃放进铁锅，压上大锅盖，叫来小和尚：

"你们只管烧火，不许打开锅盖，否则我要你们的小命。"说完就去睡大觉了。

火刚点着，就有喊声随着一股香气从锅里飘出来：

"救救我们！"

小和尚赶紧打开锅盖，看见了两个胖娃娃，不顾一切地抱出来，让他们从后院逃走。分别前，两个胖娃娃塞给他们一人一个小山果，说：

"遇到危险，就把它放到嘴里。"

坏和尚发现小和尚放走了人参娃娃，就去拿刀杀他们。小和尚赶紧把小山果含到口里，只觉浑身发轻，双脚离地。他们赶忙抓住拴在桂树上的毛驴缰绳，没想到毛驴和桂树也拔地而起，升天而去。

人参娃娃后来迁到了东北大森林，在那里安家落户，繁衍生长。

小和尚被王母娘娘派去做了看守"人参果"的仙童；毛驴被张果老当了坐骑；桂树被嫦娥栽到了月宫门前。不信你抬头看看天井上面的月亮，桂树的影子清清楚楚呢！

作坊火工做过军队的伙夫，讲故事离不开打仗：

西汉大将军霍去病有一次被匈奴围困，正是六月天，荒无人烟的塞外，暑热蒸人，粮草将尽，水源不足。将士们纷纷病倒，许多人脸肿、尿赤、尿痛、淋漓不尽。万难之际，将军的马夫忽然发现所有的战马都安然无恙。观察的结果，是这些战马吃了战车前面的一种野草。

霍将军立即命令用这种野草煎汤。将士们喝了这种野草汤以后，疾病很快痊愈了，重整旗鼓，冲上战阵，打败了围困的匈奴。

一种从来无人注意的野草成了一味利水消肿、排石通淋的要药。因为这种草是在战车前发现的，所以取名"车前草"。

……

表叔医馆的大人，个个都是讲故事的能手。他们讲的故事，都跟医药相关：

《西游记》里的猪八戒原来是天蓬元帅，他的千金犯了天条，被打下凡间，托草投胎成了"灵芝"。

越王勾践卧薪尝胆，发现了"鱼腥草"。

"丁香"就更有意思了。古时有位官员做客，主人举壶敬酒，只滴了几点，出了个上联："冰冷酒，一点，二点，三点"，前三字的偏旁，正好是后面的"一点二点三点"。官员正想着下联，外面传来了"丁香花"的叫卖声，立刻对出了下联："丁香花，百头，千头，万头"，前三个字的字头，正好是后面三个字的字头。

闲空的时候，表叔也会来乘凉，讲神农尝百草，讲扁鹊望闻问切，讲华佗给关公刮骨疗毒，讲阴阳调和、气血平衡，讲表里、虚实、寒热……他是医生，却说"是药三分毒"，不到非不得已不用；他是中医，却不讲忌口，也不讲进补。说清风明月不用一钱买，草木菜果谷是五部兵权；说丹石无须外求，人身就是炼丹炉；说灵丹妙药莫过五谷杂粮，饥来吃饭倦来眠，就是十全大补；说世上没有包医百病的秘方，凡是卖长生不老药的都不是真医生；说最好的医生是各人自己，治已病不如治未病，起居有常，饮食有度，进退有据，得失有节，就是治未病……教小弟各种不花钱或少花钱的小窍门：凉水镇咳，掐指止呃，箆子刮痧，拔火罐除湿，姜糖汤发汗……听得小弟的大眼睛忽闪忽闪，似懂非懂，但此后终身受益。

表叔家的饭食很清淡，只有姨婆婆和小弟有荤腥，姨婆婆又总把自己的那一份给小弟。爹爹笑说："不是说肉上火，鱼生痰，青菜萝卜保平安吗，你们不怕宠坏了这个小东西！"

表叔认真说："不碍事。小孩子长身体，只怕营养不够。"

也许是奇奇怪怪的故事听得多了，小弟有些入迷。

夜深人静，月光照下天井。小弟起夜，隐隐约约中，看见天井一角的花盆边有个戏台上的小姐在轻轻啼哭，揉揉眼睛再看又不见了。拉完尿回房，问爹爹，爹爹很不高兴地一翻身："莫名其妙。"问姆妈，姆妈说："是梦吧？明天问问表叔。"

第二天一早，小弟就去找表叔。

表叔仔细听完，让小弟把他带到那个花盆边上。

那是一盆芍药。

一边的表婶对表叔说：

"这些花草，在你手里都是良药，只有这棵芍药冷冷清清。医书说过它可以止血、活血、镇痛，还可以滋补、调经，你怕是委屈它了。"

表叔说："我试过多次，花叶梗都无法入药。"

表婶说："试过根吗？"

一下提醒了表叔。

转天，不知是有意还是无意，表婶切菜不小心割了手指，让表叔捣碎芍药根，敷上伤口，血立刻止住。过了几天，伤口愈合，一点痕迹也没有。

表叔对小弟说：

"多亏你那个梦！要不然，我差点错过一味好药。"

小弟在心里把表叔跟爹爹作过比较，觉得自己更愿意亲近表叔。表叔有本事，又和气，不像爹爹，硬邦邦的，还老发脾气。听姨婆婆和表婶跟姆妈开玩笑，说要认小弟做干孙子、干儿子，让小弟跟着表叔学医。他天天巴望好事成真。

小弟不知道，最好的日子，往往是最后的日子。

三

爹爹带着家人回老家前打的那一仗，是跟日本人打的最后一仗，也是他一辈子打的最后一仗。一场昏天黑地的世界大战就在那一年结束。

在表叔家住下，一晃就是三年。这三年，在小弟这里，好像眨眼就过去了，在爹爹那里，却是度日如年。他每天看上去平静得像井里的水，心里其实像火上的药罐一样煎熬。三年前无数个日日夜夜，出生入死，突然打住，收不住心。最让他受不了的是，一个枪林弹雨里出来的大男人，居然长久寄人篱下！半夜三更，他常常坐在黑暗中，咬牙切齿，长吁短叹。

表叔从不买报，也不看报，家里只有医书，他也只看医书。每隔几天，小弟放了学，爹爹接上他就先去老远的报馆，那里有报摊，看报不花钱。有一天，看着看着，他的牙齿突然"咯咯"作响，抓着报纸的手很厉害地抖起来，从身上摸索出一个铜角子，买下那张报纸，然后死死捏着，拉起小弟飞快地往回走。

那张报专登广告的那一页，有一个告示：

安置抗战失散官兵。

联络人是爹爹的先生。

"老表，看看！"

爹爹一阵风走进店堂，把手上的报纸摊开在表叔桌上，一肚子的欢喜按捺不住，眉飞色舞：

"时来运转了！"

表叔完全没有爹爹那样强烈的反应，看完报上的那个告示，抿着嘴唇沉默了好久才说：

"兄既是有高就，我也不便挽留了。只是时事纷纭，天道莫测，兄宜三思而行，好自为之。"

"当然，当然。"

爹爹连声回应。但那只是客气罢了。连姨婆婆都说过表叔一辈子活得太小心了，树叶掉下来都怕打破头，爹爹就更不会在意表叔的话里有话。

很快就搬了家。租的房子里，几家住户都是有些身份的人。爹爹换了一身新装，走路又抬着头，腰身又挺得笔直，他供职的省府，高大的门楼一重接一重，每一重都有门卫。礼拜天，爹爹带小弟进来过，每次都要叮嘱一声：不许大声说话，不许乱跑。最里面的院子，有好几栋带花园的小楼。隔三岔五，爹爹就把表叔送到这里，表叔进了花园，他就在外面等着。

爹爹有了公职后最上心的事，就是举荐表叔。他跟小弟说：滴水之恩当涌泉相报，表叔对我们是救命之恩。凤凰不能落在鸡窝里，他是医药世家，不该埋没在市井间巷。

有天晚上，爹爹在表叔的店堂坐了很久，小弟瞌睡得眼睛都快睁不开了。爹爹一直在劝说表叔，表叔一直皱着眉，低着头，盯着桌上香炉飘忽的轻烟。发了一阵呆，终于说：

"待家母康复了再说吧。"

爹爹只好起身告辞，临出门还再三让表叔想想，机不可失时不再来。路上他告诉小弟，省府卫生厅新设了一个研究所，延聘民间几位有名望的中医药行家，系统编写医典药书，表叔是其中一个。平时还看病，只是不对外。

"长官特别敬重表叔，在公文上写了很长一段批语。你现在读不懂，留着以后读。"

爹爹说的"长官"是他的先生。他把那段话抄给了小弟：

夫医者，非仁爱之士不可托也；非聪明达理不可任也；非廉洁淳良不可信也。是以古之用医必选明良，其德能仁恕博爱，其智能宣畅曲解，能知天地神祇之次，能明性命凶吉之数，处虚实之分，定顺逆之节，原疾病之轻重，而量药剂之多少，贯微通幽，不失细少。如此乃为良医。

　　姨婆婆卧床好久了，小弟天天缠着爹爹带他来看望。她一次比一次消瘦，一次比一次话少，直到说不出话，听到小弟的哭喊，想睁眼，睁不开。

　　那天是个平常日子，趁刚天亮人少，表叔表婶扶着姨婆婆的灵柩，到了码头。

　　姨婆婆最后的交代是去表叔的祖坟山，跟姨公公葬在一起。

　　上了船，表叔回转身，对岸上的爹爹、姆妈和小弟摆手，手抬了几次，都没有抬起来：

　　"回吧，回吧……"

　　喑哑的声音一出来，就给冰冷的河风刮走了。

　　表叔这一去，再没有回来。

　　一直没有可能再见表叔一面，让爹爹临终前悔恨不已。那时他已无力咬牙捶胸，只能茫然地睁着浑浊的眼睛。

　　很多年以后，小弟带着爹爹的遗憾，专程去了表叔故里。

　　表叔住过的草屋已杳无痕迹。他一直在山里行医，布衣草鞋，粗茶淡饭，谦恭谨慎，尽心竭力。山民感念良多，视为一方僻壤之幸。

　　电闪雷鸣，大雨如注。小弟静静地站在山民指点的屋基上，回望被雨雾模糊的山峰。

山谷里满是苍劲的老树，挺拔的新竹。万绿丛中，安卧着表叔儿子从国外回来为二老修葺的墓茔。

一条嵯岈的石路，向山的深处曲折蜿蜒。一个颠簸的身影，时隐时现在红尘之外。

身影后有一面灰白的墙，墙上有一幅幽暗的画，画着一个神色劳苦心事重重的老人，画像下有一个细瘦的身体，也是一脸忧愁，在一缕飘忽轻烟的缭绕中，始终那么低，又那么高。

（原载《北京文学》2024 年第 8 期）

陈世旭，男，1948 年 1 月生于江西南昌市。中国作家协会会员。20 世纪 70 年代开始写作。出版长篇小说、中短篇小说集、散文随笔集若干部。

木棉或鲇鱼

◎ 李修文

　　即将登陆的这场台风，菲律宾给它起的名字，叫作木棉。可是，这名字冒犯了老挝的一个少数民族，音译过去，恰好与他们膜拜的一位神灵同名，因此，老挝气象局打破惯例，自行给它起了个名字，叫作鲇鱼，意思是，这场台风，就像河底的鲇鱼，以淤泥、腐殖和小鱼小虾为食，是不洁和令人厌弃的。不用说，于慧的新婚丈夫，老欧，喜欢第一个名字——木棉，想当年，释迦牟尼在灵鹫山说法，又拈花示众，众皆默然，唯有迦叶尊者破颜领会，于是得传金缕袈裟，这金缕袈裟，另外一个名字，就叫作木棉袈裟——自打中风又恢复以后，老欧便信了佛，也不光是信佛，道观、关帝庙、龙王堂，甚至杭州西湖边的岳王庙，只要见到，他便一定会长跪不起，为的是他那没有好利索的半边身体，赶紧彻彻底底地好起来。直到今年春天，机缘殊胜，老欧认识了一位上师，这上师，开设了一门课程，名叫悉达吠陀，真是神奇啊，自从上了这门课，老欧的半边身体，竟然一点点好转起来，不用说，也是因为上师的开示，老欧和于慧，这对新婚的夫妻，才横穿了小半个中国，来到这座岛上。但说实话，关于那场即将到来的台风，要是问于慧的意思，在木棉和鲇鱼之间，她更喜欢鲇鱼这个名字：上岛以来，各条海岸线上，浊浪拍岸，海水穿过一道道防浪堤，不停地灌进岛内；还有那些塑料做的沙滩椅，被狂风卷上半空，一遍遍拍打着他们租住的酒店公寓窗户，这不是成千上万条鲇鱼精从大海里爬上岸来作魔作妖，还能是什么？再说了，这岛上的淡水湖里，原本就出产一种鲇鱼，但满身都是剧毒，那剧毒的名字，叫作金黄色腺体脱氢鳞状细胞毒素，早些年，好多人吃过它之后食物中毒，送了性命，一度，这种鲇鱼，还上过好几种药学辞典，后来，岛上的人对它们展开了灭绝式的捕捞，渐渐地，就再没有人见过它们吃过它们了。

其实，老欧非要来这座岛，和于慧还是有关系的。自打他们相识，她就没少跟老欧说起这座海岛，年轻时，她至少来过这座海岛十几二十次，怎么能不对他常常提起这里呢？她的第一个丈夫——小田，对，她一直叫他小田——就在这座岛上当兵，那时候，作为一个炊事兵，每隔几天，小田就要去几十海里外的另外一座小岛上，给那里驻守的战士们送菜；只要她来探亲，便会陪着小田一起去。通常，他们会在晚上出发，小田开船，她就坐在新鲜的蔬菜中间，看着天上的星星，海面上涌起的白雾，还有偶尔从海水里跳出来的鱼，再闻着海风味道、茄子西红柿的味道和小田身上散出的汗味，每逢这样的时候，她总是忍不住，搂住了小田，在他脸上，在他身上，不要命地亲，到了那时，小田便将船停下，也去搂她亲她，甚至，他们会将自己脱光，做爱，海浪溅在他们赤裸的身体上，凉凉的，却只能让他们粘得更紧。可惜的是，自始至终，她都没能给小田生个孩子，是她的问题，多囊卵巢综合征，她却一直不死心，每一回，当他们在船上做爱，最后的时刻，她都会把两条腿夹得紧紧的，生怕错失了怀孕的机会，小田却总是笑着，让她平缓下来，又对她说："没孩子就没孩子呗！这辈子，我给你当儿子，你给我当闺女……"

俱往矣。现在，她已经五十好几，和小田早早断了缘分，当她以为自己注定孤身终老之时，传说中的黄昏恋竟然来到了她这里：经人介绍，她嫁给了老欧，想当年，老欧绝对算得上是名动一时的人物——倒回去20年，作为国有机械厂的厂长，他雷厉风行，一手主导了企业改制，几乎一夜之间，他让2000多工人下了岗；然后，自己从银行贷款，买下了工厂；再经过多年经营，企业起死回生不说，更是连年都成了利税大户，各种荣誉称号，什么什么突击手，什么什么时代先锋，就没有哪一年从他身上丢掉过，他唯一的女儿，早早移民到了波士顿，要不是突然中了风，他给自己定下的时间，是把企业干到75岁再谈退休。事实上，他也真是有一颗虎胆，哪怕中了风，也丝毫都不信邪，医生和女儿叫他卧床静养，他偏不，咬着牙，硬是从床上爬起来，报名参加了悉达吩陀课程，渐渐地，奇迹发生了：除了右侧的半边身体还没有那么灵光，试问当初那些跟他一起住进医院的中风病人，谁比他恢复得更好？也就是在这个时候，老伴去世了六年的他，全不管女儿的反对，一心想要再婚，于是，有人给他介绍了刚刚从一家民营医院退休一年的护士于慧，两个人认识还不到两个月，火烧火燎地，老欧就娶了于慧，大概的原因是：于慧根本不像之前跟他接触过的别的女人，别说惦记他的钱了，她连过去的他是何等人物，竟然一点都不知道；不光他，医院之外的任何事情，她都像是不知道，他跟她说起当年自己如何九死一生才安排好好几千号下岗工人，她睁大了眼睛，又可怜他："这样啊！"他跟她说起自己为了使企业重新上路，跑到广东别开新路，出了车祸差点死掉，她又睁大了眼睛，还是可怜他："这样啊！"更别说，中风之后的恢复期内，没有哪一回不是于慧搀着他去上悉达吠陀课；按照上师的开示，下了课，他还要勤练吐纳打坐慢跑，等等，于慧更不拦着，专门找僻静的地方，陪他去吐纳打坐慢跑，这样一个女人，不赶紧把她给娶了，还在等什么？

老欧自己也承认，在于慧面前，他根本不像是比她还大十多岁，反倒变成了个小男孩，一会儿见不着她，他就急得快跳脚，一刻也忍不住地打电话对于慧撒娇："你怎么还不回来？再不回来，你就别回来了……"

还没过多大一会儿，他又给她打去了电话："我饿了！"

以中风为界，跟过去相比，老欧的确变了个人，苏东坡的诗、戏曲频道播放的歌剧《洪湖赤卫队》选段，尤其是一周三次的悉达吠陀课程，如此种种，都令他伤怀不已：这一辈子，错过了太多好东西了。现在，他再也不想继续错过了：那天，他和于慧，一起看一部冗长的泰国连续剧，看到男女主人公去普吉岛结婚旅行，他当即便攥住了于慧的手，告诉她，他也要带她去结婚旅行，不去别的地方，就去她经常说起的那座岛，于慧吓了一跳，脱口说："这样啊！"紧接着，老欧拨通了上师的手机，向他报告了可能的行程，得到了上师的肯定，然后，他放下电话，再坏笑着去看于慧："我得去感谢一下小田，要不是他，你还说不定在哪儿呢。"如此，这件事，就这么定下来了，距离出发的日子还有三天的时候，老欧的女儿打来了电话，打算紧急叫停他的荒唐，女儿先是历数了他身上残存的一样样毛病，又告诉他，她查过了，一场史上未见的巨大台风，正在太平洋上生成，它要经过的路线，恰好就是他和于慧要去的那座岛，"到了那时候，有命去，没命回来，看看你怎么办。"哪知道，女儿的话彻底激怒了老欧，挂掉电话之后，老欧命令于慧，赶紧把定好的三天之后的票改掉，一刻也不等了，明天一早，他们就走。

第二天，他们坐的是早班机，当飞机结束轻微的颠簸，开始平飞，老欧问于慧："九九八十一难，你知道吗？"

"八十一难？"于慧没明白老欧的话是什么意思，茫茫然再问他，"……是唐僧西天取经的八十一难吗？"

"正是"可能是中风之后太久没有出过远门，老欧的脸上，笑嘻嘻地，"实不相瞒，我就是唐僧，我也有八十一难。"

"……"显然，于慧越发不知道该如何去接老欧的话了。

"不过呢，都快渡过去啦，"老欧下意识地动弹着右侧的半边身体，"盘丝洞的妖怪、火焰山的魔王，都他妈被我打倒了，我他妈的，不对，还有你，咱们两个，离木棉袈裟护体的时候，不远啦！"

没想到的是，一上岛，老欧就吃起了小田的醋，先是在废弃的军营里，老欧非要去他和于慧当年住过的营房里看一看，结果，真找到了那间结满了蛛网的营房，又听于慧说起，在这营房里，她和小田，一起学跳过水兵舞，做过麻辣火锅，有一回，还把床给睡塌了，老欧顿时就黑了脸，扔开她的手，一个人气鼓鼓出了营区；当他们路过海岛东岸的一块竖立起来的屏风般的礁石，于慧说起，当年，她和小田，往几十海里外的那座小岛上送菜的时候，每一回，他们的船，就是从这里下水的，老欧冷笑起来，手指着大海，他发了狠："几十海里而已，也没多远嘛，你再等我几天，等台风过去了，我也划船，把你送过去！"

到了晚上，于慧的偏头疼犯了，疼得要死要活，却发现自己这趟出来忘了带药，只好忍着痛，顶着大风，出门去买药，临出门，老欧撒娇，堵在门口，不让她出去，说要买药也应该是男人去干的事，两人正僵持着，风刮得更大了，一只沙滩椅被风卷上半空，砸在了他们的阳台上，这么着，事情就没得商量了，她差不多算是生气了，冲他喊："你不要命了吗？"这才让老欧听话，乖乖待在公寓里等她回来。之后，她出了门，步行了差不多20分钟，总算找到了一家24小时都开门的药房，回公寓的时候，却麻烦了：海水灌进了岛内，来时之路全都被海水淹了，不一会儿的工夫，那水就淹到了齐腰深，她只好重新再找一条路，可是，她的头疼得厉害，也晕得厉害，光是在一个空荡荡的美食广场里，她就来回闯荡转悠了半个多小时，死活也走不出去，刹那间，看着在台风季里歇业的那些黑洞洞的店铺——小湘厨、铁锅炖、三千里烤肉——她还以为自己来到了阴曹地府。最后，她总算是冲出了美食广场，风也刮得更大了，闪电一道接连一道，雨水当空而下，几分钟就成了瓢泼之势。完了，当街里站着，于慧一边冻得瑟瑟发抖，一边绝望地想，今天晚上，只怕是回不去了。哪知道，几分钟过后，远远地，她听到，老欧正在喊着她的名字，她盯着前方仔细看，果然，闪电里，老欧朝她奔了过来，天知道他是怎么找到她的！一下子，她的眼泪都快掉了下来。接下来，老欧蹲下，让她趴到自己的背上，对，他要背着她，蹚水回公寓，她当然担心老欧的身体，执意不从，但老欧发了大脾气，到最后，她也只好乖乖听话，让他背自己回去，刚走出去没多远，老欧便快喘不上气来，她问了一句他还吃不吃得消，"小田，看见没？你老婆，我背着呢！"老欧却愣生生地将脖颈一挺，小跑起来，又对着茫茫雨幕大喊了一句，"我的老婆，我背着，你就别瞎操心啦！"

回到公寓，老欧显然是冻着了，上下牙都在打战，四肢也在哆嗦不止，于慧赶紧打开淋浴，给他冲澡，冲完了，再手持一块干浴巾，将他的身体一点点擦干，擦到他的两腿之间，那里似乎有了反应，动了一下，她看见了，他更看见了；但只动了一下，他们也都只好装作没看见。突然，老欧右侧的半边身体，僵直着，再不动弹，嘴巴也打了结，喊出来的话，一瞬之间就变成了大舌头："糟，糟了，我好像……我好像又中风了！"这下子，她的魂都快给他吓没了，毕竟是护士，她一把拉开浴室的门，冲到客厅里去找药，临到要出门，老欧却又一把拉住了她，哈哈笑着，对她说："吓你的，我故意吓你的！"紧接着，他坏笑起来，看看自己的两腿之间，再盯着她："再过几天，我会让你知道厉害的——"没等老欧的话说完，于慧这回，是真的翻脸了，将两只手在自己的心脏上捂住了好一会儿，这才没好气地，一把将他推出了浴室，老欧也知趣，不再纠缠，乖乖回到了客厅里。于慧关上门，先是打开水龙头，将水温调凉，拼命冲刷着自己的头，好半天，刀割一般的头疼才稍微减轻，她眼前的一切，也不再是忽远忽近忽明忽暗，她这才拉开窗户，拼命地朝着闪电和雨幕里张望，拼命地找着小田的影子。

是的，就在于慧和老欧短暂分开的这段时间里，一件断然不可能发生的事，发生了：天哪，她竟然，遇见了小田。遇见他的地方，不在别处，正是之前的美食广场：远远地，她看见一个人影慢慢走过来，和她一样，站在铁锅炖的屋檐和招牌底下躲雨，恰好，一道闪电，将他们两个人照亮，霎时间，他们看着彼此，各自难以置信，等到下一道闪电来临，转瞬即逝的光亮里，两个人再一次看清楚了对方——就这么一小会儿，他们的眼睛里，都淌下了眼泪：虽说过去了这么多年，他们都老了，但是，化成灰，她认得他；化成灰，他也认得她。

最终，还是小田先跟于慧说话了："……我知道，你现在，过得挺好的。"

于慧完全说不出话来。

沉默了一小会儿，还是小田继续说："你们上岛的时候，我看见你们了……你们，过得挺好的。"

又有什么不能承认的呢？她干脆吸了吸鼻子，对小田说："是还行，挺好的。"

停了停，她反问小田："你呢？"

"我？"小田低头，看看自己厨师服，那厨师服上，东一块油渍，西一块油渍，于是，不无凄凉地，小田笑了，"……我还能怎么样？"

于慧追问他："这么多年，你一直躲在这里？自己开店，还是给人烧菜？"

"对，躲在这里……在民宿里给人烧菜。"小田又低下了头。可是，再抬头时，眼神里却多出了一丝嘲弄，还不只是嘲弄，那甚至，是恨意，他的笑，也不再凄凉，而是像一支箭射过来："为了嫁给他，没少下功夫吧？"

"不是你想的那样——"于慧慌忙回答他。真的是孽债，这一辈子，只要小田生气，她就会慌张；一慌张，说话时，就像她最早认识的老欧一样说不利索。

小田的嘲弄越来越明显："当初，你不是说好了，不管活到什么时候，都要守着我的吗？"

"是说过，"听小田这么说，一股巨大的委屈，还有愤懑，也迅速地攫住了于慧，她径直反问他，"那你呢？你又对得起我吗？"

如果不是老欧喊着于慧的名字远远找过来，两个人的争辩，只怕还会无休无止地继续下去，所以，当老欧背上于慧，又冲着茫茫雨幕大喊起来："小田，看见没？你老婆，我背着呢！"实话说，彼时彼刻，于慧的心，差点被这句话吓得跳出她的身体：要是依了小田当兵时的脾气，这下子，老欧还有命活着回去吗？奇怪的是，小田像是没听见，一点声息都没发出来，于慧趴在老欧的背上，头脑里倒是止不住的错乱：就好像她和小田，全都回到了年轻的时候，要是有人胆敢逗弄她那么一两句，要么像一把剑，要么像一块铁，或刺或砸，小田都会各种斜刺里跳将出来，不要命地朝着对方冲杀过去。然而，今时不同往日，于慧等了一会儿，并没有等到小田跳将出来，便只好任由老欧背着自己，一步步往前蹚。也是，其实当年的小田，自打转业，进了工厂当厨师，他就不再是当兵时的小田啦。只不过，即使这样，于慧也知道，小田没离开，他一直都在跟着自己和老欧朝前走，这不，路东的槟榔树与槟榔树之间，路西的凤尾蕉与凤尾蕉之间，总有一个人影，忽而闪现，忽而消失，这要不是小田，还能是谁？

老欧是何许人也？打这晚开始，他便看出，于慧不太对劲，但是，看破不必说破，第二天，于慧在床上几乎躺了一整天，老欧倒是跑进跑出，给她买吃的喝的，还专门找到岛上的医院，给她买了更对症的头疼药；第三天，一大早，天刚蒙蒙亮，他便叫醒了于慧，要和她去赶海。糊里糊涂地，于慧就被他拉扯着，来到了大风摧折了一晚之后肮脏的海滩上。一路上，头顶上的广播里，正在播报着一则新闻：菲律宾和老挝，还在为几天后那场台风的名字争吵不休，她忍不住去想：还别说几天后，就现在，海滩都已经够脏的了，何止海滩，前后左右，无一处不像个垃圾场，这台风，不叫它鲇鱼，还能叫什么？老欧也听完了广播，却像是对昨晚的风级很不满意，甚至有些恼怒地问她："你说，这场台风，他妈的为什么还不来？"她哪里答得了老欧的话呢？她的头还在疼，世间万物，仍在忽远忽近、忽明忽暗，心底里，也禁不住暗暗疑惑：这么长的海滩，一个人都没见到，海面上，暂时也风平浪静，都没有一道海浪朝他们涌过来，他们两个，这是赶的哪门子海？做梦一般，不知不觉间，她被老欧拉扯着，来到了那块屏风般的礁石前，然后，老欧让她站着别动，当当当，当当当，他用嘴巴给自己奏乐，转而跑到了礁石后面，再现身时，于慧看到，老欧竟然拽着一条船出来了。天知道他是怎么办到的呢？可不管怎么说，他的意思，于慧却很明白：他要兑现自己发下的狂言，划着船，从这里出发，送于慧到几十海里外的那座小岛上去。显然，老欧的疯狂超过了她的想象，她只有愣怔着，站在海滩上，看着老欧将那条船推入海水，再看着他跑回来，攘起自己的手，并排朝着船走过去，临走到船边，于慧如梦初醒，问老欧："你这是不要命了吗？"老欧接口就笑答："谁说不要命了？我的命，硬得很，这点子海水，拿我有什么办法？"话音未落，老欧再将她往前一拽，她趔趄着，几乎倒下去坐在了船上。

　　好吧，他们出发了，风平浪静的大海，真是好：薄雾正在散去，浑浊的海水也在慢慢清澈起来，一点点细雨降下，打湿了于慧的脸和头发，使她差点觉得，自己回到了特别年轻的时候，那时候，她连小田都还不认识，一切都没开始，一切都像大海一样，空旷，无边无际。可惜的是，他们两个的船，并没划出去多远，就碰到了海警的巡逻船。一见到他们，巡逻船上的大喇叭立刻响了起来，喇叭里的声音警告着他们：台风就要来了，他们必须赶紧回到岸上去，否则，巡逻船就要动用强制手段驱离他们。老欧恨得牙痒痒，可是没法子，他也只好挥动双桨，把船往回划。回到海滩上，老欧生着气，也不理于慧了，一个人，再去将船藏在礁石后面，以待来日，于慧想过去搭把手，哪知道，老欧却一把推开了她，她只好止步，看着他一个人拖拽，一个人忙活，只是，等到老欧消了气，从礁石背后跑出来，举目四望，却再也看不见于慧了，不用说，这是于慧跟他生气了，一个人先回了公寓，这下子，老欧认输了：罢了罢了，还是回去认错吧。于是，朝着公寓的方向，他先是小跑起来，然后变成了狂奔。

　　但是，于慧并没在公寓里，在公寓里等了好半天，老欧也没等到她回来，他不再等了，出门去找她，这时的他尚且不知：几乎大半天，自己都将奔跑在找她的路上。海滩边的树林，十好几家餐厅、美容院和水疗洗浴中心，好几处网红打卡景点，以上诸地，他全都去找过了；中间，他甚至还哭了一场——经过他们早上分别时的海滩，看着空荡荡的海面，猛然间，他有了不好的预感：难道，就因为自己冷落了她，还推了她一把，她便想不开，一气之下，跳进了大海？果真如此的话，他该怎么办？接下来的日子，又该怎么办？一念及此，老态发作，两行眼泪夺眶而出，怎么忍也忍不住，好在是，一阵伤情之后，他又转念想，无论如何，于慧总不至于去跳海，这才戛然止住，接着去找她，终于，在那条人烟稀少的商业街，快走到头了，一抬眼，老欧看见了于慧：她也看见了他，像是被他吓住了，一哆嗦，消失在了路边的一条巷子里，但是，老欧看得真切，她不止一个人，在她边上，还有一个男人，两个人还挨得特别近，近得就像是一对夫妻。

接下来，一个追，一个躲，他们两个，兜兜转转，跑遍了商业街和它周边的好几条巷子，在一家良品铺子的门店前，老欧终于截住了于慧，她身边的那个男人，却没了踪影，躲了这么久，于慧也跑不动了，好似待宰之羊，背靠在仿古建筑的粗大门柱上，喘息着，脸色煞白地看着老欧，老欧也不废话，上来就问她："他是谁？"

于慧避无可避，只好照实承认："小田。"

巨大的惊愕袭来，老欧的嘴巴都差点合不上："他，这些年，一直在这岛上？"

"对，"于慧点头，眼神却是涣散的，像是在看老欧，又像没看他，想了想，又补了一句，"我也是刚知道。"

猛然间，一阵眩晕，将老欧裹挟，他的眼前发黑了一阵子，这短暂的发黑，和他第一回中风之前的情形一模一样，顿时，他的心狂跳了起来，站也站不住，往前跟跄了两步，但他拼了命，活生生将自己给定住了，再看看四周，确定自己并不是再一回中风，这才问于慧："他，想让你留下来？"

"是，"于慧继续承认，"……他想让我留下来。"

"我问你——"到了这时候，老欧才想起那个要命的问题，"你们就这么，就这么逛了一个上午？"

见于慧不解，他便追问了一句："没干点别的什么？这一上午。"

这一次，于慧明白了，慌忙摇头："我头疼得厉害，走一阵，就要歇一阵。"

老欧放了心，巨大的怒意却没消退，天上下起了雨，不同于清晨里的细雨，雨珠粗硬得很，老欧干脆仰起脸，任由它们砸在脸上。可能是经受了不小的刺激，哪怕背靠在门柱上，于慧也站不住，想走，又怕老欧不同意她走，捂着头，看看老欧，再看看四周，身体一软，差点倒在地上，罢了罢了，看她这样子，老欧的心也软了，暗暗地，叹了口气，走到她身前，蹲下，让她趴到自己的身上，他要把她背回去，于慧也明白他的意思，听话地趴好，真是奇怪啊，按理说，这辈子，他也没少碰别的女人，可是，每一回，只要于慧挨着他，那两只乳房只要轻轻地蹭一下他的什么地方——他的胳膊、他的脸、他的后背——只要蹭上去，他便什么都忘了，哪怕早已无法做爱，他也只想着跟她腻歪在一起。现在又是如此：在越下越大的雨里，满街的芭蕉叶，片片都显得碧绿肥大，还有那些蕉干，直挺挺向上耸立，全都顶着一朵两朵的瓣叶微张的芭蕉花，而它们，竟然让老欧脸色潮红，直喘粗气，他觉得，那蕉干，是自己，那芭蕉花，是于慧。

老欧并不知道，实际上，于慧对他说的，是假话。在小田的出租屋里，小田推倒过她，也几乎将她的衣服给脱掉，她一直不让，双脚蹬踏不止，其中一脚，蹬在了小田的胸前，看她这样，小田也泄了气，站到窗前，抽着烟，背对她，嘿嘿冷笑："你也是这样踩他的吗？"她当然无言以对，小田却不打算放过她："你今年，五十几了？"小田扫视着她，又自问自答："56了。还好，胸还是胸，屁股还是屁股，腰粗了点，不过呢，他喜欢，人人都知道，他最喜欢骑大洋马，我没说错吧？"而于慧，从床上坐起来，将衣服整理好，也不敢看小田，低着头，盯着自己的脚，这双脚上穿着的鞋，是两个人拿证之前，老欧买给她的，产自意大利，漆皮，厚底，每只鞋面上各嵌着一只蝴蝶结，暗暗发着光，小田也看到了这双鞋，"嫁给他，你没少花心思吧？"小田拿自己的脚踩在她的脚上，踩着踩着，他突然喊起来，"对了，你他妈的，不会从那时候就开始想嫁给他吧？"他说的那时候，于慧自然知道是什么时候，她连连摇头，不知道她想起了什么，突然，眼睛就红了："那时候，我怎么可能认识他？"

"也是……"见于慧哭起来，小田也大概猜出了她为什么而哭，声调低下来，问她，"想起烧鞋子的那天晚上了吧？"

于慧抬起脸："你也还记得？"

怎么可能不记得呢？那天，是于慧从厂医院下岗之后的第一个春节，腊月二十八，再过两天，就要过年了，而他们，因为前一年小田的妈妈住院动手术，所有的积蓄花完不说，还欠下了不少债，越近过年，上门要债的人就越多，所以，哪怕已经是腊月二十八，他们两个，还在火车站前的广场上卖衣服。衣服是于慧批发来的，最贵的不超过50，最便宜的只有5块，下岗之后，她就一直在做这门生意。入夜之后，天上下起了大雪，他们害怕早回家会被债主堵门，就一直熬着，熬到半夜了，才敢往回走，他们的家，在郊区，从市区西北角出来，得翻过两座山，才能到达他们的厂区门口，这天晚上的雪下得太大了，山路上都结了冰，一开始，小田还骑着自行车，驮着于慧，于慧的怀里，抱着一堆没卖掉的衣服，渐渐地，冰层越来越厚，几乎寸步难行，他们刚打算推着自行车往前步行，一个打滑，连人带自行车带衣服，全都跌下了山路边的深沟里。那深沟，连同里头的树和灌木丛，全都结着冰，仅靠徒手，无论如何都攀不上去；而漫山遍野里，除了他们夫妻，再没有过路人，到后来，他们都快被冻死了，为了暖和一点，小田手持着打火机，想去点燃没卖掉的衣服来烤火，可是，它们早就都被大雪浸湿了，根本点不着，这时候，于慧想到一个法子，她找小田要过打火机，再脱下自己的鞋子，将打火机伸进去，点燃里面的人造毛，渐渐地，一整只鞋子都烧着了，起了火，借着火势，他们接着去烧那些没卖完的衣服。一件烧完了，再烧另一件，从5块10块的，直烧到50块的，全都快烧完了，总算来了一辆过路的货车，他们拼命地喊，那辆货车的司机终于听到了喊声，停下来，扔给他们一根绳子，才将他们吊回到了山路上。

"留下来吧，别跟他回去了，"小田的脸上，淌出了眼泪，他明明白白去求于慧，"留在这里，跟我一起过。"

"你也别骗你自己，我有这个把握，你还是想跟我一起过的，"停了停，小田继续紧盯着于慧，"要不然，在海滩上，我对你一招手，你就乖乖跑过来了？"

于慧自然没法子去反驳他，是啊，真是贱啊，就那么一会儿工夫，老欧还蹲在礁石背后，吃力地将那条船系牢在石孔里，她也只是远远地依稀看见小田对她招了招手，便什么都不管，撒开腿，跑到了他的身边，再任由他将自己带到了他的出租屋里。可是，现在，时隔多年之后，她的合法丈夫，是老欧，她还怎么可能留得下来？隔着窗户，她已经看见了好几遍老欧在岛上来来回回地找自己，再不回到他的身边去，他要是动了雷霆之怒，事情又该如何收场？算了，该走了，她不再犹豫，起了身，要往外走，"你可别后悔，"小田冷声对她说，"我不会拦你的。"他虽这样说，见她照旧出了房门，他还是追了出去。

只是这么一来，老欧可就跟发了疯差不多了：之前，清淡的饮食、适量的运动、戒烟戒酒，这些中风病人恢复期内必须做到的戒律，他一直都在坚持；现在，他更要坚持，唯有适量的运动这一项，他下定了决心，不再遵守，而是擅自加大了运动量，以使自己早日变成和小田一样的"正常人"，是的，承认了吧，他其实还远远不是一个"正常人"：右侧的半边身体，那些看起来的自如，都是他强撑出来的，一旦前后左右都没人的时候，他便撑不动了，再往前走路时，多半只有左侧的半边身体拖拽着剩下的部分吃力地挪动。为今之计，除了加大运动量，还有什么别的法子呢？于是，除了早晚各一次的环岛跑，一有时间，他就要划船，对，那条藏在礁石背后的船，一回回被老欧拖拽出来，再推入海水，自己坐上去，挥桨，一点点划远，远到变成一个海面上的黑点，远到让一直站在公寓窗户边看着他的于慧手脚冰凉，心都提到了嗓子眼里，他才往回划。

这天晚上，天都快黑了，海面上的那个黑点，还没划回来，眼看着天上海上风浪大作，一整座岛上的树都被风吹得纷纷扑倒，海浪也在骤然间升高，一道道向海滩挤压，本地电视台中断了正常节目，反复播报着台风很可能今晚就将经过此地的突发新闻，于慧再也坐不住，攥着手机，冲出公寓，奔到了海滩上，再踮起脚，死命地朝海上张望，可是，茫茫海水间，怎么都看不见老欧和他的船，她给老欧打了几十次手机，每一次，听筒里传来的，都是"您拨打的用户已关机"，这可怎么办？这可怎么办？于慧全然没了方寸，除了对着大海连喊了几十遍老欧的名字，她也再也没有别的法子，只有在遍地的淤泥里来回地走，每走一步，鞋子陷进淤泥，要使老大的劲，才拔得出来，好巧不巧地，小田却像个鬼魂一般，悄无声息地，又站到了她身边。

"别喊了，说不定，他早就回去了，"小田提醒她，"这里的风太大，我敢打赌，他是换了个地方，上岸了。"

夜幕浓重，于慧看不清小田的脸，不过，听他这么说，她也好歹松了口气："……是吗？"

"在水库里捞鱼的那天晚上，刮的风也有这么大——"小田却不看于慧，幽幽地，去看被夜幕席卷的大海，黑黢黢的海面上，一点亮光都没有，足以说明，就连那条四处围追堵截的巡逻船，也回到了避风港，小田侧过脸，问于慧，"我没说错吧？那天晚上的风，不会比现在的小吧？"

听见小田这么问自己，于慧的身体，猛然定住，不再左右走动，没敢继续朝着大海张望，也没敢去看小田，只是低着头，鼻子一酸，哭了："我当然记得，怎么可能忘得了？"

是的，只要她愿意，在水库里捞鱼的那个晚上，随时都能像她看过的那些电影一样，招手即来，在她脑子里飞快地过一遍，就像现在，当她抬起头，大海已经凭空消失，换作了当年的那座水库——这座水库，距他们当年的工厂并不远，却与四县接壤，仅水域面积就有60多平方公里，因为它接纳的支流甚多，并且还纳入了不少的潜流和暗泉，所以，出产的鱼种便格外多，在所有的鱼中，最被食客们视若至尊的一种，是产量极少的白甲鱼，此鱼其实属于鲤鱼科，但因为常年只吃水底岩石上的着生藻类，别的食物则一概不碰，肉质便格外鲜美，只引得多少董事长、总经理竞折腰。这天，节令正是霜降，小田得到命令，非要去水库里捞回几斤白甲鱼不可，只因为，第二天，好几位大人物要驾临工厂，厂长要招待他们好好吃上一顿，来通知小田去捞鱼的人说，白甲鱼要是捞不回去，他便就地下岗，再也不用回去了。可是，那白甲鱼，从来只在夏天从水底游向水面，其余的时间，一律在水底的岩石附近游荡，霜降时节，他有什么法子把它们捕到手里来呢？

晚上，于慧收了卖衣服的摊，匆忙便往那水库里赶，风刮得那么大，她实在不放心小田一个人待在水库里，果然，等她到了水库边上，小田划着船去接她，大风袭来，她差点就一头栽进了水里。和她想的一样，船舱里，一条白甲鱼都没有，他们两个，瑟缩着，继续划船，来到小田之前布好渔网的地方，一道道拎起来，除了零星的杂鱼，根本没有白甲鱼的半点影子，时间一点点过去，风也大到了快将他们的船掀翻，又检查了好几遍渔网，还是一无所获，终于，小田下定了决心，吩咐于慧在船上坐好，他自己，则准备下船，扎猛子到湖底的岩石边上闹一闹，看看自己究竟能不能把白甲鱼们往水面上赶一赶，听他这么说，于慧一把拽住他的裤腿，"不行，"她失声喊起来，"这会没命的！"风太大了，哪怕她拼了力气喊出来的话，一下子就被风送远了，但是，小田听明白了，他的身体，发了一下颤，苦笑着，问于慧："要不，你说说，还有没有别的法子。"于慧当然没有别的法子，只是拽紧了小田的裤腿，一点也不松开，"听话，"小田将她的手掰开，再轻声叮嘱她，"你坐好，我去去就回来，实在不行的话，咱们就认命。"说罢，他一把推开于慧，从船上跳下去，于慧再怎么阻拦，都已经来不及，下意识地，喊了一声小田的名字，眼睁睁地，看着小田从水面上消失，只剩下水面上扩散开去的波纹，在大风之中，迟迟无法聚拢。好在是，没让她等多久，离船不远的地方，小田现身了，他仰卧在水面上，一口口，吐出了灌进嘴巴里的水，于慧手慌脚乱，刚要挥动船桨朝他划过去，他却一个猛子，重新钻进了水下。

回忆至此，戛然而止，就像年轻时看露天电影，胶片烧着了，银幕上不再有什么画面，变作了一块白布，于慧的眼前，水库也消失了，取而代之的，仍是夜幕下的大海，现在，海浪冲破夜幕，犬牙一般，正在一点点向着她和小田奔涌。她刚要往后退避两步，突然，小田的脑子里，也像是过完了好几部电影，又像是明白了一切：整个身体，都在止不住地战栗；他的脸，激动到了近乎扭曲的地步，然后，他一把抓住于慧的胳膊，脸都快贴到她的脸上去。"我知道了，我知道了，你一直都在守着我呢，"几乎是一字一句地，他的眼睛，逼视着于慧的眼睛，"你带他到这里来，是想要他死在这里，对不对？对不对？"

"……"天大的秘密，就此被小田戳破，于慧的眼前，还有她的脑子里，全都又只剩下了一块白煞煞的电影幕布，她看着小田，又像是没看他，再转过身，去看一整座岛，这座岛上，全部所见，树和灯杆，公寓和商业街，灯塔和玻璃栈桥，齐齐地，像躺倒的巨人猛然站起身来，再往下倾塌，说话间，便要将自己和小田埋进海滩上的淤泥里，她赶紧再往后退，退进了大海，全身上下，都被海浪砸中，湿漉漉的，幸亏了小田，一把将她拉回到身边来，而她，却在短暂的时间里经过了好几轮天旋地转，再也忍不住，蹲在地上，呕吐了起来。

小田放下被他戳破的秘密，着急地弯腰，俯下身去问于慧："你这是，生了什么病吗？"

好吧，也没什么好瞒着他的了，于慧抬头，告诉他："抑郁症……"

停了停，她又说："得了好多年了。"

小田迟滞地蹲下，抱着膝盖，看向扑过来的浪头："我知道，肯定是因为我，你才得的这个病。"

"对，"于慧下意识地回答他，"因为你。"

话都说到了这里，小田也就痛下了决心，"既然你都把他带到这里来了——"小田咬了咬牙，径直对于慧说，"剩下的事情，交给我吧。"

于慧的病，又犯了，头疼得厉害不说，眼前的小田忽远忽近忽明忽暗不说，之前，那些倾塌的巨人们，树和灯杆，公寓和商业街，灯塔和玻璃栈桥，一根根，一座座，忽然起身直立，将她托举了起来，所以，她又眩晕着呕吐了，她明明还蹲在淤泥里，却觉得自己身在半空之中，一边吐，一边答应着小田："剩下的事情……交给你了。"

这天深夜，回到公寓，跟小田提醒过的一样，于慧果然看见，老欧早就回来了，于慧进门时，他正站在硕大的电视屏幕前，盯着电视新闻看，一步也不挪，屏幕上，新闻主播总算宣布，经过好几天的争吵，在国际气象组织的干预下，菲律宾和老挝终于达成了一致，正在到来的这场台风，它被最终定下的名字，还是叫作鲇鱼，这名字当然令老欧不满，"鲇鱼！"见于慧回来，他一指电视屏幕，气恼地问于慧，"你说说，这是他妈的什么破名字！"而此时，那场传说中的台风，果然正在到来，气恼是气恼，也不知道怎么了，这场台风的到来，却让老欧异常兴奋，也是，连日里，他一直都在抱怨，抱怨真正的台风为什么还不来，现在，它总算来了。老欧捏紧了拳头，呆立在原处，就像被多么殊胜的神迹给震慑住了，屏住呼吸，看向窗外，整个身体，纹丝不动，之后，他仍不满足，又牵着于慧的手，拖拽着她，一起站在窗边：一整座岛上，连日里被风吹倒过的树，现在已经彻底匍匐在地，看上去，好似被踩躏过的奴隶们全然放弃了抵抗；狂暴的雨水击打在各处，都发出了轰鸣之声，这轰鸣声，由远及近，像是一旦开始就再也不会结束；比雨水声更加轰鸣的，显然是雷声，那雷声，每响一声，就如十万吨炸药在天空里炸开，不仅让于慧的耳边嗡嗡不止，更让楼下街道上的两只不知去往何处的野狗完全没了方向感，屈膝，低头，蜷缩着，任由雷声一遍遍碾轧着自己。

然而，老欧的脸上，却越来越兴奋，当他看见一棵槟榔树被拦腰折断，树冠被风吹得东游西荡，迟迟无法落地，反倒飞奔到了自己的窗前，他笑了，闭上眼睛，早早张开双臂，就像是，隔着窗户他也能将它抱在怀里，当然不能，他深吸了一口气，睁开眼睛，告诉于慧："我这八十一难，快过去了！"

这不是于慧第一次听说他的八十一难了，为了不影响第二天她和小田商量好了的事，再加上，她觉得，身边的老欧，兴奋得让她几乎不认识，她的心底里，顿生了巨大的不祥之感，所以，有那么一阵子，她想好好问问老欧，到底什么是他的八十一难，话要出口，她却变成了刚认识他的那时候，脱口就说："这样啊……"

一清早，刚起床，名叫鲇鱼的台风还在它拉开的序幕之中，于慧的头却疼得连半步路都走不了，于是，按照前一晚她跟小田商量好的，她问老欧，他们两个，能不能换个地方住下，原因是，这家公寓楼的地势太高了，他们住的楼层也太高了，自从住进来，她就一直在头疼；好一点的时候，头也在晕个不停。现在，台风又来了，眼睛一睁开，看到的全都跟地动山摇差不多，再住下去，她只怕真的是一分钟也活不下去了。哪知道，老欧听完她的话，一点犹豫都没有，连声答应了她，赶紧在手机上打开了好几个App，去搜合适的地方，没两分钟，他便挑出了几家中意的，再让于慧来选，于慧捂着头，选定了一家，那是一家紧靠着大海的悬崖上的民宿，其实，说是悬崖，那座山，不过才几十米高，民宿老板耸人听闻，将民宿的名字叫作了"悬崖"，一刻也没停，老欧把电话打过去，订下了一间套房，然后，他便搀着于慧出门了。

出门前，于慧问他，没有车，他们怎么走，他却哈哈一笑，回答于慧："放心吧，山人自有妙计。"的确如此，接下来的一切，老欧都成竹在胸——下了楼，老欧让于慧稍等一会儿，他自己则在倾盆的雨水里跑远了；再回来时，开来了一辆电瓶车，他便招呼于慧坐上来，一起向着那家悬崖边的民宿开过去。

离民宿还有一段坡路，大堂门口的那处网红打卡点——一座绿色金属做的风车，已经在望，电瓶车进了水，只好停下，老欧手里拎着两个人的箱子，却蹲下来，还要背着于慧跑过去，于慧跟他说，她完全可以走过去，老欧不听，非要伸出手去拽她，也不知道怎么了，老欧手上的劲，比往日里都要大，他轻轻一拽，她便倒在了他的肩膀上，老欧背好了她，起身，向前跑，一边跑，一边对着茫茫雨幕喊："小田，看见没？你老婆，我背着呢！"听他这么喊，于慧不禁打了个哆嗦，就连躲在那座风车背后的小田，也打了个哆嗦，于慧隔着雨幕，去看越来越近的小田，小田也张大了嘴巴看着她，但是，他们两个都来不及再多想了，说好的目的地，马上就要到了：离金属风车还剩下十几米。于慧差不多是在求老欧，说她在他背上实在头晕得厉害，这才让老欧放下了她。接下来，两个人一起往前走，快走到金属风车底下的时候，于慧故意拖慢了步子，让老欧一个人走在前面。这时候，小田动手了，只见他，抹了一把脸上的雨水，后退两步，使出全身力气，再将金属风车推倒，那风车，应力倾斜，直直地朝老欧砸了下去，可偏偏，不远处，一根电线杆突然倒下，好几根电线先于风车下坠，又稳稳地兜住了风车，轻轻松松地，浑然不知地，老欧便逃过了这一场劫，站在民宿门前，连连挥手，直招呼着于慧走快一点，再走快一点，于慧只好看了一眼小田惊骇的脸，不自觉地加快步子，来到了老欧的身边。

此时，天空里堆满了黑云，黑云挤压着微弱的天光，加上屋外的电线杆又倒了，电就停了，因此民宿里到处都是黑洞洞的，明明是白天，四下里，却跟天黑了一模一样，老欧和于慧的身上全都淌着雨水，在大堂里办理入住的柜台前等了好半天，模模糊糊之间，总算等来了小田——台风季节，民宿老板提前给员工放了假，自己则去了云南旅游，现在，一整座民宿，就只有小田一个人。小田给他们办入住的时候，于慧一直紧张得想挪动几步，又一步也不敢挪，是啊，她生怕老欧把小田认出来，好在并没有，一来是，小田也冷静得很，直到把房卡递给他们，他都没抬起过头来；二来是，老欧只见过小田年轻时照片上的样子，毕竟，现在的小田，也老了。果然，一切都在正常进行，办好入住，小田帮他们拎着行李，走在最前头，领着他们，穿过枯山水式的庭院和一条长长的甬道，来到了他们的房间门口，临要进房间时，于慧回头，看见小田正捏紧了拳头，又对她深深点头，她这才稍微安心，关上了房门。

并没有让小田等多久，于慧就动手了：房间里，通向阳台的滑动门开着一条不小的缝，不断有雨水透过那条缝射入房间，靠墙的桌子，挂在墙上的电视屏幕，还有一小块地毯，都被雨水打湿了，这些，于慧一进门就发现了，但故意装作刚刚看见，惊叫了一声，快步跑到门前，去将它关严实，门外，就是厚厚的玻璃做成的阳台，嵌挂在崖壁上，正对着大海，不过，小田早就将玻璃给偷换了，只要老欧站上去，那新换的玻璃，必然会马上碎裂，到那时，老欧便只有活活掉到崖底里去的结局。于慧站到门前，使出全身力气，去拉扯着它，那门却像是被卡住了，丝毫也不滑动，这下子，就只有轮到老欧上了，老欧见状，赶紧唤回于慧，自己上，还是不行，那门照样不滑动，于是，他便将自己置身在那条缝中，一只脚还踩在房间里，另一只脚迈起来，打算落到阳台上，再对着那滑动门侧面去用力拉扯——果真如此的话，老欧离掉到崖底下摔死，就只有一步之遥了，可是并没有，他的那只脚刚刚抬起来，好巧不巧，一只空调的挂机猛然间重重坠下，擦着老欧的身体，坠向阳台，砸穿了玻璃，直直地奔向崖底，转眼，便消失在了空茫茫和黑黢黢的雨雾之中。

又落空了，于慧止不住地愤懑了起来，她恨不得对着不知身在何处的小田喊叫一通："你是个废物吗？你他妈的，到底还能干什么？"急火攻心之后，她不再管老欧了，而是一个人，气冲冲地，拉开房门，跑向了大堂，去找小田兴师问罪，再看老欧，即便是在这场台风里越来越兴奋的他，也呆呆地看着阳台，深陷在后怕里，后怕了一阵子，他从箱子里掏出了一尊小小的神像，这神像，是第一期悉达吠陀课程结业时，他的上师送给他的。现在，他将这神像供在桌子上，倒头就跪下了，嘴巴里，还在不迭地念诵着上师教给他的经文。另一边，穿过枯山水庭院和长长的甬道，于慧跑进了大堂，来到了办理入住的柜台边，阴冷地，盯着柜台里的小田，不用说，此前在房间的阳台上发生的事，小田都看见了，此刻，他只有硬着头皮，告诉于慧："再过一会儿，就要开饭了，吃饭的时候，解决问题。"

于慧被他气笑了："你知道，有多少回，我都打算在他吃饭的时候解决问题吗？"

小田："……"

于慧也不再看他了，继续笑着，张望着刚刚离开的房间，房间里，桌子上的那一尊小小的神像，闪烁着微弱的铜光："土豆发芽了，生龙葵素；甘蔗发红了，长节菱孢霉；黄花菜要是不焯水，本身就带着秋水仙碱，对中风的人来说，全都要命，可他妈的，这些，我都做给他吃过了，还是不死，我才带着他到这岛上来，你他妈的，以为我嫁给他之后是白活到现在的吗？"

"我保证，他活不了了，"小田被于慧的神色吓住了，往后退了一步，又喃喃地，"鲇鱼，我准备好了。"

"鲇鱼？"听他这么说，于慧又糊涂了，却咬着牙，"就他妈的这场台风吗？"

"你忘了吗？这座岛上，有一种鲇鱼，人要是吃了，只要抢救不及时，就得死，这些年，大家都以为它们被灭光了，其实没有，我捞了好几条，一直养着。对了，就刚刚，我还做了一条，端给狗吃，狗一吃完，就死了……"一边说着，小田一边弯下腰去，从柜台底下抱出来一条死了的狗，"今天，他要是还不死，我去死。"

"我查过百度了——"眼见于慧还在死死地盯着自己，小田对她举起了手机，"这种鲇鱼身上的东西，叫作金黄色腺体脱氢鳞状细胞毒素，真的是剧毒。"

可是，小田的话，还是落空了。正午时分，开饭之前，小田顶着大风，到屋外的库房里启动了应急的发电机，这样，偌大的餐厅里总算亮堂了些，但是，跟往日里相比，吊灯、餐桌、窗户上的纹饰，甚至桌上的菜，看上去，还是都影影绰绰的。老欧和于慧，刚刚在餐桌前坐下，就像准备了一辈子，小田便一道接连一道，端上了他做的菜，尤其是那一条肥硕的鲐鱼，刚出锅，汤汁饱满，撒着紫苏和葱花，散发出浓郁的香气，被小田摆在了老欧的正前方，如此，根本用不着于慧劝他多吃两口，老欧的筷子，早已直直地奔向了它，一连吃了好几口，却一点事情都没有，不仅如此，于慧还突然发现，这才两分钟的工夫，老欧的脸，竟然一下子变年轻了，就好像，老欧一直都在等着的什么丹药，现在终于找到了，服下了。一场返老还童的奇迹，在于慧的眼前，就这么发生了。这到底是怎么回事？于慧慌忙转头，朝四下里看，去找小田的影子，小田却不知道躲在哪个旮旯里，全无踪迹，就在她张望了一阵子，再回头，去看老欧的时候，只一眼，她便呆愣住了：就过了几十秒而已，老欧的脸，跟刚才相比，更年轻了，还有他右侧的半边身体，也自如了，天知地知，自打中风，老欧都是用左手拿筷子，现在，于慧明明白白地看见，老欧拿筷子的手，变成了右手，这叫她怎么不被他吓住？莫非，这鲐鱼，这鲐鱼身上的金黄色腺体脱氢鳞状细胞毒素，不光要不了他的命，反而，恰恰是跟他对症的药？

实际上，即使老欧，看着自己自如起来的身体，也有点不相信，他放下筷子，起身，站在餐桌边，也不理会于慧，自顾自地甩动双臂，再原地踏步，结果却不由得他不信，他的右臂、他的右腿，全都恢复到了没中风之前的样子，既然这样，他干脆先不急着吃饭，而是在偌大的餐厅里小跑了起来，他越跑，就越年轻；他越跑，于慧的眼前，就越像是在过电影一般，看见了好多个当年的他。那些他，是自己还没嫁给他之前的他：一时间，他在登台领奖，只见那领奖台上，两条红色的缎带斜挎在他的肩膀上，两条缎带上，都是烫金的字——什么什么突击手，什么什么时代先锋；一时间，在当年的机械厂会议室，企业改制工作会还没结束，他接了一个电话，于是中断会议，发下了命令，要食堂的大师傅小田连夜去距机械厂旁边的水库里捞白甲鱼，如果捞不到，小田就别回厂里来了。于慧的眼前还在过电影，再看老欧，不跑了，回来了，在于慧对面坐下，先是笑嘻嘻地看了一会儿她，然后，埋下头，专心地吃鱼，那条肥硕的鲇鱼，转眼就被他吃掉了一大半，那些袒露出来的鱼刺，一根根，好似什么怪物的獠牙，说话间，便要像老欧一样变身，再一口咬住于慧的脖子。

老欧真的变了身，这么短的时间，他已经年轻到了于慧快不认识的样子，再看于慧，眼泪倒是流了一脸，良久之后，她咬着牙，问他："……为什么，你就是死不掉？"

老欧却一个劲地，盯着窗外去看，看着看着，他从口袋里掏出了那一小尊神像，供在了快要吃完的鲇鱼边上，再双手合十，低下头，对着那尊神像，也是对着几千公里外的上师，大声喊起来："师父啊，台风过去了，我这八十一难，算是过去啦！"

听老欧这么说，于慧也忍不住，去看窗外，果然，窗外的一切，都令她愤怒：这场台风，居然就这么结束了，不知道从什么时候起，雨没再下了；之前的暴风也渐渐平息，一点点，变成了微风，悬崖边，那些没有被台风击毁的树，轻轻地，被微风吹动，逐渐伸展和苏醒起来——是的，跟老欧一样，它们都活下来了。
"我明白了，你跟我到这岛上来，不是冲我来的，也不是冲着小田来的，"事已至此，于慧反倒笑了起来，"……所以，根本就没有他妈的什么结婚旅行，你来这里，就是为渡劫来的，对不对？"

"不然呢？"老欧笑着，老老实实地承认，"我师父说了，想要上九重天，就得渡这一劫，这场台风，躲是躲不过的。"

"不过呢，还是得谢你，"老欧将鱼汤拌进米饭，再将它们吃得一口不剩，"要不是你动不动就跟我提起这座岛，我哪知道这里就要刮台风呢？这八十一难，还不知道什么时候才能完。"

于慧环顾了一下四周，还是没看见小田躲在哪里，接着问："到底……什么是你的八十一难？"

到了这时，没有什么事还要再瞒着她了，老欧痛快地回答她："师父说了，我从中风到彻底恢复，要经过八十一难，八十一难都挨过去，我就能上九重天，上了九重天的人，都有木棉袈裟护体；只要穿上这木棉袈裟，从此以后，我就有十八罗汉跟着了——左边九个，右边九个，福来接福，祸来挡祸。对了，要不，我跟你说说什么是九重天吧，我们悉达吠陀，共分九个境界，就是九重天：第一重，叫小梵天；第二重，叫长净天……"

"土豆发芽了，你照吃；甘蔗发红了，你照吃；黄花菜没焯水，你还是照吃——"于慧打断了老欧的话，径直问他，"所以，自打我嫁给你，你就是在渡劫，这场台风，其实是你他妈的最后一劫，对不对？"

"可不吗？"民宿外的天光渐渐明亮了，从窗子外探进来的一朵紫薇花也清晰可见，老欧对着它，深深地嗅了一会儿，再站起身来，对着于慧，伸出手去，"劫都渡过去了，木棉袈裟也穿上了，咱们两个，该好好过日子啦，走，我带你去划船，就划到以前你跟小田去过的那座小岛上去，咋样？"

"既然这样，"于慧终究忍不住好奇，继续问老欧，"你还不跟我离婚？还有，当初，你他妈的，到底是咋想的，非要跟我结婚？"

"离婚？我为什么要跟你离婚？"老欧笑出了一口白牙，反问着于慧，再踱到她身边，攥起了她的手，轻声告诉她，"实不相瞒，这辈子，我还有一个劫，这劫万一要是来了，想渡过去，还是得靠你。"

于慧不自禁地仰起头："靠我？"

"非得靠你不可。"老欧将了将于慧散乱了一脸的头发，"咱们两个，都是稀有血型，RH阴性，你说，哪天这劫来了，是不是还得靠你？"

至此，于慧也不再盯着老欧看了，她先是几乎躺倒在椅子上，双目涣散地打量着四周，吊灯和餐桌，窗户上的纹饰和那朵蔷薇花，还有那条只剩下了骨刺的鲇鱼，都被她来回看了好多遍。看着看着，她的嗓子像是被卡住了，她的鼻子也像是被堵住了，一口气都喘不上来，她只好仓惶着起身，一把拉开窗户，把头伸出去，大口喘气，这才稍微好受了些，再回头时，眼泪又淌了一脸，"小田，你这个货——"不管不顾地，她扯着嗓子，对着厨房大喊了起来，"还不动手，你他妈的，到底还在等什么？"但是，厨房里，没有人来回答她，她的眼前，只有老欧那张年轻得让她快不认识的脸，那张脸，离她越近，就越是让她想手拿一把刀子，再一刀一刀割上去，可是，刀在哪里呢？小田那个货，又在哪里呢？一刻也不忍了，她死命地挣脱老欧的手，三步两步，奔向厨房，去找刀子，去找小田，也不知道怎么了，当她一把推开厨房的门，倏忽之间，时空倒转，她猛然发现，自己来到了当年的水库上：已经是后半夜了，一直被云层挡住的月亮都出来了，她还蜷缩在船上，等啊等，等啊等，可就是等不到小田从水底下回到水面上来。她当然不想就这么等下去，有好几回，她顶着风，直起身来，挥动双桨，想往更远的地方划过去，但是没有用，风太大了，她划出去多远，风就又把她和船顶回来多远，实在没法子了，她只好将头伸出船舷，徒劳地，对着水面去喊小田的名字，喊着喊着，船身颠簸了一下，再缓缓荡开，她回过身去，这才看见，小田的身体，卡在渔网上，漂浮着，一动不动，到这时，她反而来不及喊他，赶紧伸出手去摸一摸他的脸，而小田，早就没了呼吸。

"这么说，"水库消失了，眼前所见，仍是一间辽阔的厨房，于慧看着满目的灶台、冰柜和锅碗瓢盆，也不知道是在问谁，"你早就死了？"

"十几年前，他就死了，"于慧转身，看见老欧站在自己背后，还是一脸的笑，又跟她说，"你忘了吗，你嫁给我，是为了让我死，好给他偿命的啊。"

停了停，老欧又说："别管他啦，你管管我，我过得容易吗？"

"是吗？"照旧还是茫茫然地，于慧脱口说，"这样啊！"然而，这一回，她不再指望还会有谁来做她的帮手了，暗暗地，她的手，从身边的橱柜里拽出了一把刀子，紧紧握住，然后，一刻不停地，再举着刀子，对准老欧，用尽所有力气，刺了过去，但是，老欧却像是早早就发现了端倪，她刚一起步，他便闪躲开来，再紧紧攥住她的手腕，现在的他，是恨不得比于慧还年轻的他，所以，她的手、她的刀，哪里还能动弹呢？"听我的，划船去吧，"老欧也没生气，只是轻声地提醒于慧，"别忘了，我都修到九重天了，木棉袈裟都被我穿上了。"只是，于慧怎么会听他的呢？再一回，暗暗地，她的左手，又在背后的案板上摸到了一把刀，闪电一般，她将那刀高高扬起，砍向老欧的脸，刹那间，老欧的脸上就多出了一条口子，这口子，不停地往外淌着血，老欧难以置信，抹了一把脸上的血，再朝四下里看，四下里，并没有十八罗汉跟着，这才惊叫着，又忙不迭地，放开于慧的手腕，转而不要命地往外跑，跑出了厨房，跑出了餐厅，又跑过了枯山水式的庭院和那条长长的甬道，看样子，他是想跑回自己的房间里去，眼看着，于慧就要追不上他了，那一尊神像，却从他的口袋里掉了出来，他想捡起来，又怕于慧追上，只稍稍犹豫了一下，于慧便追上来了，刚一追上，她手里的刀，不偏不倚地，对准老欧的脸，狠狠砍了下去。可是，好死不死，偏偏这时候，高高悬挂在墙壁上的一幅巨大的油画，可能是被台风吹刮了太久，砰地坠落，正好砸在于慧的头上，再看她，先是她手里的刀咣当落地，而后，她的身体一软，昏迷过去，跟随着那把刀，倒在地上，一点动静都没有了。

再醒过来，已经是第二天的黄昏，这家名叫"悬崖"的民宿里，空无一人，倒是不奇怪，台风季节，民宿老板提前给员工放了假，自己则去了云南旅游，现在，一整座民宿，就只有于慧一个人。醒过来之后，她躺在床上，往外看，一眼便看见了玻璃阳台上的窟窿，但是，她捂着头，想了好半天，也想不起那窟窿是怎么弄出来的，不过，她大概也知道是怎么回事：除了她在犯病的时候这么折腾，这一地的狼藉，还能是谁弄出来的呢？电视还开着，屏幕里，主持人正在播报着关于台风马上要来的新闻：即将登陆的这场台风，菲律宾给它起的名字，叫作木棉；可是，这名字冒犯了老挝的一个少数民族，音译过去，恰好与他们膜拜的一位神灵同名，因此，老挝气象局打破惯例，自行给它起了个名字，叫作鮎鱼，意思是，这场台风，就像河底的鮎鱼，以淤泥、腐殖和小鱼小虾为食，是不洁和令人厌弃的。

迷迷糊糊地，她起了床，顺手拿起桌上的药瓶，推开房门，信步往前走，一路上，她经过了两把躺在地上的刀，一幅从墙壁上掉下来的巨大的油画；再往前走，就走进了餐厅，餐厅里，桌椅翻倒，碗碟碎了一地，一桌没有吃完的菜正散发着浓重的腥臭味道。现在，她总算想了起来，她的名字，叫于慧，她有一个新婚的丈夫，叫老欧；而今天，正是老欧赶来这座岛上跟她会合，并且开始他们的结婚旅行的日子。这老欧，真是个急性子啊，悉达吠陀课程刚一上完，也不管什么台风，一点都不听劝，火烧火燎地，非要来这里不可，一想到这里，于慧也慌了，只因为，天黑之前，老欧坐的船就要来了，这么一来，她也就没再回去把自己收拾一番，而是一仰头，将大半瓶的药倒进了嘴巴，紧接着，她冲出民宿，往码头上跑，一路上，大风不停地将海水的味道送到她的鼻子跟前，让她一边跑，一边想起了更多当年的味道：深夜里的船上，小田开着船，她就坐在新鲜的蔬菜中间，看着天上的星星，海面上涌起的白雾，还有偶尔从海水里跳出来的鱼，再闻着海风味道、茄子西红柿的味道和小田身上散出的汗味，每逢这样的时候，她便总是忍不住，搂住了小田，在他脸上，在他身上，不要命地亲。

（原载《花城》2024年第2期）

李修文，20世纪70年代生，现为湖北省作家协会主席、武汉市文联主席，武汉大学文学院教授。著有长篇小说《滴泪痣》《捆绑上天堂》及多部中短篇小说集。散文集《山河袈裟》获第七届鲁迅文学奖。

平静的海

◎ 艾　玛

街道上空荡荡的。

她从阳台望出去，小区外的那片工地上什么动静都没有。这片工地在去年夏天停了工，推土机、挖掘机撤出后，留下几个深坑。后来有人用绿油油的围挡板将那片工地围了起来，任由野草在里面疯长。一条灰白的马路从围挡边绕过去，爬到了工地另一侧的山那边。

山的那边是海。

她站在阳台上一盆枝繁叶茂的绿萝后面，目送儿子越跑越远，他穿着黑色运动衣的身影在绿色围挡板的映衬下很打眼。

自从儿子从都柏林回来后，他每天都会顺着围挡边的那条马路跑步，在清晨，或是傍晚。下楼，出小区，穿过路口，走到马路的另一侧后，他才会跑起来。尽管那条路上来往的车辆很少，过马路时他还是会左右看看，非常谨慎的样子。她看着他小心翼翼穿过马路，便想起他们刚搬来时的那个夏天，那时他还很小，她常带着他出去散步，在清晨，或是傍晚。只不过，那时门前这条马路还没有铺上沥青，路边没有绿色围挡板，被围挡板包围起来的那块地上，也还没有深坑，几户农舍和菜地舒缓地铺开，农舍前后有杏树、桃树和樱桃树，清晨常传来鸡鸣，入夜则偶闻犬吠。

　　她一直盯着儿子的背影看，总也看不够似的，直到他跑到山那边，消失在那条马路在山脚下的拐弯处。儿子刚去都柏林留学时，还是一个单薄的少年，回来时他变成了一个孔武有力的成年男子。她转身回到室内。但她无心去做别的事，隔了不多久又走到阳台上张望。每次都是这样，要一直等到他的身影重新出现在山脚下，她才会变得轻松起来。

　　儿子回国的时间比原计划晚了一个多月，好不容易找好的工作也因没能如期报到泡了汤。不过，现在她最担心的不是工作，工作可以再找，她担心的是另外的事。有几次，她想跟儿子聊聊那件事，那件使他滞留都柏林未能如期归国的不幸的事。她没能说出口。临近毕业季的一个清晨，一个都柏林当地女孩离开她位于都柏林十八区的家，去四区一家咖啡馆上班。这家咖啡馆在早上8点开门营业，女孩一般会在7点55分到达，但这个早上她一直没出现。她失踪了。有目击者声称在145路公交车上见过她。女孩的父母告诉警方，她去咖啡馆上班时会乘坐145路最早那班公交车，在赫伯特公园那站下车，然后她会穿过公园一角，步行400多米后抵达那家咖啡馆。警方根据这条线索，锁定了她失踪的时间和地点，也锁定了五个嫌疑人，她的儿子是那五个中的一个。她最初知道这件事时吓坏了，尽管儿子跟她说这件事和他一点关系都没有，他只是去跑步，凑巧路过那个地方。他语气平静地说会尽自己的义务，"配合警方调查，多待几天"。实际上他多待了一个多月。他回到家时，暑假都已过了一大半了。那个女孩，她再没听到任何跟她有关的消息。不过，她好歹是放下心来，儿子最终能顺利归国，说明这件事确实与他无关。她这么想。但那个女孩，那个她连名字和长相都不知道的年轻姑娘，却自此住进了她的心里。走在校园里，看到那些花朵儿一样的女学生时，她的心就会揪起来。她搜不到关于都柏林的新闻，不知那个女孩回家了没有。她想问问儿子，她觉得他应该能打听到，他在都柏林有老师、同学，也应该有朋友的。可她不太敢跟儿子提这件事。不知为什么，如今她在孩子面前变得有些胆怯了，她简直有些，怕他。"也许是上年纪了吧。"有时她会这么想。都说人老了会惧怕自己的子女。也有一次例外。那是个雨天，儿子没出门，他心血来潮，教她烤他在都柏林常吃的苏打面包来着。面包烤得很成功，满屋子飘荡着温暖的麦香味。儿子很满意，掰下一块面包塞到嘴里，又掰了一块递给她。她高兴地接过面包，鼓起勇气问道："那个……女孩，有什么消息吗?"儿子嚼着面包，把头扭向一边，看向窗外。过了一会儿，他回过头来看着她，脸上很平静，看不出任何情绪上的波动。后来他耸耸肩，起身走开了。那以后，她再没跟他提起过，她宁愿相信对儿子来说，那也不是件愉快的事。想想吧，时常去跑步的公园里，一个女孩失踪了……

这个早上，她要离开家去图书馆上班了，儿子还没回来。山脚下的那条马路上空荡荡。

那山是座小山，不大，也不高，山上树木茂密。

这个清晨，尽管有南风吹拂，但白而轻盈的海雾还是淹留林间不散。

20年前，她带着儿子搬来这海边小镇时，儿子还在上幼儿园。那年暑假，她和儿子的父亲分开了。他们夫妻在同一所大学工作，儿子的父亲是材料科学学院的教授，学科带头人，她作为人才家属被安排在学校图书馆工作。一直以来，他们各司其职，过得简单、充实。只是，有了孩子后，教授好像有些不太适应，她发现，孩子的啼哭会让他紧张，他在家里待的时间越来越短。她一直想着，等孩子大些，就好了。可是，大了些后，却又有了大了些的烦恼。安静、乖巧的儿子，有时很容易被什么东西激怒，就像一场突如其来的风暴裹挟了他，片刻之后，风暴平息，他会重新变得安静、乖巧。她至今不明白，到底是什么东西，潜伏在儿子的命运里，时不时偷袭他、使他失控。绝望之余，她便把这当作一个顽劣幼童的可纠正、可教育的坏行为，这么想能让她好受些。她也曾严厉惩罚那个恢复平静后变得无辜的小男孩，许多个深夜，他睡着后，她看着他脸上未干的泪痕，也流下了自己的眼泪。她从未跟儿子的父亲探讨这些，他们避而不谈，以便让生活显得平常、可持续。直到那次，儿子在幼儿园把一个小朋友从滑梯上推了下来。他的父亲知道后气急了，他离开实验室，和她开车去医院看望那个受伤的孩子，一路上他一言不发，脸上愁云惨淡。以往发生这样的事情，都是她一个人出面摆平，从未打搅过他。那次有点不同，那孩子摔得很厉害，双腿骨折。他们第一次见面的时候，她就知道他这辈子是要献给科学研究的，她曾在心里发誓要做他有力的后盾。那天她开着车，看了坐在副驾驶座上的丈夫一眼，她下定了决心。夫妻俩分开后，她主动申请调来刚建成没两年的分校工作，还是在图书馆。那所大学位于炎热的内陆城市，分校在一个海边港口城市的郊区，距热闹的市中心有点远，大约五十分钟的车程。但距一个小渔港很近，刮南风的时候，在校园里也能闻到淡淡的鱼腥味。夫妻俩分开的方式非常体面，没吵没闹，两个人最后还一起带儿子去了趟动物园，印象中这也是孩子父亲唯一一次陪孩子逛动物园——不是说他有多不爱孩子，而是他实在是没有空。所以，那天她像是带着一大一小两个孩子逛动物园。大的那个对动物园的一切都很陌生，动物的气味也使他有些厌烦。从动物园出来后，他们去吃了披萨。虽说那时儿子还小，但他一定是察觉到了什么，所以那天他出人意料的安静，有点没精打采的，小脸蛋看上去甚至有些忧伤。不过，儿子好像很快就接受了现实，后来他很少问起父亲。这也难怪，平时他的父亲总是很忙，父子俩在一起的时间本来也不太多。她还记得，那年她开着她那辆老旧的小 Polo 车，带着儿子从省城来分校，途中要路过一座跨海大桥，这座大桥的桥墩所用的防腐涂料就是儿子父亲的发明，这种新型的防腐涂料能将大桥钢梁的防护寿命延长近一倍。她路过那座雄伟的大桥时，很确定自己在做正确的事。她开着车，挺直了身子，简单地跟儿子说起了这场家庭变故，无非是"爸爸妈妈今后不住在一起了，但爸爸妈妈还是会像从前一样爱你"之类的话。儿子一声不吭，坐在副驾驶座上撕开了一袋薯片。吃了两片薯片后，他开始用力搓揉那袋薯片，细小的手指颤抖着。她没有制止他，一袋薯片而已。鼓胀的薯片袋子瘪下来，在他手里成为比鸡蛋还小的一团。他打开车窗，将它扔了出去。他出了一头的汗。后来他安静下来，打开收音机，连台都没选就一直听下去。是交通频道，主持人声音低沉地通报一起重大交通事故，一辆小汽车在高速路上超车侧翻，一死两伤。儿子表情平静地听了一会儿收音机后，很快就小脑袋一歪，睡着了。

新家在分校教师宿舍区，虽然看不到海，但步行十多分钟就能走到海边。家里没有学科带头人了，母子俩在家里不用踮着脚尖走路，看电视时她由着他把声音开得很大。从海边抓回来的小螃蟹在地板上爬来爬去，儿子光着脚，"咚咚咚"从一个房间追到另一个房间。她带儿子去看心理医生，也寄希望于教育。她遵医嘱，尽可能多地带儿子到大自然中去，"以便去掉他性格中的不良成分"。那个暑假，他们几乎每天都去海边，游泳，散步，或是在沙滩上挖城堡，逮小螃蟹。海边总是有很多小朋友，她希望儿子能尽快交到新朋友。儿子的父亲生性冷淡，为人孤傲，他的才华和成就像是两堵愈砌愈高的墙，他没什么朋友。她不希望儿子像他。令她欣慰的是，那时儿子好像对新环境适应得很快，他能和任何人玩到一块儿，不管是男孩还是女孩。但她也发现，儿子和谁的友情都不能持久，有时他正和几个小朋友挖沙坑呢，突然间他就会站起来走开。有几次他冲到海里游起来，带着一股怒气似的，小胳膊奋力击打海水。有两回他游得太远，让她害怕起来，不得不跳到海里去，拼尽全力把他带回到岸边。那时学校四周还有点荒凉，通向市里的地铁正在修建中，入夜后，站在阳台上只能看到校园外零星几点灯火。许多个深夜，儿子睡着后，她清理完地板上被踩成烂泥的小螃蟹，站在阳台上看向远方。在她觉得无路可走的时候，那几点稀疏的灯火，给过她慰藉，还有勇气。艰难时辰都深藏于深夜，白天，她的白天看上去和别人没什么两样。她常和有差不多大孩子的同事相约，开车进城，带孩子们看电影、逛博物馆，看看画展、听听音乐会什么的。那时她还想着培养起孩子对友情、艺术等美好事物的兴趣。这么多年过去了，她看不出自己当初的心愿是否达成，但也不能说没达成。如今儿子已变成了一个很有教养的年轻人，虽然不善言谈，看上去有些孤僻，但对人彬彬有礼，让她也颇放心。他应该也是有自己的朋友的，有两个周末，他进城去了，跟她说的是和同学聚会。后来她问他，都是什么时候的同学，都有谁。"您不认识。"他面带微笑，客气、简短地回答了她。

她把早餐还有水果端到餐桌上后，出门往图书馆走去。家属区在校园的西南角，这一片都是生活区，食堂、超市、咖啡馆、游泳馆都在这儿。她穿过生活区后，在足球场那儿与期刊社的周老师会合。

每天早上，周老师都在食堂吃早餐，吃完早餐后，会在足球场远离路口的拐角处等她一起去上班。期刊社办公室也在图书馆内，一楼东北角，非常僻静。周老师办公室的窗外是一道高耸的土坡，为防止雨天滑坡，在坡底又砌起了一道一人多高的石墙。坡上长着些野生丁香、毛白杨、洋槐之类的树木，林下灌木丛生，野蔷薇从墙头上倒垂下来，初夏时节，推门可见满窗红红白白的小花，她喜欢的，便常去。

这个早上她出门有点晚，周老师等她有一阵子了。周老师也是单身，他的女儿硕士毕业后，在家复习考公三年，去年终于考上了南方一个小县城的公务员，离家远了，难得回来一次。待她走近了，周老师便笑着把一块黑巧克力递给她。自从她的儿子回来后，他们俩在一起的时间就不像从前那样多了，刚刚过去的这个暑假，他们没能一起出去游玩。这让他有些失落。她含笑接过，放进了自己的小包里，打算到办公室后再吃。周老师举起手里的一只纸袋冲她晃了下说，午休还是去我那儿吧？新买的红茶。她胃不好，只喝红茶。她在心里叹了口气，没说什么。周老师小心翼翼地看着她，问，孩子跑步还没回？语气亲昵。她点了点头。周老师说，跑步是个挺好的习惯。她"嗯"了一声，这已经是第三个早上了，儿子晨跑晚归，她没敢问他去哪了。不过，她也觉得，对一个成年男人来说，这很正常，有时她也不明白自己到底在担心什么。周老师看着前方，过了一会儿，又说，孩子大了，不要太担心他们。她又"嗯"了一声，心知这话他应该是常拿来安慰他自己的。周老师的女儿自打去上班后，忙得很，父女俩鲜有联系。周老师给她看过他和女儿的聊天记录，大部分时候都是周老师在说话，问女儿怎么样，忙不忙，叮嘱她好好吃饭。他的女儿偶尔才回一句，"还好"，或是"嗯嗯"两个字。以前儿子倒是经常和她联系的，通常在晚上10点半左右，都柏林时间是下午3点半。如果下午没课，又正好有空，儿子就会找她。一般他会给她发条语音，问她在干吗。一种短暂，却经常的联系。偶尔他还会随手拍张照片发给她，一杯咖啡，或是草地中央的一棵树，但他从不拍他自己。这点她倒是理解的，她也不太喜欢照相，面对镜头她会紧张、不自然。有时儿子和朋友喝下午茶，也会拍张照片发给她，照片里没有他，也没有朋友，通常只有看上去就很好吃的点心，精致的杯碟，铺着亚麻桌布的小圆桌或是方几，上面摆着清新淡雅的瓶花，温暖、宁静的光线透过高大的窗户，斜斜地落在这些美丽的事物上。一个人的时候，凭窗远眺的一刻，或是走在海边，波涛由远而近涌来，常有那么一瞬，会让她觉得儿子照片里的一切都有些不真实，像是他给她造的一个梦。但那一瞬很快就会过去。她都是开心的。想到在一个遥远、陌生的国度，儿子生活得不错，她便感到欣慰。

她原本计划儿子毕业时去参加他的毕业典礼，为此她还在周老师的参谋下买了条做工考究的连衣裙，一双质量上乘、柔软舒适的小羊皮玛丽珍鞋，谁知道后来会出那档事呢。她听说后，马上盘点了下手里的钱，并退掉了已订好的去都柏林的机票。她想的是，万一……万一需要交保释金，或是请律师呢？那一刻她没顾上想别的。接下来的一段日子她彻夜不眠，脱发厉害。好在那段日子很快就过去了，保释金和律师也都没用上，真是万幸。那件事，她猜儿子应该是不会告诉他父亲的，就像当年她不敢在他面前提心理医生——她也不允许自己为这样的事去打扰他，他是个学者，一个科学家，他有更重要的事情要做。至于毕业典礼，那件事发生之前，她倒是提醒过儿子，要他邀请一下他父亲，不知他邀请了没有。那年儿子拿到都柏林一所大学的录取通知书后，很高兴地打电话给父亲，他的父亲在电话里说："……文学？"然后就是令人尴尬的沉默。他应该不是看不起文学，可能就是有些莫名的失望吧。对儿子，对她，他总是有些失望的（这曾经让她在心底对他深感抱歉）。他对大多数事情大约都是失望的，这世上应该很难有什么是能令他完全满意的，可能对他现在的年轻妻子，还有女儿——一个脸色苍白、有些瘦弱的小姑娘，他大约也是这样失望的。不过，最终她和他在是否参加儿子的毕业典礼这件事上没有分别了，反正都没去。但儿子发了几张照片给她，那真是一个隆重的典礼，照片上儿子穿着学士服，和同学们在一起，个个器宇轩昂、意气风发，青春如此美好，令人动容……怎么可能跟那件事扯上关系呢？

两人快走到图书馆门口时，周老师扭头看着她，笑道，"我想请孩子吃个饭，不知……"她抬起头，像是被惊到了。她正想着儿子不知回家了没有。她看着周老师，有点惊讶，又有点困惑地问："为什么？"周老师红了脸，迟疑道："我是想着，孩子这么多年都没回来过。当然，如果不方便的话……"她扭头看着前方，眉头微微皱了起来。她想起他给她看他和女儿聊天记录时的伤感表情，觉得他对她的了解不可能再多了。他不知她的生活里有什么。于是，她说道："没什么不方便的……"有同事从他们身边经过，跟他们打招呼，她回报了一个迅疾的微笑。她看着前方，语气有些冷漠地道："是没必要。"

从新学期开始，她就在给暑期新进的书做编目索引。这个活儿并不是什么着急的活儿，她一直按计划慢慢做着。但这个上午她加快了进度。伏案久了，她的眼睛、脖子都有点受不了时，她便起身找点事做，帮同事整理书架上的书，或是推着小推车，把学生们还回来的书分门别类放回到书架上去。整个上午她一刻不闲，她不敢停下来。

中午她急匆匆回了家。家里非常安静，餐桌上的早餐还在。一扇窗没有关好，窗帘被风吹得飘起来。她关好窗，敲了下儿子房间的门，没有回应。她推开房门，儿子不在里面。房间收拾得很干净、整洁，就像走进一家宾馆的房间时所看到的那样，床单牵过，没有褶皱，被子铺得很平整，靠床头的一端翻过尺许，露出洁白的衬里，枕头被拍得鼓起来，端端正正地摆在床头正中，就像没用过。靠窗的桌上有一台笔记本电脑，在家的时候，儿子总是坐在这台电脑前打发时间，他戴着耳机，一点声音都没有，拒外面的世界、拒她于千里之外。衣柜里的衣服，分门别类，由短到长挂得很整齐，大多是她最近给他添置的。儿子从都柏林回来时，箱子几乎是空的，他把所有的东西都留在了都柏林，没带回什么。

她走到阳台上，看向山那边。山那边的渔港有几家渔家乐，还有家由一个叫小万的瘸腿女人经营的民宿，躺在民宿的床上能看到大海。有一年中秋，她和周老师是在那儿过的。民宿也提供咖啡和餐饮。点杯咖啡，或是柠檬水，就可以坐在门前小露台上看渔船在海面上来来往往。涨潮时渔船靠岸，带回渔获，海鸟也尾随回港，那是渔港一天中最喧闹的时光，喧闹里混杂着喜悦，汇成一种腥甜，空气里都能闻得到。她看着山那边，猜想到底是什么使儿子逗留到现在。以前儿子即使晚归，也总是赶在吃午饭前回家，下午他或是在自己房间里玩电脑，或是去校园里走走，长时间呆坐在一张长凳上看别人打篮球。"可能在那儿喝咖啡来着。"她有点心烦意乱地想。要说渔港有什么能让人坐下来喝点东西、发个呆的地方，也就是小万那儿了。

她回到室内，在餐桌边坐下来，她仔细看了看自己的手机，怕错过儿子打来的电话，或是发来的信息。没有。周老师倒是打过两通电话，大约是约她一起去吃午饭的，那时她正走在回家的路上，没有听到。她拨打儿子的电话，未能接通。她放下手机，开始吃儿子没吃的早餐。豆浆凉了，面包和鸡蛋也都是凉的。儿子回来后，她给家里添置了一台胶囊咖啡机。她的手机里有张儿子在都柏林时发给她的照片，是一杯咖啡。儿子常发这张图片给她，当是问早安。这也给了她一个印象，儿子是爱喝咖啡的。不过，儿子回来后从没用过那台机器。每天早上，她问儿子喝什么时，儿子像是怕麻烦她，总是选择更便捷的白水，或是茶，要不就是豆浆、橙汁。那个在都柏林喝咖啡、吃下午茶的儿子，仿佛是另一个人了。

她蜷缩着身体，在沙发上躺了下来。那些冰冷的早餐在她的胃里翻腾。她知道这时候应该给自己弄杯热水喝喝，像是为了惩罚自己，她躺在沙发上，没有动弹。"到底是哪里不对呢？"她问自己。很快她又在心里责怪起自己的敏感与焦虑来，"这不就是生活嘛！"生活就是这样，虽总有不尽如人意处，但不外乎是平常的一天天。她这样安慰自己。

她从沙发上爬起来，决定到山那边的渔港去看一看。她给同事打电话，说胃病犯了。她的胃确实也有点不舒服。她喝了杯热水后出门。午后，天变得有些阴沉，风从海面上吹来，带着点凉意。她记起来，白露刚过了。往后的日子，只会一天比一天凉起来。"世界真是变暖了。"她记得刚搬来这儿时，过了立秋，海风里就有这样的丝丝凉意了。她看了看路边那座小山。山上多是松树、洋槐，这些树常年经受海风吹，树干都弯曲匍匐，给人一种铁干虬枝的感觉。转过山脚，映入眼帘的是一大片开阔、平坦的金色海滩，海水退得那么远，只看得到远处灰暗的天空下那一抹轻盈的浅蓝。海滩上有很多赶海的人，他们在挖蛤蜊。儿子小时候，她也带他来挖过，拎着小桶，拿着小铲……有时也能挖到蛏子。现在她想不起来儿子对赶海这样的事到底有没有兴趣，过去在她的记忆里变得模糊了，包括那些她和儿子共同流出的泪……也许不是模糊，是因为对自己的怀疑，而导致的对记忆的不确信。午夜梦回，她常会陷入焦虑、担忧的情绪里，未来的每一天都让她心怀畏惧。白日里，阳光普照，她亦有份，加上琐碎、有条不紊进行的工作与日常事务，又使她觉得一切都再寻常不过，和别人正在过的日子并没什么两样。她看着海滩上赶海的人，觉得儿子目前的状态，可能是因为没有工作导致的迷茫。"有份工作做，就会好起来的。"她想，"年轻人嘛。"她又想着得找个时间给儿子的父亲打个电话，让他看看能不能帮帮儿子。"毕竟是孩子的爸爸啊。"她在心里给自己打气。

　　一路上她没遇到什么人，旅游旺季过去了，游客少了，渔码头不像假期时那么喧闹。那些为游客准备的巨大的遮阳伞收了起来，临海的栏杆上晾晒着鱼干，还有穿在一起像绳子一样长的鱼卵。一群包头巾的渔村妇女在做虾酱，她们围着一台绞肉机忙得不亦乐乎，一桶桶的小虾被倒入高耸的漏斗，绞肉机喘息着，颤抖着把草莓色的虾肉泥重新吐到刚被倒空的小桶里。一个上了年纪的渔民在距她们几步远的地方清理渔网。

　　她走过渔港，来到了小万的民宿那儿。民宿位于一处伸向大海的尖角上，前面便是一道悬崖，大海在底下涌动。小院的草坪刚修剪过，空气里飘荡着青草的气息。露台上的小圆桌上有几只别人用过的马克杯。她走进小院，在桌边坐了下来。沿着矮篱笆种着爬藤月季，旺季过了，只有零星几朵开着，娇艳的黄色花朵，明亮得像盏小灯。大海距她近了，现在它变成了深蓝色，无比宽广地在她眼前铺开。在深蓝的大海的映衬下，海中那两个小岛被勾勒出来，清晰可见。

小万闻声从屋内出来，她麻利地收拾桌子，笑着跟她打招呼："您来了？"

以往她和周老师来这儿时，要喝什么，都是周老师说。那次在这儿过夜，也是周老师预定的房间，所以小万不知她姓名。她笑着点头，对小万说："我想喝杯咖啡，现在方便吗？"小万笑着说方便的，有客人来，高兴还来不及。她问她想喝什么样的咖啡。她想了想，点了拿铁。小万进屋去做咖啡。她听到从屋内传来咖啡机的轰鸣声。她把手机从口袋里拿出来搁在桌子上，手指哆嗦着把桌面都摸了一遍。她不知儿子今天有没有在这儿发过几小时的呆。他曾经消失的那几天真的是去见同学了吗？

小万把咖啡端过来时，她正低头看手机里儿子的一张照片。她低着头，把照片撑大了给小万看，问她今天有没有见过这个人。小万歪过头来，瞧了瞧，说一早来过，他来这儿喝了点东西。小万问，是您的孩子吗？她没敢看小万，只是笑着说是的，是我儿子。

"他出门总忘带手机。"她感到自己的脸热起来，不仅是因为谎言，更多是担心让小万觉得她是一个对孩子有强烈掌控欲的母亲。

小万说："他上了老张家的船，和几个城里赶来的年轻人一起去看鲸鱼了。"

"鲸鱼？"她抬起头，满脸惊讶之色。

屋内传来一个孩子的啼哭声。小万"呀"了一声，小跑着进屋去了。她有点意外，小万跑起来时，竟一点也不瘸。

小万抱着一个肉乎乎的小女婴出来，在她对面的椅子上坐下来后，便撩起衣服给那孩子喂奶。哭闹的婴儿闭着眼，迅疾、准确地咬住了一只奶头后，马上就安静了。小万却弓起身子，嘴里"嘶嘶"吸气，她被孩子咬痛了。她看在眼里，双肩一缩，后背也不由得弓了起来，仿佛也有张小嘴咬到了她的胸部。

"多大了？"她问道。

"马上10个月了。"小万笑着，轻拍孩子的背部，好使她吸吮得不那么厉害。小万低头看着怀中的婴孩，用一根手指轻轻拨开孩子额头上细软的头发，满脸温柔之色。小万抬头看着她，说："您孩子，长得可真像您。难怪我每次看到他，总觉得有点面熟，好像在哪儿见过。"

她笑了下。这让她有点意外，儿子小时候，人人都说他像他的父亲，一样浓密的黑发，一样细长的单眼皮。

"这附近，有鲸鱼吗？"她问。

"怎么，您没听说？"

她摇了摇头。小万轻轻摇晃着怀里的孩子，说这一带很少见到鲸鱼，但前几日，夜里出去捕海蜇的船回来，说是在岛外不远处看见了一条鲸鱼。这条鲸鱼的背上还插着一把渔叉，这消息不知怎地就传到城里，这两日总有无所事事的年轻人跑来，想看看背上插着把渔叉的鲸鱼。

"如今的孩子……"小万说。

"……渔叉？"她看着大海，一时没反应过来，神情有些茫然。

小万说，是的，渔叉。也不知在哪儿扎的，想是不好受，指望人帮一把呢，就尾随着渔船到了岛外。可怜的，扎它的不也是人？！想来也怕人的，不敢靠太近。这一带呢，又多是普通渔船，也不敢太靠近它，远远望一望罢了。

她看着大海，胃里有什么东西翻腾起来。她将胳膊撑在桌子上，双手抱住了自己的双肩。

那小婴儿吃完奶，在母亲的怀里睡着了。小万怕吵醒她，压低声音说话。小万告诉她，为了分摊租船的费用，她的儿子在码头等了两天，今天凑到足够的人数后才上船。

她每个月会给儿子一笔零花钱，手机银行转账。儿子收到钱后，会很客气地说谢谢。她也在门厅的一张矮柜的抽屉里放了些零钞，儿子没从那里拿过钱。他没跟她要过钱。他们也从不谈论钱。

小万看着她，说："晚些时潮水涨上来，就该回来了。"小万低头去亲怀里的孩子，那孩子做出了回应，睡梦中露出了甜美的笑。她看着眼前这对母女，也被小婴孩睡梦中的笑打动了。

"……放心吧。"小万抬头看着她说。语气里满是安慰的意味。

她笑了下。她倒没觉得有什么不放心，这一刻，她也并没在担心什么。她看着大海，想起了从前那些令人落泪的夜晚。她仿佛看到了站在船上的儿子，和那条背上插着渔叉的鲸鱼，他们互相打量，隔得很近……而大海出奇地平静。

（原载《上海文学》2024年第2期）

艾玛，湖南澧县人，青岛文学创作研究院作家。2007年开始小说创作，出版小说集《白耳夜鹭》《白日梦》《浮生记》《路过是何人》，长篇小说《观相山》、《四季录》（再版名《漫长的正义》）。

扎灯山

◎ 周瑄璞

几人一合计，今年非扎不中。去年他们东头没扎，叫西头几个村民小组齐住伙笑话，好像他们一组真是穷得扎不起灯。

生产队变成村民小组几十年了，但他们还是习惯说队，一提起咱队，那感情、那劲头，跟说咱国、咱省、咱大张湾是一样的，容不得一点落后和轻视。去年没人撑头组织，主要是没在意这事，叫人家西头几个队增了光、添了彩，三四五六队的人们，凑钱扯了彩灯，挂了彩旗，覆盖六七百米，一到天黑，近一公里的长街，东头这里只有几个路灯的苍白光线，西边五彩斑斓，乐声环绕，人们在街里聚众、烤火、喷空儿、跳舞。东头的人也跑去看灯，孩子们欢笑打闹，免不了扯了谁的衣裳踩住哪个的脚，有点烦人，烤火的人群中不知谁说了一句，噫，恁队都扯不起个灯，跑到俺这儿来看。叫一队的大人听见，心里不爽，愤愤回来，把话传给本队，有人就说，今年不说了，明年再看。

建勋从新疆干活回来得早，他的活儿是季节性的，每年只是夏天出去几个月，挣几万块钱，不是当时就全部拿回，而是天冷回家时，先付一半，待到腊月里亲戚包工头拿到钱，付后一半。他一年中有一多半时间在家，又住临街，本组有许多事都来找他张罗。他显得比组长都忙，因为组长民兴两口子平常住在市里带孙子，鞭长莫及，力不从心。

　　扎灯山的事情，就是他们几个半老头在建勋家门楼下商议的。焰标发狠道，今年扎定了，不能叫西头看笑话。一时七嘴八舌，群情激昂。建勋有头脑，知道这样的事要组个团队、建个班子，因为牵涉集资和经费使用问题，要全程透明公开。他对焰标说，你先建个群，把咱队那几个都拉进来。焰标掏出手机，嘭、嘭、嘭，大家心目中那十几个有经济实力的都进来了。焰标问，给群起个啥名？建勋说，大家想想。几个平均学历不到初中的半老男人在下午三四点的阳光下想名字。小权说，先叫一队开心群，后面有好名字再改。敬希爷说，现在叫组了，要规范。于是暂定群名：一组开心群。当爷的不一定年纪大，当孙子的也不一定年龄小，一切以辈分论。敬希只比建勋、焰标大十来岁，他的小弟弟敬语跟建勋、焰标年龄相仿，可建勋和焰标得管他哥俩叫爷，小权又低一辈，把敬希喊老老（曾祖父母的统称）。

　　几个男人大嘴一张一合，高门大嗓地议事，唾沫星子在阳光下纷纷闪着小金光坠落，认真激烈程度不亚于企业高管会议。周边还有几位老弱病残妇，或坐或站，在外圈听。因糖尿病而视力减退到几乎为零的忠强坐在轮椅上，被妻子推着，眼珠浑浊地滚动，蒙着一层薄膜似的，看得出来心里挺激动。他越来越对能看到的东西在意而敏感，怀着复杂的心情，想起小时候街里的灯山。那时也不是每村每队都能扎得起，也不是年年都有灯，需要有一个人挑头出来说，这都镇（这么）些年不看灯了，咱今年扎灯山吧。有热烈应和者，也有飘凉腔者。扎灯？那可不是说话哩，拿啥扎？木什好说，各家凑一凑、借一借，劳力也好出，大家都自愿，那灯咋弄？油哩，蜡哩，红纸花纸哩，铁丝哩？不得拿钱买？此话一出，会浇灭一些人的热情。是啊，吃的油都没有，怎能再扎灯山，白白烧上几夜？但总会有几个犟筋，就是想看灯，就是觉得都好几年了，扎个灯又能咋嘛，能把你扎穷了？能把你家业扎败了？出东西兑油都是自愿，没有强迫任何一个人。哪怕咱平日里少吃点少花点，过年哩嘛，看看灯，咋啦？忠强他伯（父亲）每次都是那个拧着脖筋说咋啦的人，于是扎灯的事就落在他的头上。举全村之力扎个灯山，人们也是愿意的，但恁长一条街，扎在哪个队跟前，这就得议一议争一争，好比全世界争办奥运会举办权一样。最后定下一个不成文的规矩，一个队一个队地轮，今年在你一队街里，你一队主扎，下一年（是下一年不是明年，下次扎灯还不定到啥时候哩）在二队街里，由二队主扎，如此排下去。

哪个自然村要扎灯的消息，腊月底就在本大队传开，过了正月初十，扎灯山活动就开始了。邻村人是连搭的过程都要来恁庄看的，借的谁家木什，抱的谁家高粱秆，使的谁家萝卜，捻的谁家棉花芯子，在哪儿买的彩纸灯笼，都得弄清楚才中。灯山正式扎好那天，相当于过会一样热闹，要架子车出动，去请姥娘姑奶奶们来家住下，好好看几天灯。扎灯山不是最耗费的，人力又不值钱，点灯才是，烧的那是油吗？那是钱！那是人们一年的生活！好容易扎起一回，不可能就真的只着那三黑吧。正月十四、十五、十六三天，必点三晚，豪横的庄子，硬撑着多点一两天，十二就开始。咋啦，俺愿意，图的就是开心、高兴，为了这几天的光彩，半年不吃油，能咋？

在忠强的记忆里，好像六个队还没轮完，就通上了电，灯山改为电的，轻松多了，每晚开关一拉就明。再往后，生活明显好了，年年有灯可看。又过几年，男人们扔下家里的一切，急头白脸跑到外面去挣钱，一走半年，麦口回来一次，到年根根儿下回来，在家喝酒猜枚走亲戚，啰唆喧闹几天，过了初五初六就急呼呼往外跑，家里一天都不想多停。城市有抓钩一样，把人的心都抓了去。外面的世界那般精彩，谁还愿意搁家看这几盏电灯泡包装出来的灯山？净是耽误挣钱。扎灯山的事，人也聚不起来，剩下家里这些老弱病残妇们，有一下没一下地弄，看灯者没有恁多，心劲也就没那么大。有时候搭着谁家屋后墙，架子弄得低低小小，灯也少少的几个，是个意思，自娱自乐一下妥了。

忠强也曾经在外跑了好些年，拼的是钢铁般的身体，像他伯当年的犟筋一样，干啥事不愿落在人后。在自己的宅基上盖了大房子，供闺女儿子上学、长大、打工、独立。他50多岁之后，不再外出，因为身体出现各种不适，一开始还能忍忍，不承认有这回事，后来忍不了也装不下去了，只好去县医院，查出了糖尿病。谜底一揭，心劲松懈，各种症状加速呈现，走路都成了问题。儿子给弄个小推车扶着，在街里慢慢地挪步。儿子的女朋友提出分手，本打算凑了钱在县城买房，也暂缓了，因为找来的下一个，没准人家要亲自去看房。可之后再也找不来了，那么多好模好样、经济正常、父母健康的小子都找不来媳妇，何况家里有个常年的病号，花钱看病吃药，眼见着走不成了动不了了生活不能自理了，常年要占住一个人伺候着，而现在的闺女找婆家，除了县城有房，还要公婆年轻身体好，能挣钱能带孩子能做饭。

儿子30岁了，老两口彻底接受现实，真是对不住孩子，可是有啥法儿哩。从此忠强两口的眼里，时常噙着泪水，这话题就不能提，于是人们再也不问他儿子的婚事了。老两口时常自我安慰，寻不下算了，咱还省了定亲钱省了彩礼省了买房，有这几十万，咱自己花了吃了不香吗？一会儿又想，说不定，咱孩儿在外打工，认识一个不拘哪儿的闺女，离婚茬也中，哪怕带个孩子也中，总之，或许，但愿，还有希望。老两口每天出现在街里，妻子推着丈夫，静静坐在闲话场，啥话也不说，说不起了，只听别人说，东家长西家短，这个好那个赖。忠强家从不参与妇女们的闲聊，她只是温顺地低下头，一只手握着另一只手，怀着自家心事，坐那儿听。忠强从前可是在人群里大声说话的人，他一表人才，一身腱子肉，双目炯炯，抻着头四处瞅视的时候，像个漂亮的大公鸡，能挣来钱，有闺女有儿子，凭啥不说哩。现在不说，不代表他内心没有活动，眼里时不时蒙上的一层雾水就是他的心理活动。忠强是个要强的人，按说他这样了，不该出现在人前，不想人们看到他的样子，可待在家里又实在㤘（孤独、寂寞）得慌，两口子之间那些安慰打气的话，说过几百遍了，出去吹吹风、看看天、听听各种声音，也是好的。于是，老两口是街里闲话场的固定人员和忠实听众。果然，扎灯山的话题，又让忠强眼含泪水了，伯已经去世多年，要是他活着，会不会也参与到这个话题，给小辈人提点建议？虽然他的建议全都用不上了，现在都是声光电，但他老人家可能会坐在太阳地儿里，缓缓地说，那时候扎灯山……

那时候扎灯山，现在来看，就像是一个笑话，可人们都无比认真地张罗着、实施着。首先需要两根粗大木头、两根较粗的木头、四根细些的木头。两根粗壮的在街两边竖着，为了立得稳当，就得埋深一些。男人奋力挖坑，孩子们在边上看热闹，在扔出来的新土上嬉戏打闹，被当妈的揪住不叫闹，看把新衣裳弄脏了。越不叫闹他们越发地闹，人越多他们越闹，每个都长了一张欠揍的脸。大人念着过年，都不打孩子，这给了他们无限生机，直闹到鞋窠篓儿里、挽起的裤腿里甚至衣裳兜里都有了土，那才畅快。四根细一些的木棍，两个一组，东西相对，支住两根大木柱子，使两根木柱经得起几个男人支了梯子爬上爬下。两个木柱的一人多高处，横着绑上一根较粗的木头，往上一米多，再绑一根，然后在这两根横木之间，使高粱秆扎成一个大大的等腰三角形，像山的模样。山尖高出上面横木，三角形里交叉缠绑成菱形方格，每个交叉处，用泥巴做一个小底托，底托上捏个浅窝，一根大萝卜切成两三段，挖成小碗，小竹签上黏一层薄薄的棉花，下面扎入萝卜碗底，当灯芯子。趁泥托湿着，萝卜碗扭一扭、按一按、捏一捏，粘贴得稳坐上去。人们一年里舍不得吃的麻籽油，各家兑出一点，放在一处，由忠强他伯经管，于是有了小小的权力和自我良心。忠强他妈说，镇些油哩，给咱家盛出来半瓶吧。被他伯呵斥，相信咱，放咱家，敢动一滴，爪子给你剁了！每晚他伯架梯子爬上灯山去倒油、点灯。人们站在街里，看灯、烤火、说话、喷空儿。一盏盏萝卜灯蹲坐在长方形和中间呈三角的菱形里，夜晚是长方形和三角形的灯火。几十年后看去可怜的光亮，当时就是最美的风景，值得周边村子的人跑来观看。

腊月里新娶的媳妇，要偷一盏灯引小孩。当然不是自己来偷，新媳妇是矜持而尊贵的，由婆婆指派一对新人的本家嫂子，于夜深人静、油尽灯灭之后，架个梯子，爬上灯山，够下来一个热乎乎的萝卜碗，回家交给弟媳，放在床下，据说有助于生小孩。第二天人们发现少了一盏萝卜灯，也都不说。当年生了孩子的新媳妇，下一年扎灯时要贡献一盏倒满油的萝卜灯，名曰还愿。正月十六之后，灯山拆除，木什还给各家，高粱山卸下来靠在谁家的屋山下，渐渐落一层厚土，人们路过看到，追忆着那几天里它的辉煌与功劳，期待它下一年再重新上架，担当重任。

被拉进群的，都是在外有工作、在家有营生的，拿几百块钱不在话下、不疼不痒的人。于是有那么几个人，成为他们常年的瞄准对象。

群里立即有人问，建这个群，干啥哩？并艾特了群主。是在外省工作的丽娟，当着省级重点中学的教导主任，见多识广，伶牙俐齿，立即有所警觉，无事不建群，建群必有事。焰标前些年在外干活，从脚手架上摔下来，据说摔坏了脑子，本来就是慢性子，那之后反应更慢，一句话扯得老长，分成三四段来说，平时也是常常办点招人奚落的事，尤其女人喜欢骂他。挨了女人骂，他也不恼，好像还挺幸福，嘿嘿地笑笑，柔软的腰肢扭动几下，自己排遣尴尬。比如他好没成色地早上7点多敲一个单身女人的家门，要来打麻将。叫女人隔着门高声骂他，神经病吧你，大清早哪儿来的人，跟谁打哩？他挠挠头皮，挺委屈地走了。人们都早睡早起，五六点起床，7点吃罢早饭，所以他觉得已经是正常打麻将的时间了呀。他孤独的身影在街头转转、地头看看，50多岁了，又伤了脑子，便不再坐火车出去干活，让儿子儿媳干，他也能顾住孙子，家里近处有合适活儿了，他去干点，多少挣几个，妥了。他老两口的事就是在家带带孩子，吃吃玩玩。他走路速度极慢，说话也慢，主要是因为脑子反应慢，说不上来。现在叫丽娟姐一问，他吞吞吐吐地发语音：也没啥，就是……建个群，想着过年哩嘛，有啥事了，搁群里一说，这不是，想扎个灯山，大家商量商量，看咋弄。他不会拼音打字，微信里永远是说话，要把他的话听完得耐着性子。千里之外的丽娟听到焰标旁边还有人说话，断定是很多人在一起，丽娟预感到了接下来该发生什么。

果然，建勋单独呼叫她，丽娟接听，就听建勋在那边说，丽娟姐丽娟姐，是这意思，这不是过年哩嘛，俺几个商量着，扎个灯山。去年咱队没扎，叫西头的笑话咱了，想着今年咱也扎一个。这要扎灯山嘛，想着，这，俺几个……建勋也变得吞吐起来，好像很是难以启齿，丽娟屏息不语，就要等他把后面的话说完说清说明白。对方那头也都静了下来，有很多耳朵支棱着在听她这边的反应，她偏不反应，让建勋在那里艰难地吞吐缠绕，一个明亮开朗的大男人变得扭捏起来。丽娟想象着他脸红了，牙龇摆着，脑蛋子上堆起的笑疙瘩都快要酸了。终于，建勋说，俺几个的意思是，叫你拿几个。丽娟舒然而笑，不忍再晾晒他。

她近年来不断接到来自家乡的电话。村支书说，这不是，下月过会唱戏哩，恁庄几个组长叫我给你打电话，说叫你拿几个。村支书又说，镇上年底搞慈善募捐哩，镇领导说，叫恁庄那个在大城市的教导主任拿几个。村支书又说，看看人家庄都有鼓舞队，到处演出可受欢迎，咱庄的人都跑去看。那天有人说，咱庄上也有恁些小娘们儿，也能成立个鼓舞队，咱凑凑钱买10个鼓吧。反正说着说着，那几个就说道，叫你，看你，能不能，拿几个……无论前面怎样兜兜转转，怎样迟疑犹豫难为情，最终总要落到关键的几个字：你拿几个。丽娟每接到这样的通知，心里便应道，拿几个就拿几个，这是个啥事嘛。但她面上不能立即答应，要表现得矜持一些，要让对方知道，自己的钱不是大风刮来的，不是贪污得来的，自己只是一个拿工资吃饭的人，愿意拿几个不是因为钱多，而是因为对家乡的热爱。她会说，好的，中啊，没问题。你们想叫我拿多少？整个事情一共多少钱？别人都拿了多少？现在还差多少？总得也给对方抛出几个脑筋急转弯，再听他们吭哧吭哧地编一些话语。支书的中心思想总是：这都是别人的主意，是上级领导的意思，是人民群众的呼声，不是我本人叫你拿钱的。丽娟从不会让乡亲们的愿望落空，不会让他们的话掉地上砸住脚，她常常在这个时候看到自己的价值，增加一些成就感。她的父母虽然接来跟着她生活，但不久的将来，必得埋回大张湾村后的土地里，她现在做这一切，也都是为着父母将来埋得风光埋得体面，为着他们虽然不在家，但她家房子不会无故被人损坏，祖坟不会随便被人踩踏碾犁，她家房子院墙哪怕掉落一片瓦、碰坏半块砖，都有人通报她，及时给她修好。但她也总得拿捏几下沉吟几声，不能叫人家看出她的钱在兜里已经上下跳蹿。

这次也同样，必须得先来几句语言铺垫。丽娟对建勋说，扎灯山，是好事，通过扎灯山，凝聚人心，唤起乡愁，叫过年回来的人们，看到家乡的新变化，也都更爱家乡，倡导人们……建勋打断她，噫噫，都对家乡热爱哩跟啥一样，你排着问问哪个人不热爱咱大张湾，不热爱咱一队，所以都一心二心想扎灯山，也就是通过这种方式，把家乡装扮得更美丽，把过年的气氛搞起来。建勋也不是吃素的，跑新疆多年，光火车就坐了几十趟，论讲大道理，也能来上几句。他家跟丽娟家是前后邻居，属于远近门，丽娟每次回乡，都是建勋张罗接送，两口子招呼她吃喝，所以两人说话比较随便，时不时也开开玩笑抬抬杠。建勋耐住性子，防着自己脱口说出，你到底拿不拿吧，能拿多少，给个痛快话！他这边一直静着，人们的脸庞侧棱着，耳朵支棱着，一是想听丽娟一个准话，再是一年没有见到丽娟，也都想她，愿意听到她的声音。丽娟又抛出她那几个终极考问，你们想叫我拿多少？灯山扎下来一共多少钱？别人都拿了多少？现在还差多少？扎成全庄最漂亮的，盖过西头他们的，得花多少？建勋用稍嫌不耐烦的口气说，这没个准儿，啊，谁也给你说不来，咱现在是看能兑多少钱，来决定扎成啥档次。钱少了简单扎，钱多了往高级里扎，再花不完的话，买点焰火花炮，十五那黑放一放。

　　教导主任偏要刨根问底，那往年的花多少钱？别队扎的花多少钱？噢，我去年过年带着俺伯妈（父母）回去了，你们不扎，今年不回了，你们倒扎灯山，成心不叫俺看灯。建勋说，今年铁架子扎好了，我一会儿给你拍视频，往后就年年扎了。之前也扎过，不定事，一个可小的铁架子，还搁民兴叔家里放着哩，他去市里了，也不太管队上的事，又疫情停了三年，所以今年俺几个想撑头弄起来。

　　好的，这是好事，放心吧，我来兜底，过两天看看，大家捐得还差多少，我给补齐；要是捐够了，那我就来提个档次，弄个新样式，总之要超过西头他们。于是挂了微信通话。人们散去，回家喝汤（吃晚饭）。

敬希爷在群里说，焰标啊焰标，我拿两百吧，日奶奶今年生意赔了，手里没钱，要不是我都拿500了。他的所谓生意，就是管着全组的水和电，安了一个净水器卖水卡，还有不知什么别的营生。有人问，嗫，我为啥在群里转不了款？有人说，群里只能发红包，不能转款，你单独转给焰标，然后焰标在群里发截图。建勋说，焰标你再列个单子，谁拿多少都记上，随时给大家公布公布。叮咚叮咚的提示音，本是平常的喝汤时间，群里却热闹非凡，有点激情四溢的感觉。焰标在儿子的指导下，设置了群里也能转款，于是不断有人转钱来，其他人看到的是钱数和"你无需支付"的字样。焰标又拿一张纸，把名字和钱数写上。第一名倒是在镇政府工作的二组的天青，早在群转款之前就给焰标转了500元。把他写在第一位，有点定基调的意思，叫你们看看，镇上公职人员转了这么多，于是后面的人，也都知道自己该转多少了。第二名是焰标自己，拿了300。在家有小营生的，转300，啥营生都没有而家住临街的转200。敬希一看情况觉得不好意思，又追加了300，因为他辈分最高，当爷的，于是他的名字后面，200划掉，写成了500。

丽娟单独呼叫建勋，说，不是咱一队的吗，我咋看到天青也捐钱了？建勋说，因为他家挨边咱一队，凑个热闹，人家愿意嘛，人家觉悟高嘛。丽娟又问，那他还给他二队捐不？会不会咱一队和二队合伙弄？建勋说，那咱不知，咱也管不了恁些，目前没有二队人来说放到一起。这个微妙时刻，建勋的语气比较刚硬，公事公办的态度，少了平时对姐的温顺和撺趁（讨好），而是让对方知道，拿钱是你自愿，你的钱没有一毛进到我兜里，我张口要钱是为队里办事，你就捐个钱嘛，哪儿来那么多问题。丽娟感受到了他的高调防卫，好脾气地再问，那，敬语爷哩？他拿多少？亿万富翁不多拿点？我要是他，整个灯山和焰火，全包了。建勋更加严肃地说，别提他，啊，这种事没人通知他，通知了他也不拿。

35年前，大张湾一组的张敬语和张丽娟同时考上大学，丽娟省外敬语本省，一时惊动全大队。他们那一届刚好赶上国家不再包分配，丽娟毕业后留在外省工作，嫁在了当地；敬语毕业应聘到市里一家国有企业，干了几年，看出弊端和门道，辞职下海，领着几人另起炉灶，产品销往全国，很早就实现了人生"小目标"，公司开到了省城。可他原则性很强，对家乡各种找去要钱的人，哪怕是近门，哪怕是村支书，对不起，一个没有，因为企业有严格管理，无法走账。招待吃住可以，开发票公司报销，我个人钱？全都交给老婆保管了，平常我花五百块都得申请问她要。于是全庄人集体恼了他，你背着俺发大财也就罢了，俺都可以掩饰一下羡慕嫉妒恨，可你连穷乡亲也不顾，手指缝里不愿漏一丁点给咱，那俺理你干啥？于是敬语少有的几次回乡，乡亲们不搭理他，他也不主动给大家说话让烟。人们忽视他的百万豪车，忽视省城归来的富翁，可以做到与他迎面走来不相识，彼此就像大城市的路人一样，甚至人们为了不与他在街里照面，出门都谨慎起来，探头探脑顾盼前后，搞得神秘兮兮不自在。他每回来一次，大张湾东头的气氛就紧张一回，说笑的人不再说笑，街里的人转身回家，连狗都放轻了脚步，一切情绪都憋着压着拿捏着。好在他回家也不多停，烧完纸、办完事、给大哥送完东西就走，一般也不在家吃饭，他哥他嫂做的饭，他已经吃不成了。他的豪车从街里开走，人们长舒一口气，某种警报与伤害解除，紧绷的神经松弛下来，报复性反弹地在街里喧哗、喷空儿、行走，抓住某个人夹枪带棒地糟挠一番，大声地将世道人心品评一回，只字不提敬语，但句句都笼罩在他留下的阴影里。那一两天，他的大哥敬希就对东头的爷们儿点头哈腰、平易近人一番，以弥补弟弟造成的不良影响。这次敬希的追加300元，可能也跟弟弟有关。他知道每遇兑钱的事，人们就会想起他可恼的弟弟，虽然弟弟的名字变成了敏感词，人们不再提起，但少不了都在心里来回数落一番，他权当破财消灾。

八点之后，群里再没人说话，也无人转钱，大张湾家家黑灯睡觉了。

千里之外，丽娟在算单子上的钱，七八千了，合计着自己该拿多少。因为天青定了基调，所以最高是500，最少是200，然后就是几个300的。村支书不是本队的，只拿了200，也算合理，如果每组他都拿钱，大张湾自然村六个小组下来，也不是个小数。临街的人都拿了钱，不临街的不拿也说得过去，灯山没有照到俺家，我也不是大款，所以不必拿，困难户、低保户自然是忽略不计。虽然焰标家不临街，但他和建勋作为扎灯山的执事人，各拿300，不但出钱，还操心出力。丽娟出手，没有下过千元的，可将她的名字和钱数赫然写在纸上，超出镇上工作的天青定秤、大家遵守的500，毕竟有点不好意思，作为本村闺女，好像你要财大气粗震慑乡亲。她想，要不，她拿2000，把父亲、哥哥、姐姐的名字都写上，每人500？嗯，这也是个办法。再看看吧，现在才腊月十几，一般扎灯都是腊月下旬。

建勋给丽娟发去视频，做好的铁架子放在敬希爷家的屋山边。一个巨大的长方形，里面套个圆形，圆形里一个五角星，这可能是当下灯山的普遍形状吧。

第二天上午，群里又热闹开了，视频照片一个个放出来。一会儿电工来了，一会儿梯子架好了，一会儿电工上到高压线上了，一会儿村口两只大红灯笼挂起来了，一会儿铁架子灯山被固定在村街中间敬希爷家门口了。南面利用电线杆，北面是一根三角铁立起，下面用螺丝固定在水泥地上，上面衔接在一户临街房子的出厦上，看样子这就是大张湾一组今后的灯山常驻地了。

建勋忙了一天，天黑喝汤时看到红光发了一条朋友圈：信息完全真实，请求大家转发，救救我的哥哥。点开众筹网链接一看，红兵瘦得失了形，穿病号服，躺在医院病床上，内容是红兵的妻子在呼吁：救救我的丈夫！孩子需要爸爸，我们需要一个家。天哪，几年没有回来的红兵成了这样。怪不得半个月前，他在微信里给建勋还了200块钱，那是他8年前借的。红兵一直在南方打工，很少回来，过年也不回家，听说过得不好，十多年前离婚，儿子扔家里给他妈，红兵又找了个外省女人，两人又生了小孩，把家里这个当作没有一样，只是寄点钱回来，人也不见。他妈给他把儿子从5岁带到16岁。打小不见爸妈的孩子放学钻到屋里，从不出来玩，走到街里也不跟人说话，初中毕业外出打工去了，也是常年不回家。红兵混得最不好的时候，问队里好几人都借过钱，300、500都借。上个月红兵莫名其妙地在微信上主动给人们还钱，说自己身体不好，这些年没挣着钱，对不起爷们儿。建勋没有收这200元，焰标也没收，敬希爷也没收，都说，噫，镇些年了，几百块钱早都忘了，你身体也不好，别还了。

建勋在众筹网上随手捐了50，他看到焰标也捐了50，村支书、村干部各捐50。一时间，红兵得肺癌的消息在村里传开，成为这一天的重大话题，人们唏嘘惊讶，对着网上的筹款目标20万元哀叹一番。这个钱数对于大张湾人来说，挺吓人的，都能够在县城买半套房了，不知何时才能凑够。普通人对普通人的救济，总是无力，也只能是朋友圈转发一下，于是那些800年不发圈的大张湾人，也都转发了这条消息，加上一句话：信息真实，这是我的同村人，恳请大家帮助。

丽娟紧急呼叫建勋：我看你们发的朋友圈，这个张红兵是咱庄的？几队的，我认识不？

建勋说，噫，就是咱队的呀，花茹婶的大孩儿。

天哪，咋是他哩？比咱小好几岁吧？样子变得我都不认识了。丽娟在那边叹息，然后说，我告诉你们啊，不要在网上捐钱，这个网有很多抽成，据说大家捐的钱，只有一少半能到患者手上。他们靠这个挣了很多钱，都在美国上市了。

呀嗨，他们咋能这样哩，这钱也能挣？镇黑心。建勋一时义愤满胸，觉得自己的50块，叫这缺德网站白白弄去一多半。

所以我要告诉你，给咱庄人都说一下，不要在网上捐，统一把钱都给哪个人，他再转给红兵，这样大伙的爱心才能不缩水。那个众筹网站，只适合陌生人捐款。

建勋挂了微信通话，在街里见人就说，都不要在网上捐了，看看选个人，都交给这人。街里人立即骂这众筹网，为自己捐出的几十块钱而悔恨，怨自己手太快，打问捐过的钱能不能要回来，咱自己转给红兵。

丽娟那边也很快语音了村支书，叫他通知大家，立即停止网上捐款，村里指定一个人收钱。

其实也并没有几个人捐，另外几个自然村，那些没有见过红兵、不太认识的基本无响应，本村同姓张的人，也都捐得不多，30、50，转给了建勋。也有不会使用智能手机的老人拿着几十块钱来交给建勋，或者走到花茄家里，交给红兵他妈。不想掏钱的，街里当着众人捐几声叹息掉几滴眼泪，或者骂几声众筹网。

几天里，大张湾自然村形成了两条捐款线，一个灯山，一个红兵。灯山那里人数不多钱却不少，起步都是200元，红兵这里人数不多钱也不多，因为众筹网那里开了个坏头。那些天南海北不知在哪里的人，20、30地捐，引导得大家也都这个水准了；而捐灯山是按村里婚丧嫁娶凑份子规格来的。无论多少，建勋都记在一张纸上。

丽娟转来2000元，让建勋转给红兵，一下子强过那么多人的总和。建勋说，姐，你给他写几句话发来，我连钱和话都转给他。

建勋从微信上把2000元和丽娟的话转给红兵，简单说了几句。红兵说过两天手术，医生说成功率也不能保证。建勋看他几乎连说话的力气都没有，安慰几句便挂了，心说，村里人捐的钱先不能转去，万一他手术失败，没有救过来，或者人昏迷着不能醒来，这钱岂不是落在他老婆手里？那南方女人跟他结婚十来年，只回来过一次，谁知是啥情况，不如再等两天，若他真是不中了，醒不过来，就把这钱交给花茄婶。想那花茄婶，辛苦带大几个孩子，儿子外出打工，闺女出嫁走人，花茄叔死了，几个孩子都离得远远的，一年到头也不回来看看她，猛不丁回来，都是有事情、有麻烦，要么在家养伤，要么把小孩丢家里，要么回来借钱，把队里人能借的都借个遍，好像大张湾和花茄婶这里是他们的苦难收容所、麻烦处理场。现如今花茄婶70多岁，腰弯脊瘸，一个人靠每月100多元的养老金和全家人的地款生活。红兵红光常年在外，几乎顾不住自己，定是不给家里汇钱。对，红兵要是不中了，后面这些钱都交给花茄婶。

丽娟给焰标转来500元扎灯山的捐款。焰标写在纸上拍照公布，扎灯山筹款活动画上了一个句号，因为该捐的人也都捐过了。丽娟告诉建勋，就可着这些钱来搞，入了正月，我会再给你转焰火钱。不需要出现在名单上，也不需要给谁说，只说是扎灯山剩下的钱。建勋说，姐，不用了，你这就破费不少了，我们好坏把灯山钱留下千把块，到时候买点呲花放放妥了。你对咱家里的情义，我们也都领了。丽娟说，不，全部用完，扎得气派些，正月里我会再给你转钱。丽娟当过中学生心理辅导老师，她知道现在不能转焰火钱，过些天再转去，让他们把收到钱的喜悦分成几份，若现在一起转他，到了正月十五，喜悦感肯定有所降低。

忠强由妻子推着，来到焰标家里。他两口子每天坐在闲话场，把扎灯山的事和红兵的病情听了个明明白白。

焰标问，忠强哥，能看清我不？忠强不知为何，病了以后，嗓子都变细了，掺着点女人腔说，看不清脸，只见个人影、轮廓。他哆哆嗦嗦从兜里掏出一张钱，说，扎灯山，我拿100吧，太少了，也别往单子上写了，净是落个叫人笑话。

焰标说，噫，哥你不用拿，恁家又没在街里，你又……他想说，你又吃着低保，却没说出口，只说，你身体这样，也挣不来钱了，你看那捐款的，都是有收入的人。忠强说，这是我的心意。你不知那时候咱庄扎灯山，都是恁大爷撑住头弄哩，这些天一提起扎灯山，我就想起他。那时候恁都还小，不记事，我十来岁，街里跑得欢着哩。久违的笑容漾上忠强的脸，紧接着，他的眼睛又蒙上了水雾。妻子从他手里拿过钱，交给焰标，说，焰标，你拿住吧，别嫌少，你不收下恁哥心里不得劲，回去黑了都睡不着。于是焰标收下了钱，记到单子上，却不再拍照发群了。

大张湾东头，颇有点热火朝天的样子，恨不得几个自然村都知道他们今年要大弄一伙。建勋本就是热心人，这下更是张罗得大冬天里直擦汗，走路步子快了很多，缺啥工具都回他自己家里去拿，家里没有的，骑上电动车呼的一声蹿出去，再一会儿，后座上架着借来买来的东西，一阵风又蹿回来，自己都觉得仿佛回到了一二十岁，还是那个莽撞少年，为扎灯山而兴奋。他饭都顾不得吃，俨然总指挥一样在街里喊这个叫那个。过道口见了花茄婶，拉住了小声说话，告诉她，这里已经有1000元出头了，到时收完了，都交给你，由你来定给不给红兵。花茄婶说，都转给他吧，我不要。建勋说，咋能不要哩，这钱对于他的病来说，杯水车薪，起不了啥作用。他长这么大，也没孝敬过你几个，这钱就算是他过年给你的。花茄婶不再反驳，想着经自己一道手，把钱交给闺女，再由闺女转给红兵，也是中的。

直头头儿忙排了几天，一心想早点过年似的，又想要把这样的日子这种感觉牢牢抓住无限挽留。其实还是过年之前的十几天有意思，有盼头，人人奔忙着、向往着，好像前面有什么了不起的事情在等待着咱，好像谁给全中国人的体内定了一个闹钟，到了这个时候就丁零零响，催闹着你行动起来，东跑西撞要干点啥。过了大年三十，再过了年初二，不少人就怅然若失，这就完了？是啊，不完还能怎样？除过老了一岁，你又收获了什么？却原来前面任啥没有，却原来日子一切照旧，该没钱还是没钱，该生病还是生病，该拉的磨全都套上。老祖宗也真是能，发明了年这个伟大玩意儿，让人们从平淡的生活里跑出来那么十来天，告诉自己很开心很幸福，于是都抻脖等待她。

村口挂一对大灯笼，临街人家门口一对小灯笼。丽娟家除了灯笼外，屋后特意多使了几米灯带，绕了个蝴蝶结造型。管钱的、管物的、管看的、管评的、管采购的、管说风凉话的，齐齐出动，街里总是人影幢幢。也有在外打工早归的年轻人，也愿意三三两两站在街里，被大人叫过来爬高上梯干点啥。捐过钱的人，站到跟前，大声参与，就像是自家事一样上心。没捐钱的，站在远处，默默地看，小声地说，扎成啥样跟咱无关的表情。一个细高个儿小年轻，不知是西头谁家的孩儿，整出新潮的发型，举着自拍杆拍视频，引得几个人凑上去看。焰标问他这是弄啥，他冲焰标匆忙一笑，回头对着手机说，家人们，友友们，今晚，我大张湾的灯山将正式点亮。

再也不是从前那种只点三晚了，而是腊月底就灯山架起，彩色灯带一街两行扯好，开关在敬希爷爷家大门楼里，夜夜电闸一扳，灯火闪烁，一直明到正月十六。此间电费，也都算在集资款里。

南方传来消息，红兵手术顺利成功，下面进入化疗阶段。

天刚擦黑，大张湾东头笼罩在彩灯的闪耀之中，建勋和焰标悠然出现，把街景拍了视频发给丽娟，意为向她汇报灯山的成果。焰标从来拿不稳手机，也或者像素太低，所有画面总被他拍得恍恍惚惚、闪来晃去。丽娟每次见到他的视频，就自言自语，咋就恁笨哩，连个视频也拍不好。建勋拍了两条，都有画面同期配音：丽娟姐丽娟姐，这是今年咱队的灯山，好看吧？你看专门给恁家门口挂了俩灯笼，绕了点灯带，你回不回来，反正都给你弄好了。他先给丽娟转发了红兵的信息：丽娟姐，你们全家的捐助建勋哥已转来。深深的敬意和感谢。兵弟手术很成功，正在养病……建勋又走动了十来步，给红兵拍了一条街景，镜头最后落在村口两只大红灯笼上，同期配音说，红兵啊红兵，你看看，今年的灯，好看吧？我代表咱大张湾东头的爷们儿祝你过个好年，早日康复。等到春上，病养好了，带住家里和小孩，回来看看吧。

（原载《人民文学》2024年第7期）

周瑄璞，陕西文学院专业作家。著有长篇小说《多湾》《芬芳》，中短篇小说集《曼琴的四月》《隐藏的力量》等多部。在各大文学期刊发表中短篇小说，多篇被转载和收入各类年度选本，三次入选中国好小说榜单，两次入选长篇小说年度金榜特别推荐。获中国女性文学奖、柳青文学奖、河南省"五个一工程"奖、中国好书、文艺好书等奖项。

命运慢跑团

◎ 蔡崇达

和黑昌熟悉上，是去年回家过年时。

那是我在时隔两年多后第一次返乡。

两年多没回家乡，倒也说不出什么特别的原因。就是此前父亲去世了，回到家乡，按照繁文缛节终于把葬礼办完，突然觉得深深的说不出的累和厌倦。

我曾以为，自己不算特别难过。父亲中风多年，如此艰难地熬了这么多时日，他真的尽力了。那个葬礼上，我表现得很成熟，每个流程、每个细节我都控制得很好，好到，按照习俗该号哭的时候倒突然哭不出来。

本来报社的主编给我批的是一周的假期，还说，如果需要，和他再说，他理解的。

但其实葬礼不需要这么长的时间，葬礼后第二天，时间就全空出来了。

我因此不知道自己要干吗，坐着也难受、站着也难受、躺着也难受，在家里怎么都难受。我也不理解为什么难受。

走出家门，走在哪儿，总有人要安慰我。他们不需要安慰我的，我觉得我处理得很好了，我反而很厌恶他们一次次提及这个事情，他们一说，我就找个理由转身赶紧躲回家。

熬到第三天，吃饭的时候，我和母亲假装随口一说"报社在催我回去了"。

母亲看着我，直直看着我，看了许久。

她似乎想了很多东西，但她只说："那就回去吧。"

我说："母亲你呢？要不随我去北京？"

母亲说："我觉得我还是留着好。"

现在回想起来，我那样做确实很不正常。听到母亲的回复后，我就马上去收拾行李了。甚至收拾完行李马上订了最快的航班。那天，泉州下午没有回北京的航班，我为此还买了从隔壁城市厦门出发的机票。

要离开的时候，母亲就坐在门口。那时候正是下午，阳光像雪花一般打在她身上，衬得母亲身后的房子像个黑乎乎的洞。

我愧疚了，我说："母亲要不一起走吧？"

母亲应该是为了安慰我，所以笑着说："走吧，你搞好你自己，我搞好我自己。好一点儿了再回来。"

我还是离开了。我在东石镇转盘那儿找了辆车，一上车就和司机说："赶紧开，去厦门机场，赶紧开。"

司机正在抽烟，说："别急，我这烟刚点上。"

看着他一口一口地吞吐着烟雾，我焦虑地抖着脚。我还是催了，师傅快点儿、快点儿走。师傅不耐烦，转过身白了我一眼，却愣住了。他说："你好像哭了。"

我说："我没有啊。"

我当时在北京谋得了一份都市报社会版热线记者的工作，是那种屁股没法沾上椅子的工作：哪里有人丢猫了，有人自杀了，有人养出十几头的兰花了，中国第14亿个人诞生在哪家医院了……突然的一个什么事情，就要拽着我，马上脱离身处的状态。

当时热线记者每个人要轮流携带一部手机，以保证这座城市犄角旮旯发生的鸡毛蒜皮的事情都可以马上找到人。

我曾在刚蹲着马桶的时候接到过电话，那边和我说厨神争夺赛决赛了；在点的菜刚上的饭店里接到过电话，告诉我某桥边发现一具浮尸……本来是极度厌恶这份工作的，觉得做着这样的工作，自己的生活是破碎的且没有建构秩序的机会。

回到北京后，我突然觉得这份工作很好。这座巨大的城市一直在发生那么多故事，它们一发生，就像新生儿毫无节制地啼哭，要我们过去，让尽可能多的人知道他们诞生了。

反正我不知道怎么面对那巨大的时间，让这些毫无节制的故事这么毫无边界感地挤占，倒也是解决方案。

我主动申请，夜班热线也由我来吧，假期乃至春节的热线我都来值班吧。同事们对我当然觉得不好意思，甚至自此总愧疚地主动关照我，但他们不需要愧疚的。其实是我在利用这些故事：它们一个个喧闹地占据我的生活，我因此被挤压到完全没有机会去琢磨心里到底发生了什么，或者已经发生了什么。

是的，对于心里发生了什么，我觉得，自己最好不知道。虽然，我总是觉得心里慌慌的，甚至察觉到自己越来越异常，比如开始厌恶"未来""将来"这类字眼，比如我经常一整天就盯着那个热线电话，期待着这个城市新长出什么东西，赶紧来占据我的时间。

如此糊里糊涂，竟然拖成了两年多没回家乡了——毕竟，热线电话无论白天夜晚还是平日假期，都在我身上。

但我一度还觉得，起码对于家乡、家人那部分自己处理得还不错。

从父亲葬礼回来后，我是曾莫名和母亲怄气着，有半年不怎么说话，但后来，还是每周和母亲通话一次，这和以前一样。以前父亲中风，舌头也瘫了一半，说话不利索，从那时候我就只和母亲通电话了。我依然会和母亲聊聊天，她会同我说一些自己和镇上的人发生的故事。只是我不会再问父亲的情况。不问了，我感觉他就应该还是记忆中的样子。即使有时候脑子里会有杂音提醒我，父亲不在了，但我不问了，这个事情就没被坐实。

第一年春节，得知我无法回来，母亲说："不回来也好，你终究要在外面安家的。"

第二年，母亲觉得我不对劲了，说："你是不是害怕回来了？你是不是还是处理不好你父亲离开的事情？"

我说："没有啊，就是忙。"

到第三年临近春节，母亲判定我是有问题了。

有一天她突然问我："你这几年怎么样？"

我说："我没事啊，就一直失眠，估计是一直值夜班值的。"

"你几岁啊？"

"你都记不得了？我30了。"

"我意思是，你才这个岁数就一直失眠，你肯定没处理好。你还是没搞好你自己。"

"那你怎么样呢?"

我突然觉得，母亲和我像是并排躺在病床上的受伤的战友，在相互询问伤情。

"我也算不上特别好，但对于过日子，我还是比你有经验的吧。"母亲竟然还轻声地笑了一下。

母亲最后下了个判断:"有问题，就回来一趟吧。"

我不理解母亲为什么就此判断我有问题，以及，为什么我有问题了，治疗方法是回来一趟。

但我还是回来了。

我确实也隐隐觉得，我好像得回来一趟了。

那一天我是在深夜乘飞机到达家乡的。

可能是在北京住惯了，身体习惯了干燥肃杀的空气。再回到这个南方海边小镇，一出飞机舱门，就感觉黏腻的水汽往身上贴，往鼻孔里、往皮肤上的每个毛孔钻。感觉过不了几天，自己鼻子里、身体上，都该长青苔了吧。

换上出租车，本来想透口气，开了下窗，黏腻的空气一团团往脸上、身上打。我关上车窗，开始恍惚，自己竟然是在这里生长的? 这样的体感，真真切切地告诉我，再如此下去，我真成了家乡的异乡人了。

我一开门，就看到母亲坐在椅子上，一副睡眼惺忪的模样。

"哎呀，我竟然睡着了。"母亲听到我进门，突然醒来，似乎还一不小心流了口水。看样子睡得不错。

南方没有暖气这回事，晚上要进被窝是最难的，母亲说知道我要回来，连续晒了几天的棉被。但棉被没有留下太阳的多少痕迹，钻进被窝那一刻，感觉自己钻进了冬天海边的滩涂里。我忍不住吸了一口气，然后再不敢轻易移动，直到感觉自己身体上的温度慢慢被棉被吸收了，好似自己终于抽出根系，扎进棉被里，构成了一条系统，世界才重新暖和起来。

然后我觉得自己像种在棉被里的植物盆景，反正我是不愿意离开它了。

然而，我果然还是睡不下。

我试图找过原因，却是没有合理的原因：没有兴奋的感受，没有涌上什么特别的回忆，也没有正在焦虑的事情。我躺在那儿，明明只是植物盆景，但还是睡不下。

窗户拉得不是很严实，露出一小面玻璃。我从那一小面玻璃，看着外面的天，从浓稠的黑，慢慢变灰，变淡，眼看着慢慢地、慢慢地即将泛出来了，泛出鱼肚一样的白。

我突然想起，此前好像朋友圈里谁发过的，东石镇那一年新建了条海堤跑道。

那条朋友圈有张照片角度很好，一群人跑在海堤上，感觉像是往海的深处跑去。

哦，我想起来了，这是黑昌发的。

七八年前我被宗族通知得回来参加宗亲会，说是祖厝落成。"是个子孙都得回来，不回来就没祖。"这样凌厉的通知，恐怕没有谁有拒绝的勇气。

那时候父亲还在，已经偏瘫了。父亲认为这是大日子，坚持要穿上他唯一的一套西装。

西装这类衣服，胖的人本就不太好穿上的，父亲又站不住，只好坐在椅子上，母亲和我来帮忙套。我们折腾得大汗淋漓，最终上半身勉强塞进去了，而裤子实在不知道怎么套。父亲终究很难穿下。是父亲想到一个方法，他干脆趴在地上，我们像装麻袋一样把他装进西裤。裤子是穿上了，只是裤腰系不住。

母亲想了个办法，用一块轻薄的毛毯盖在父亲的身上。然后我们三个人偷偷会意地笑着，一起去了宗亲会。

那天我才知道，这个祖厝出去的人还真是多，热热闹闹的，挤满了从世界各地赶回来的人。有的人说着日语，有的人说着英语，还有个人应该是混血，头发带点儿金黄，眼睛已经不黑了，但还是指着摊开在案桌上、像长出无数水系的大河一般的族谱，激动地用闽南语喊着："我看到了，我爷爷叫蔡尤款，我是尚字辈的！"

族谱平常都是小心地收纳在祖宗牌位下面的长条抽屉里，这样展开来，我看到自己的名字、父母的名字和很多人的名字也成了这条大河的某条溪流，内心还是有温温的感慨。

此时有个大嗓门冲着我们大喊："哎呀，我家老大来了！"他皮肤黝黑黝黑的，是海边生活的人的模样，但那天特意穿着西装，西装略显宽大。他冲过来，一下子抱住我父亲，还做出要亲我父亲的样子。我父亲被逗笑了，笑出了满嘴抽烟黑掉的牙。

父亲面部一侧偏瘫，一张嘴，口水就直直地流，但他还是忍不住说话："这个黑昌，从小就这样不正经。"

黑昌瞟了一眼盖在父亲身上的毯子，嘿嘿笑着："自从生病了倒富贵了啊，胖到裤子穿不下了吧。"

黑昌调皮地作势要掀开，父亲脸顿时红了，紧张地把毯子拽紧，一紧张，口水又直直地流。

黑昌笑着说："看来连装枪的兜都锁不上了，日子过得不错。"

母亲又恼又笑，做出嫌弃着驱赶的样子："去去去，这么不正经，做什么宗族大佬。"

宴席上，黑昌拿着白酒杯特意来敬我们。他应该是要喝醉了，嗓门更大了。他说他是特意来敬我的。他说："辈分上我应该是你堂哥，因为我是你太爷爷的兄弟的曾孙，我们都是崇字辈的。"

他说："我现在的身份是咱们宗族理事会新生代的负责人，我有个愿望，就是可以让你们这些出去外地的人，以后还想着可以回来。"他说："你父亲我小叔不好和你说，但我偷偷告诉你，他可太想你了。他偏瘫在家里每天摸着你的照片偷偷想到哭，你能不能答应哥哥我，常回来看你父亲我小叔。我要去看他他还嫌弃，他就想见你，你要知道，你父亲现在什么都没有了，只有你们了……"

我听得难过了，不敢去看父亲的脸。我知道父亲委屈得像个小孩，扑簌簌掉着眼泪。父亲自从生病后，越来越像小孩。

母亲也哭了，但生气地瞥了瞥黑昌："别乱说话了，我家黑狗达可疼他父亲了。"

黑昌看到自己把我们一家三口说哭了，不好意思地挠着头。他说："我错了我自罚三杯，要不一壶。"他拿起酒，真把一壶酒给喝了。

"真过瘾啊！"黑昌喝完酒大喊了一声，突然声调放低，"你还有父亲多好，我都没有了。"

我才发现黑昌也哭了。

我就是在那天，被迫和他加上微信的。他眼泪一抹，不由分说地拿出手机，说："兄弟加一下，咱们必须亲起来。"

和他加上微信的人，很难不看到他发的朋友圈。

他早上发，中午发，下午发，晚上还发。他发的朋友圈，通常都有一个标准的文案：这是今日份的美好小东石，请注意查收。

他发过晚霞，发过新建的跨海大桥，发过在寺庙里打麻将的婆婆阿姨们，发过路上光屁股跑的小孩，发过这条跑道……然后我记得了，当时他发这条海堤跑道的时候还说过，这是一条用荧光粉铺成的跑道，天暗的时候就会发光。

我想，我得去看看。趁着现在天还没全亮。

屋子里还是黑的。

我摸着黑，找到母亲放在门口鞋柜上的大门钥匙，出了门，沿着石板路往海的那边走去。

我想，海堤跑道应该在那儿的。

是的，很容易确定，海堤跑道就在那儿——我往海的方向走，看到路上陆陆续续有穿着运动服、运动鞋的人，骑着摩托车也往海的方向驶去。

他们大都是中年人，大都大腹便便的，明明看上去睡眼惺忪，但莫名精神抖擞。

某一刻，我觉得我和他们成了一条河流，我们要一起欢欣雀跃地汇入海洋。

到的时候，天空已经是灰白的。那条海堤跑道并没有发出炫目的荧光，只是安静地躺在那儿，伸展向海的方向。

海堤跑道的入口就在沿海大通道的边上。不知道由谁搬来了几块大石头，大家约定俗成地在这里停放摩托车。

大部分是身材肥大的中年人，但激情满满的样子。他们开始做着形形色色的热身。

有的热身是不断地举手、举手、举手，似乎要举起自己来；有的则不断捶打着自己的身体，似乎以此可以打通经脉；有的人则面对着海面一会儿大呼一声，哈！再来一声，嘿……

然后，大家就开始跑起来了。

我稀里糊涂也跟着跑起来了。

太阳正在升起来，往地上这么一照，我才发现许多人头上亮着光，再一细看，跑步的许多人头都秃了。有的秃在正中间，有的秃在后脑勺，还有的全秃了——他们全部盯着光，在呼哧呼哧向海跑去。

我没有刻意，但眼睛还是不自觉往一个个亮光点看。亮光点在跳动着，有时候还有留存的几根长长的毛跟着跳动，莫名感觉真是倔强，和这些人一般。

我正在发呆，前面一个人突然转头了，我以为是自己不小心冒犯到他，赶忙低下头。那人干脆就原地跑着，等着我跑近。

我脸涨得通红，低着头硬着头皮往前跑去，终于跑到那人身边了，头还是不太敢抬，那人却突然大喊一声："我没认错吧？你竟然来跑步啊。"

我抬起头，才发现，是黑昌。

我分不清他是热情还是激动，虽然我就在他面前，他还是扯着嗓子问："大作家你怎么回来了？"

他说："你也来跑步啊？"

他说："跑步好啊，得锻炼身体啊，特别是你年纪也不小了。"

他看着我忍不住打量的眼神，意识到什么，笑着说："我早秃了，平时戴着假发好看些，但跑步的时候，感觉假发一蹦一蹦，好像是谁在敲我的头，心里不爽快。要敲我的头，那只能我老子，哪轮到假发？所以跑步的时候干脆就不戴了。"

我说："不好意思啊。"

他说："怎么会，你不觉得我秃头也很帅吗？"

他说："你今天算是来对了，这是咱们东石镇的新一景。"

黑昌郑重地指向那条通向大海的跑道以及上面那条奔跑的人流："这是东石镇最有光芒的景色。"

我以为他是要开始介绍这新建的海堤跑道，他却充满深情一字一句地喊出来了："命运慢跑团！"

命运慢跑团？我还是被这个名字震撼到了。

黑昌看到我的表情，更得意了："这个名字好吗？"

我一下不知道如何评论，于是点点头。

"是我取的，"他兴奋地向我解释，"这个慢跑团我加入之前就在的，只是此前没名字。"

他说："其实这是东石镇古老且神秘的组织，我无法确定它具体从哪个时候开始。但我知道，他最准确的名字是——中年男人牛×奋斗干到底慢跑团。"

他说："我发现，很多人大都是在40岁步入中年的时候找到它的。"

黑昌打量了我一下，看我听得很认真，说得更激动了："我发现它的时候，刚过40。以后你就会知道了，人一过40，就容易睡不好。睡不好，有因为身体，有因为内心焦虑。40了，身体开始走下坡了，但男人嘛，这个时候需要担的责任又恰恰最重，还有，还会困惑人生意义什么有的没的。焦虑又睡不着，总会忍不住起床走走的；走着走着，总会想出来透透气的；出来透气，就会看到有人在跑步。看到有人在跑步，就会莫名其妙跟着跑起来了。"

我听着听着，脸不自觉红了。

黑昌察觉到了我的表情，他恍然大悟："对哦，你也快40了吧？"然后，得意地问："你是不是也是睡不着出来走走才发现我们的？"

我没有否认。

黑昌开心地拍了拍我的肩膀："恭喜你找到组织了，欢迎你加入命运慢跑团。"

黑昌像在拉客户一般，继续说："这个慢跑团真的特别好，咱们中年男人，不太会那些腻腻歪歪的东西，到了这个年纪，一般分两派，要么喝酒，要么就跑步。喝酒伤身还费钱，跑步健身还省钱。我后来为什么建议这个叫命运慢跑团？因为我发现了，最终选择不去喝酒，每次早上睡不着起来跑步的，都是他妈的还不服老的人，都是他妈的还要和世界杠的人。怎么说？"黑昌着急地寻找词语，"就是，就是他妈的不服气，就是他妈的还要和世界继续战斗的男人。"

黑昌说得满脸通红，青筋暴绽，犹如他此刻就站在广播台上演讲一般。

虽然很奇怪，但我确确实实被感染了。我不断看一个个跑步的人，早上的霞光给他们均匀地镀上了金光，我感慨起来："是啊，咱们家乡还挺好的。"

黑昌如同自己被夸奖了一般，咧开大嘴乐呵呵地笑。

然后他突然想到什么似的，激动地说："对哦，我和你说过吗？你父亲生病前也是我们慢跑团的。"

父亲？我愣了一下。在我对父亲的所有记忆里，完全没有他出来晨跑的信息。

"是啊，你父亲和我说过，他也是40多岁时参加这个晨跑团的。当时没有海堤跑道，他们一开始就沿着东石镇主街那条石板路跑，后来太扎眼了，总有晨起准备做生意的人看到，开他们玩笑：'这么热血啊，还对老天爷不服气啊。'他们就挪到了中学去跑，但中学不让进，他们就绕着中学的围墙跑。你也知道，中学外围都是墓地，那几年在墓地跑的时候，是最诡异的，老觉得身旁空气冰冰凉凉的，但还莫名的清爽……"

我听着有些难过，自言自语着："我竟然不知道。"

"你当然不知道啊，"黑昌听到了，"人少年时候总睡得沉，你父亲生病前，我经常五点到你家楼下，和你父亲会合后，我们再一起边聊天边跑，跑到中学去。虽然你和我不熟，但我对你可熟了，对你可亲了。"

黑昌转过头来直直看着我："你父亲很容易喘，但他还喜欢边跑边说话。他说加油站的生意快养不活家里了，他想偷偷去隔壁村兼职当环卫工人，就是一早一晚两次打扫，他说不能让你知道，你自尊心强。他说儿子以后是拿笔坐办公室的，得保护你心里的傲气。他说他觉得对不起家人，40岁了才发现自己这么没本事……"

我眼眶红了，不想让黑昌看到，于是说："要不我们跑起来。"我想，跑起来他就不会说话的时候还要老盯着我看了。

黑昌说："好啊。"

边跑黑昌边继续回忆："后来你父亲生病了，我每天早上会绕过去看看他再出发，他每天总要拉着我说他的难受。他说觉得自己要拖累你了，而且越来越拖累；他说，哪有父亲拖累儿子而不是照顾儿子的；他说他自己曾想过偷偷死掉，不能拖累你，但又舍不得看不到你。他说他不知道怎么处理自己才对你最好……"

我难过到无法控制，停了下来，低着头，不断用手臂擦去涌出来的眼泪。

黑昌这才意识到，他说的这些话让我难过了。他故意把头撇一边去，抬高声调："哎呀怎么这么年轻跑一点点就喘了？再苦再累都要跑起来。我们的口号是：命运就是我们跑出来的路。"

命运就是我们跑出来的路。

母亲见我从外面进来，有些吃惊，问："你什么时候出门的？"

我说："去跑步了。"

母亲顿了一下，说："哦，你父亲中风前也老去跑步的。"

看来母亲也知道父亲跑步的事情。不知道的只有我。

我想赶紧转移话题："我看到黑昌了，他真是个……"我想了一会儿，"很有激情的人。"

"黑昌啊，"母亲一提到他就不自觉地笑了，"你知道他有个绰号吗？"

"什么？"

"东石大喇叭。他从小就叫这个名字了，他从小就这副性格。"母亲又忍不住笑了，"对哦，他结婚的时候你还帮他滚过床的，你忘记了吗？"

我回想了许久，实在没印象。

"就是你五六年级的时候去参加的那个很盛大的婚宴啊，那天晚上办了可有300多桌。"

母亲这么说起，我好像记得有这回事情。

我记得，大概小学五年级吧，有一次我不知道为什么穿着很正式。然后我们村书记一个晚上带着我，到处和人敬酒。我记得，当时各种人都有，有左青龙右白虎。我记得新娘很漂亮，像挂历海报上的女郎。我记得新郎很白很瘦，一副吊儿郎当的样子。我还记得，我在众人的簇拥下，当着大家的面，在一张铺着大红被套的床上滚来滚去，好像还要喊着：一滚祝福早生贵子，二滚……

"是啊，新郎就是黑昌啊。"母亲说。

那就是黑昌？我实在对不上。那个瘦瘦白白、吊儿郎当的新郎是黑昌？

"是啊，就是他啊。黑昌家可算是咱们这儿最有分量的家庭了，他大哥一改革开放就冲去广东开公司发了家，他父亲是咱们家族的话事人，当时还做咱们村的村书记。他是三兄弟最小的，从小母亲就特别偏爱。因着这偏爱，他对一切总百无禁忌又毫不在意，小时候就特别爱捉弄人，去学校读书还和老师动起手来，十七八岁就把隔壁村的姑娘弄大了肚子。那次结婚，是他父母压着，得对人家负责任。他父亲是个极其公道的人。"母亲说。

母亲越说我越记起来更多了，我记得的，那是场奇怪的婚礼，新郎总百般不愿意的样子，夫妻对拜的时候不愿意，进洞房的时候不愿意，几次都是村书记上去打他脑袋，终于逼着把婚礼办完了。

母亲往下说："结婚后他父亲就给他们分了家。过了五六年吧，他父亲就生病了，说是肺癌，接着半年不到，就走了。他父亲走之后，黑昌和老二便在老大开的公司干活，但没几年，黑昌就不干了。说是老大对他不好。其实啊，大家都说，就是他从小没吃过苦，不靠谱呗。

"他这辈子唯一正经做过的事情，是从老大公司出来后，自己开过一家海鲜酒楼。生意是很好，但他总不好意思和朋友算账，两三年不到就倒闭了。酒楼倒闭后就没怎么正经干活，一会儿和结拜兄弟说要去广州打拼，消失过几年，后来再出现，别人问广州怎么样，他就一直摆手一直笑：不提啦，不提啦，提了伤感情。后来又说要买股票，再后来干过什么挖币，反正最后都不提啦。

"表面，家里主要是靠他老婆守着个小海味店，支撑着花销。但实际上似乎又不是。他母亲和老大住一起，他大嫂倒是偶尔偷偷和我抱怨，他母亲每个月月末都从老大这里要钱，要得还不少，问用处，就说'我买六合彩输了不行啊'，甚至偶尔还会'一不小心拿错一些金银首饰'去当，当完的钱'我们也不知道去哪儿了'。

"后来宗族里的老一代，念着他父亲的好，就在他过了40岁后提议让他开始参与宗族事务，什么祭祀啊、节日和红白喜事啊，这些热闹事情他倒擅长。宗族里给的工资不多，但他做得似乎倒很开心。"

"从小不正经到大，但是那个浑不吝的劲儿倒一直在，只是年岁增加，从怼别人，慢慢更多怼自己，大家倒越来越喜欢他了。"母亲最后这么总结。

"有时候想，看着一个个人长出各种样子也真是好玩。你看，那种人人皱眉的混世魔王，现在也长得越发慈眉善目了。对哦，他两个儿子一个25、一个24，现在都在谈婚论嫁。你看，混世魔王都要当爷爷了，这日子多快啊。"母亲感慨着，我却一直在回想着，20多年前那个瘦弱白皙一副玩世不恭模样的黑昌。

"他父亲人可真好啊，可惜走得早。你父亲偏瘫后不老爱坐在门槛上嘛，老书记有段时间经常来看望你父亲，也陪着坐在门槛上，每次来总会拿点儿他觉得好吃的小东西，什么麦芽糖啊、橘封条啊、风吹饼啊。他们还会一起回忆，回忆小时候一起去偷地瓜、抓螃蟹。我们不是不让你父亲抽烟嘛，老书记总会偷偷打量着我在不在，然后偷偷掏出烟，点燃了，再塞给你父亲。每次我经过，他又赶紧拿过来，放在自己嘴边，假装是他在抽烟。这俩老小孩。

"老书记总会像安慰小孩子一样，拍拍你父亲的肩膀：'很辛苦吧？我知道的。咱不怕，咱们可都是男人了。'等到他父亲去世后我才知道，原来那时候老书记已经知道自己生病了。

"老书记去世后，有段时间黑昌来了。他也坐在门槛石上。我每次问他什么事情，他都说没事。我故意逗他，说没事干吗来我家门口坐着，他眉毛一挑，说：'你家门口好，正对着石板路，我在这里看路过的美女安全，我老婆问起，我还可以说，我在陪你家老蔡。看那婆娘敢说我什么。'他表情和口气很夸张，但眼眶红得很。

"他想念他父亲了，还不想让人看出来，害羞什么？"

母亲说着说着，自己倒悲伤起来了。

下午，黑昌突然来我家了。

他随手拎着两只花蟹。母亲推辞着不要，他说："小婶子收下，你儿子不是最喜欢吃这种螃蟹嘛，这不现在又恰好时节。"

听说他来了，我下楼来，恰好听到，有些吃惊："你怎么知道？"

"我怎么知道？你父亲和我说的啊。他以前小气，只买一只，而且还特别小，我老说他：'是去贴肚脐眼吗？'他当时还没生病，抡起手就要扇我，我可打不过他，边跑边说：'你手掌都比这所谓螃蟹大。'气得他脱下拖鞋就朝我扔。"黑昌说得眉飞色舞。

我这才知道，每次重要考试或者节日的时候，出现的那只小花蟹是怎么来的。一开始我会问，父亲总和我说："就咱家前头那个讨海的文才送的，他们说你会读书，给你补补。"

黑昌进门先是打量了一圈，眼睛不经意间瞥过门槛，顿了一下，嬉皮笑脸地说："看来你们是真想念我小叔，家里的所有东西都舍不得换。我以后要是死了，得回来看看，我婆娘会不会为我保留原来的东西。"然后他突然想到了什么，"对了，她肯定不会换，她穷啊。"

母亲白了他一眼："别乱说，现在你家两个儿子都在谈婚论嫁。"

这句话倒让他吓了一跳："是是是，现在可是考察的关键时刻，不能乱说话。我家不穷的，不穷的，花蟹每天当饭吃的。"

母亲又气又恼："都要当爷爷了还没变，估计到老都不会变了吧。"

"这不现在都老了，还这样，估计到死都不会变吧。"他还非得又接上话。

对着我坐下来，黑昌却反而突然说不出话了，几次张了张口，最终对着我一直笑。

"黑昌哥是有什么事情吗？"

他手一拍自己的大腿，"嗨，你看说正经事情我就不会。"又支支吾吾了好一会儿，终于说了，"就是，你不是在北京当记者吗？记者嘛，采访的事故肯定多吧？"

我说："是啊。"心里很纳闷。

"就是，事故多了，总要送医院的吧，送医院，总会认识……认识医生吧？"他费了力气才把烫嘴的话说出来。

医生？我是没想到他问的是这个。

"哎呀，"他压低声调趴在我耳边说，"就是，我有个好兄弟，也是咱们命运慢跑团的，他生病了，我想帮他问问。我在想，要不要劝他去北京看看。"

"但北京看病很贵吧。"他好像在自言自语。

"生病了当然得去看医生,只是如果不必要,不是非得去北京的。"

"好像是肺病,也可能是肺癌?"他神秘兮兮地说,"我不知道,他也没去检查过。就是呼吸不上来,然后,还会咳血。那一咳,纸巾一揩,一朵梅花,鲜艳鲜艳的。"

"那确实得去检查。"

"是啊,我就在想,要不要去检查呢?"

"当然得去检查。"说完这个,我突然意识到什么,我盯着他问,"不会是你自己吧?"

黑昌一下子跳起来,看上去很生气:"哎呀,这大过年的不好乱咒人吧。"

"不好意思,我不是那个意思。"自己确实冒失了,我赶紧道歉。

他着实生气了:"我才几岁啊,我还每天跑步。你看到的,我跑步吭哧吭哧多有力。"

我赶紧解释:"因为你父亲——咱们的老书记,我记得是肺癌去世的,所以我才联想到的。只是你确实也得注意啊。"

他还是很激动:"我多注意,我每天运动,我现在不抽烟了,当然主要也抽不起了。你想,两个儿子就今年结婚,万一再一起生孩子,那花费可大。我得强身健体省钱待命等着带孙子。"

内容是抱怨的,但他说着说着,口气却越来越得意。母亲恰好走过来,听到了这一句,在旁边和着:"可不是。估计咱们镇上你这一代人最早娶老婆的是你，最早当父亲的是你，现在最早当爷爷的也是你了。"

这句话黑昌觉得很中听，笑得嘴一咧一咧的："好像是哦。"

母亲送完黑昌回来，还是埋怨了我一下："净瞎说，现在他两个儿子都在谈婚事，女方那边可都在打听他家的家事，要伤了人家姻缘，看你怎么补救。"

那确实，现在的东石镇，许多方面都越来越开化了，但姻缘方面，老一代的人倒死死守住原来的规矩。无论是自由恋爱还是媒人介绍相亲的，真正谈婚论嫁的时候，家族里的人都有责任和义务，发动所有力量来打听对方的情况。上至祖宗的品格和教养，旁至远近亲性格和纠纷，能打听清楚的，都得打听清楚。有时候还会雇些贩夫走卒各种旁敲侧击地问，搞得谍战大片一样，确实胡乱说不得。

我想着，自己刚才那样冒冒失失确实不好，明天一早去海堤跑步时，再向他道歉。而且，我还想和他再聊聊天，说不定，他会再说些我不知道的父亲的事情。

那日晚上，我竟然睡着了。

睡梦中，我梦到和父亲在海堤跑道上跑步。梦里父亲是偏瘫前的模样。

父亲问我："北京好还是家乡好？"

我梦里竟然说："都不好。"

"那哪里好？"

我说："小时候好。"

梦里父亲说："你现在也爱跑步了？"

我说："我不爱，我只是心里憋得慌，需要跑跑。"

父亲笑着说："我也是。那以后我们一起跑好不好？"

我开心地说："好啊。"

然后我突然知道自己是在做梦，一哭，我就醒了。

醒来的时候，已经是10点多了。

我下了楼，看到母亲已经搬了把椅子坐在门口，身旁是她整理好的烧香的贡品。

母亲说："今天倒睡得好了，看来，回家好啊。"

母亲说："陪我去拜拜吧，咱们都几年没去了。"

东石镇的习俗，过年前后总要把家里走动过的神明都拜一圈，就类似于，和看着自己长大的长辈汇报一年来的境况。母亲这几年，为了父亲麻烦过的神明可不少，算下来，十几座庙是有的。母亲性子又是急的，总想尽快拜完，每年过年，母亲总让我骑着摩托车带着她，特种兵般开始战斗的一天。

母亲把钥匙扔给我。那是父亲生病前买的摩托车。父亲偏瘫后，唯一开摩托车的便只有我了。这辆摩托车都快20岁了吧。

"车我拖进偏房了，你去取一下吧。"母亲交代我说。

"好的。"我边说，边去厨房先拿了块布，想着，这几年没回来，摩托车积尘得多厚。但进了偏房，倒发现摩托车被擦拭得干干净净，甚至可能还擦过油，锃亮锃亮的。我再用钥匙插进去，油表动了，还是满箱油。

我知道了，应该是母亲悉心照顾着的。毕竟那是父亲留下来的为数不多的东西。按照我们这儿的习俗，人走之后，所有的日常用品都要拖到海边一把火烧掉的。

把摩托车推出门，我发动车，母亲把贡品先放在后置车厢，然后假装不经意地说："以前啊，你父亲偶尔会开车带我去海边兜风。他老爱不等我上车，就把摩托车突然开出去，假装自己要到哪儿，其实逛一圈很快回来，然后把车就停在这儿，把油门催了又催，问：'这位水姑娘，去不去海边兜风啊？'"

母亲突然不说话了。

我不敢转身看她，把车启动了往前开。我知道的，车开起来，就会感觉海风在抱着我们。

按照母亲的规划，先去关帝庙，再去观音阁，然后去夫人妈庙……这些庙大都在海边，我载着母亲，一路呼呼的风声，一路白花花的阳光。母亲一路总在回忆，到了一站，开启一站的回忆，下车便烧香拜拜，路上便一路盯着海风，和我讲过去的故事。

风很大，话语被吹得零零碎碎，还好记忆本来也零零碎碎。

母亲说："要嫁你父亲前，我娘家那边有人打听到你父亲脾气可凶，老爱打人，还有人说，你父亲喜欢玩，整夜整夜地不回家。我偷偷跑来观音阁抽签，忘记签诗是什么了，但我记得，解签的师父告诉我，放心啦，这个男人心里柔软得像女人，为妻子孩子做牛做马的命。你看，菩萨真准。"

母亲还说："你小学一年级考试考了年级第一名，你父亲晚上竟然睡不着，偷偷说，我儿子出生在咱们这两个没文化的人家里，会不会耽误了？我儿子应该是老天爷给的，我哪有什么聪明能遗传给他。要不，我们送去我外表姑家里养，她家出了两个大学教授，咱们付钱给他们。我说，人家怎么肯？你父亲说，肯的，她家到现在都是孙女，孙辈的还没有男孩子。我说，但你舍得吗？你父亲想了很久，说，哎呀我舍不得，那可是我儿子啊……"

夫人妈庙到了，母亲还在说着前面的故事，突然有人在后面按着摩托车喇叭。一回头，是黑昌，他载着妻子，妻子抱着贡品。再一看，后面还有两个白白净净、清秀俊俏的小伙子，那应该是黑昌的两个儿子。我看着他们，倒真切记起20多年前婚礼上那个黑昌的样子了。两个儿子各自载着的，应该是各自的未婚妻吧。看样子，他们应该刚烧完香，准备去下一站了。

母亲看着这阵势，很是开心："这么着急，都还没办婚礼，就来夫人妈庙求子啦。"母亲猜这背后肯定有故事的，毕竟夫人妈是管女人生育的。

黑昌还是那种口气，拉着嗓子喊："你知道的啊，我着急的，我比大家想象中的还着急。我老是和儿子们说，先上车后补票也不是不可以。"

说完，他转过头对着自己两个儿子挤眉弄眼。两个儿子脸顿时红了。

说起来，我已经20多年没见过黑昌的妻子。我还可以在她现在的脸上，找到当年的那些模样，但是她变得又黑又瘦，一直安静地看着我们说话，一副悲伤的样子。

我本来想对黑昌说声不好意思，但看着家人都在，特别是两个未来的媳妇也在，便不好再说了。

我就说："黑昌，明天早上去跑步吗？"

黑昌那个大一点儿的儿子显得有些吃惊："老爸你还每天去跑步?"

看来他儿子和我当年一样,不知道自己的父亲是东石镇命运慢跑团团员。

黑昌得意扬扬地笑起来:"臭小子,你老爸我可积极向上了,每天五点多就起来跑步,你们睡到大太阳晒屁股,哪会知道?你老妈就知道。"

黑昌的老婆对着我们点点头,意思应该是她知道的。她终于说话了,就一句:"跑步好,跑步身体会好。"

黑昌的小儿子催着说:"得赶紧走了,待会儿还有事情。"他边说边看后座的女孩子,我想,应该是他未婚妻不耐烦了。

黑昌说:"那我们走了啊,明天早上见,走啦。"边说,边催起了油门。油门呼哧呼哧,甩出了黑黑的一条油烟。

幸好定了闹钟,但闹钟竟然叫了许久我才醒来。

昨天拜完所有的寺庙到家,已经是晚上8点多。随便吃了点儿母亲做的卤面,身子一暖和,竟然犯困了。趁着困意,赶紧躺床上,迷迷糊糊的时候想着,晚上会是好觉,摸出手机,赶紧定好了闹钟,突然眼一沉,坠入睡眠中了。

我骑着摩托车到海堤跑道路口时,黑昌看上去应该等了好一会儿。他就在那入口处,一会儿抖抖手,一会儿抖抖脚,来回走着。看到我,他那大嗓门又来了:"总算来了哈。"

我刚要道歉,他很是开心地说:"看上去睡得不错啊,真好。"

已经有人跑回来了,不断和黑昌打招呼。黑昌说:"咱们得赶紧跑起来，要不我待会儿赶不及回去给老婆儿子做早饭了。"

我没想到现在是他在负责做早饭，毕竟在20多年前，他还是个玩世不恭的混世魔王。他看出我的想法了，咧着嘴笑起来："你等着，等你有孩子了，你也会变'孝子'——孝顺孩子的。"

再转念一想，他似乎突然找到可以反击的方法了："你看，你父亲也可是大'孝子'。以前跑步，每天边跑步边说，我儿子啊，胃不好，怪我，随我的；我儿子啊，有点儿凸嘴，不好看，还怪我；我儿子喜欢吃这个，我儿子不喜欢吃那个。"

他说着，我听着；他笑着，我也笑着。但笑着笑着，我还是有些难过，其实我一直知道的，父亲离世后，这世界上再不会有人如此疼爱我了。特别年纪越大，还指望能有谁疼爱，说起来自己都不好意思吧。黑昌也察觉到了，想用开玩笑调节下说话的气氛："其实，不就这个年纪睡不着，早起来跑步，早起来做点儿饭，也算打发时间嘛。"

黑昌可能为了哄我开心，开始讲起我父亲的威风往事："你知道吗？你父亲年少时候可是咱们东石一霸，当时我们都纳闷怎么还有姑娘敢嫁给他，我估计是你母亲娘家那边的打听团不够专业。"

"不是啊，我母亲说父亲一向温柔得很。"

"那是结婚前，来，我和你说几个故事。有次你大伯，也就是你父亲的哥哥，不知道为什么和人吵架了，对方也是大家族，威胁着哪一天要把你大伯套在麻袋里打残了扔地瓜田。他很担心地叫来你父亲说了。你父亲抢起把开山刀，一个人单枪匹马冲到人家家里，对着十几口人喊，谁敢动我大哥一根毛，我要谁一条腿！

对方完全被你父亲的气势吓到了，竟然赶紧道歉和事了。再比如，你父亲当时有十几个结拜兄弟，有个结拜兄弟叫阿贼，一天早上醒来脑梗了，陷入昏迷。当时大家都穷，他家人和亲戚都说要不算了。你父亲那时在当海员，算是比较有钱的，他跑去轮船社把自己能提的工资都提了，还提了未来两年的钱，硬是把阿贼送去厦门的大医院抢救。人没抢救回来，但你父亲的钱全花光了，一夜回到解放前。这不，后来和你母亲结婚的时候，都没钱把房子盖起来。"

"但你不是说我父亲抠抠搜搜的？"

"是啊，就是有了妻子孩子之后，你看，要让男人变屄只需要一件事：结婚生子。"

黑昌这么总结："你看，我也是这样。"说完他自己笑了。

我想，黑昌猜出来了，我老找他，是想听父亲的故事。那一天，他边跑边认真地回忆，说完一个故事，说等等啊，我还可以找到的，等等啊……我们沿着海堤一会儿跑一会儿走，也算完成了一个折返，他讲了一个又一个我不知道的父亲的故事。

回到起点，黑昌本来已经挥手和我告别了，却突然又叫住我："其实有个事情我一直耿耿于怀，我想还是告诉你吧。你父亲应该是在你读初二还是初三那一年，跑几步就喘到不行，动不动就停下来捂着胸口说心脏闷闷地疼。我劝他一定要去看医生，但他说，那个时候加油站的生意已经很差，他老担心以后不够钱供你上大学，所以他不敢去看病。他说，看心脏的病怎么可能便宜的？我当时也是父亲了，我很理解他的想法，所以我只是说，那你自己找点儿药吃，没想，过了不久，他就因为心脏病引发中风了。"

黑昌说得很难过："其实男人自己垮了，才是对妻子孩子最不好的事情吧。你以后结婚有孩子了，可千万记得，这是做父亲经常犯的错。"

春节报社只给了7天的假期，我犹豫要不要请假几天，试探性地问了副总编，他倒激动了："不是啊，前两年都你来顶，大家订的车票可都是延迟回来的，你不拿着热线电话，谁拿啊？"

母亲在旁边听着，说："那你还是赶紧回去吧。"

母亲说："你这次回来得很好，这不，睡眠都好了。"

回到北京，我马上又坠入此前的生活里。虽然我努力沟通，不想白天、晚上、周末、节日都带着热线电话，但经过两年，大家都理所当然觉得，它就是应该粘在我身上的。

我因此依然不时要被北京这座城市哪个犄角旮旯发生的事情很早地叫醒，也经常，被有些突发的事情搞到很晚才能休息。

我睡得不规律或许是正常的，但我因此在朋友圈看到了黑昌奇怪的作息。

早上特别早，六七点的时候他会发一张照片，照片里是块木制牌匾，从上到下刻着五个字：感谢你来过。晚上特别晚的时候，凌晨两三点吧，他会发另外一张照片，照片是和早上那张对应的另外一块牌匾，从上到下刻着五个字：欢迎你再来。

刚开始看的时候，我还觉得这两句话莫名好笑，像是他的性格：话总不好好说。我还认出来了，这两个牌匾不就是他当时开饭店的那副吗？但后来看着他一直一直发，倒莫名觉得不是滋味：感谢谁来过？是谁要离开？欢迎谁再来？谁已经离开了？或者谁要离开？

而且，黑昌不用睡觉的吗？

看了一周，我还是给他发了个信息："黑昌你最近如何？"

他秒回："很好啊，好到不能再好了，再好下去，老天爷都要妒忌了。"然后，果然又附赠"这里是美好的小东石"系列。唰唰唰连续发来九张图片，最后发来文字：这世间千好万好不如家乡好，这人间千美万美不如家人美，东石等着你回家。这些内容我看过，昨天傍晚他就发在朋友圈的。

"我在东石很想你啊，想你在北京过得有没有比我在东石好，我知道没有。"显然他发完这些还觉得不过瘾。

我说："我也很好。"

他说："肯定不会比我好。"

我无法招架了，不知道怎么回复他。干脆就不回复了。

过了好一会儿，他又发信息来了："被我说中了吧，都没法回了吧。尽量过得好一点儿，感觉不好，就去跑步，北京也可以跑步，哪里都可以跑步。"

他说得意犹未尽，又发来一条："记得啊，是个男人无论遇到什么，都要跑起来，跑下去。别忘记了，你可是东石镇命运慢跑团北京分团团员。"

我想，我以后一定再也不轻易给他发信息了。

虽然回到北京我终究回到了被热线电话支配的生活，但我发现，自己心里确实有些重重的东西在生长。这东西还是隐隐约约的，但确实存在，它让我不会在一空闲下来，一没有具体的事务牵扯住的时候，就感觉自己轻飘飘的。

琢磨了许久，我想，那东西或许是心里开始生发出的、对所谓生活的构想吧。虽然，试图构造生活真不是件容易的事情，但心里生发出对未来的某种期待，终究是我的内心在和这世界重新连接。无论如何，父亲是拼尽了全力，才把我送到目前这样的生活，我想，我得就此努力为自己构造好的生活，或许这是父亲最希望我做到的，或许这也是，我能为父亲做的唯一的事情吧。

睡眠好之后，我反而实在爬不起来晨跑了。有时候加班晚回家，倒是会在路上碰到夜跑的人。不知道是北京的原因，还是因为夜跑和晨跑的人本身不一样，北京夜跑的大都是年轻人，穿着好看的衣服，拥有着好看的身躯。我喜欢看着他们，奔跑在满是霓虹灯和酒气的三里屯，我还是会因此想起东石海堤上奔跑的那些中年人，我想，他们和他们，奔跑的时候，灵魂应该都是充满生命力的吧。每次我站在一旁，看着他们从三里屯跑过，总会感觉，北京吹来了东石的海风。

黑昌还是一早一晚发着那两条奇怪的朋友圈以及坚持不断更新着"今日份的美好小东石"。除此之外，黑昌的日子越来越热火朝天了。先是第一个准媳妇那边经过漫长的考察，点头同意结婚了，然后第二个也同意了。接着，他的朋友圈开始了新的系列："人逢喜事精神爽啊"。

今天要去女方下聘礼啦，明天要去定喜宴啦，后天儿子儿媳妇们要去拍婚纱照啦，大后天……总结一下，就是闽南婚嫁习俗事无巨细的在线直播。

我因此也把黑昌的朋友圈当连续剧追，我看他一会儿在儿子儿媳旁比"耶"，一会儿挤在一堆祭祀用的猪头中间吐舌头。照片里他乐呵呵的，我看着也跟着开心。

只是，我对其中一个内容不太理解，还觉得隐隐的不适：他经常突然发一张咧开嘴笑的自拍。没有前因没有后果没有主题，就突然发出来。过一会儿就删掉。虽然是咧开嘴笑，但我总觉得表情有点儿扭曲。有次我还好事地点开看，感觉，嘴巴确实是咧着的，但是眉毛是皱着的。有次我还看到，脸上似乎有泪痕。

我几次犹豫着要不要给他发信息，但总担心又被他轰炸，最后还是作罢。想着，等我今年春节回家再问吧。

如黑昌所愿，在农历六月的时候，大儿子、二儿子一起办了婚礼。

他的朋友圈是这样发的："儿子们知道我没钱，所以体贴地为我拼团了婚礼。一次婚宴办两件大事，真是值。看到朋友圈的赶紧自己来登记，红包你们自己看着办，要给一包我也不嫌弃，要给两包其实也合理。虽然来只吃一顿喜酒，但毕竟是两场婚礼啊，乡亲们自己看着办哈。"

我边看边笑，想着，果然是黑昌啊。

正想着，黑昌给我发信息了："想着你机票比红包还贵很多，我就不要求你来了，而且毕竟咱们也只是远亲，你不和我亲，我也批评不了。反正过年你本来也要回来，回来记得找我补顿喜酒，你给我补个红包，两个就更好。"

我回复他："一言为定。"

黑昌的二儿子果然践行了黑昌提倡的"先上车后补票"，刚结婚不到一个月，黑昌又发出朋友圈："我有孙子啦，我儿子和他老爸一样勇！"我看着朋友圈，突然想起20多年前那个白白净净的玩世不恭的黑昌。虽然披着一副衰老臃肿的皮囊，但黑昌果然还是那个黑昌。

那天黑昌又给我发了个信息："穷死你堂哥我了，发这条信息只是告诉你，你现在欠我三个红包了。"

我开心地回："不是远亲吗？最多给两个。"

他回复我："看你对我真心不真心，就看你给的真金多少斤。"

我记得是十月十五日左右，黑昌突然没有发朋友圈，我当时是觉得奇怪，但也没太在意。然后第二天也没发，第三天也没发……过了一周，我觉得心里疙瘩得不舒服，终于还是电话了母亲。

"黑昌是不是有事了？"我问母亲。

"你怎么知道的？"母亲吃惊地问，"他已经按照咱们这儿的习俗睡在厅堂里，感觉是要不行了。"

我愣了一下，然后我知道了，我突然知道了——那次他来问我找医生的所谓的那个朋友，真的是他自己。

我对着母亲喊起来："过年找我的时候，他就知道自己生病了吧？"

"是啊，镇上的青山医生去看了，说是肺癌。现在每天咳血，血都不是一朵一朵的，而是一大片一大片的了，"母亲说，"对哦，有个事情其实我还没来得及当面和你说。黑昌在儿子婚礼上特意拉住我，要我叮嘱你，千万别说出去他问过你关于医生的事情。

他当时脸色已经很苍白了，但还是笑得很大声，靠在我耳朵上轻声说，告诉黑狗达为了这个可爱的堂哥一定保密，如果让我儿媳妇们知道，我早知道自己生病了，她们会说我骗婚，毕竟现在哪有娘家会爽快同意自己的孩子嫁给可能有肺癌基因的人家啊；如果让儿子们知道，他们会生气，会怪我为了给他们办婚礼省钱不去看病，他们会自责难过很久，甚至一辈子吧。现在这样的结局很好，请黑狗达一定帮我守住秘密。"

我突然明白了，那几张让我不适的有泪痕的笑脸，应该是他疼到受不了的时候发的。他太疼了，但他不能喊出来。他还得假装自己没有生病。

黑昌毕竟是我太爷爷的兄弟的曾孙，算是堂兄弟，按照习俗，黑昌走的消息无论我在哪儿，宗族总要通知到的。本来我和宗族的联系人是黑昌，现在黑昌走了，其他宗族话事人都和我不熟悉，消息是母亲正式转发给我的。

母亲说："你不用特意回来的，毕竟黑昌只是你远房的堂亲，咱们农村习俗就是多，怕你们大城市的领导不理解。"

但她又说："不过。如果你要能回来送送黑昌，也是真好。我想，无论黑昌还是你父亲，应该都会特别高兴的吧。"

我和母亲说："我想回来。"

果然还得是黑昌。或许是我参加的葬礼不够多吧，反正我是第一次看到双手比着大拇指的遗照。遗照里，他笑得一整排牙齿全露出来。牙齿应该还是修过图的，洁白得快要发光。

闽南的葬礼，总要搞得金光灿灿、热闹非凡的。中间是纸糊的金灿灿的灵堂，后面是安放着黑昌身体的棺材，灵堂前排中间是一个永远在燃烧金纸的铁桶，两边则是请来的哀乐团。或许就是要用这金灿灿的热闹，把悲伤的情绪全部挤走吧。

我一走进厅堂就看到，金灿灿的灵堂两边放着他朋友圈经常发的那两个牌匾："感谢你来过"和"欢迎你再来"。我想，应该还是黑昌的主意吧。我知道的，他甚至为了要放这两个东西，把它们写进了遗嘱里。

我看着那两个牌匾，想象着那段时间黑昌每天一早一晚发着它们的心情。我想，应该是他每天一大早就疼醒了，身旁是睡着的妻子，他憋着不敢叫出声，于是发了一张"感谢你来过"。我想，应该是他每天疼到深夜两三点都睡不着，疼到在家里来回走着，但他和妻子孩子住一起，他必须咬着牙忍着，最终躲进厕所发了一张"欢迎你再来"。

按照习俗，我也要烧点儿金纸给黑昌。边烧边忍不住抬头看黑昌那个两手比着赞的遗照，我边看边难过边笑：感谢你来过，欢迎你再来啊黑昌。

黑昌的儿子们看到我了，特意起来迎我。黑昌的大儿子说："小叔，你好像和我父亲很好啊。"

我说："是啊，我也觉得很神奇。"

黑昌的小儿子说："有空儿的时候能和我们说说父亲吗？我这几天一直在想，我们对他的事情知道太少了。你看，连他每天晨跑都不知道。我们是不称职的儿子。"

我看着他，仿佛看着当年的自己。

我想安慰他："我父亲晨跑我也不知道，还是你父亲告诉我的。"

但我不知道要不要告诉他们，其实我已经知道了，孩子总不容易知道父亲的故事，或者说，父亲总不舍得让孩子知道自己的故事，特别是拼到最后一丝力气都要护着自己孩子的那种父亲。

比如我父亲，比如黑昌。

我看着黑昌的两个儿子，一副手足无措但又尽量显得理性克制的样子。我知道，他们在努力表现出责任和担当，每个儿子在失去父亲后，总觉得自己要表现出男人的模样。我想，当时我在父亲的葬礼上，大概也是这般吧。

毕竟只是某个远亲的葬礼，报社只给我批了两天的假期，第二天一大早，我便得回北京了。为了图个便宜，离开家乡选择的是早班机。我前一天晚上就预约好了五点半出发的车。

那天晚上我睡着了，但睡得不深，四五点便又醒了。我不想吵醒母亲，轻轻地收拾好行李，轻声地出了家门，早早地等在路边。

天灰蒙蒙的，还没泛白。我不时听到有喘气声由远而近，我知道，那是一个个当了父亲的中年男子正在为了和这个世界抗争，努力奔跑着。

我盯着地面，不让自己看路过的这一个个奔跑的人。我害怕自己会从他们身上看到黑昌，看到我父亲。

终于，约的车到了。摇下车窗，司机问："是去机场的吧？"

我说："是的。"

司机师傅是个四五十岁的中年人，看上去很是疲惫。他打着哈欠，抱怨着："真搞不懂你干吗叫这么早的车。"又自己小声嘟囔着，"真搞不懂我干吗通宵接这单车。"

我知道他为了什么，我知道他其实清楚自己是为了什么：他和所有父亲一样，只是为了自己的妻子和孩子。如果他只是为了自己，他熬不住这个通宵的。

车行驶到出东石镇的那个路口，路的左边是海堤跑道，右边便是去机场的路了。

我不愿意让自己看到那条海堤跑道，闭着眼，假装自己睡着了。车开动了，车要过红绿灯了，车要离开东石了……却突然紧急刹了一下车——有人奔跑着横穿马路，师傅差点儿没刹住。

"干吗啊这些人，"师傅看来有些被惊吓到，生气地抱怨着，"真佩服这些老哥们儿，一个个大腹便便的，一大早折腾自己。都这把年纪了，扑腾什么啊。"

我听着不舒服："别这么说，你不知道他们有多拼命。"

师傅斜着眼看了看我，说："这个岁数拼命有用吗？"

我不想和司机说话了，自己转过头看着窗外。我知道我难过了，心里不断在辩驳："怎么会没用呢？他们现在再无力，他们的努力再可怜，无论如何最终还是多护着自己的孩子、家庭一些的。"

我越想越难过，突然下了一个决心："师傅，拐回去一下。"

师傅转过头看着我，气恼地说："啊？我现在都开到下一个路口的右转道了，车掉头得走左转道啊。"

我尽量控制着情绪，但我知道我的声音有些颤抖。我说："麻烦师傅了，我想去海堤那边找人说些话，我必须得去海堤那边找到他们说说话。"

师傅嘴里还是嘟嘟囔囔，但终究还是掉了个头转回路口来。

我看到那条海堤跑道了，我看到命运慢跑团了，我看到一个个中年的疲惫的父亲，拼了命试图扛起自己。

我知道自己的眼眶开始湿润，我下了车，冲进海堤跑道里，冲进那些奔跑着的中年人里。我跟着他们跑起来了。我看到世界在我面前跳动着，我看到大海在我前方闪着光，然后我看到了，我看到父亲了，看到黑昌了，我看到他们就在前方奔跑着，他们朝着大海在奔跑着。

"加油啊，父亲！"我突然喊出来。

"加油啊，黑昌！"我站在海堤跑道上，我站在一群奔跑的父亲里，忍不住大喊起来。

喊着喊着，我知道自己在号啕大哭，把三年前没哭的泪水，哭出来了。把昨天没哭的泪水，哭出来了。

我对着他们的背影喊："感谢你们来过啊！"

我对着这群奔跑的父亲们喊："欢迎你们再来啊！"

（原载《人民文学》2024年第3期）

蔡崇达，福建泉州人，曾任《中国新闻周刊》执行主编。出版有非虚构作品集《皮囊》、长篇小说《命运》、中短篇小说集《草民》等。作品被翻译成英语、俄罗斯语、葡萄牙语、韩语等语种，在十几个国家、地区发行。

寤 生

◎ 沈 念

　　木门被撞开了一个大洞，湖水涌进屋里。鱼腥味弥漫。气味好闻，甜丝丝的，一缕缕撕扯不断。屋顶被水冲开了，露出了一方宁静的星空。不远处的湖面是另一个星空。男孩漂浮在水里，很多鱼游进来了，坐上桌椅板凳，眨巴着眼睛，交头接耳。它们的声音很奇怪，像迷路的小鸡吱吱叫。它们呼出的气泡吹到男孩脸上，冰凉的。男孩想说话，结果也只是往外冒泡。男孩嘴里有股淡淡的苦味。他又看见了红脸鱼。它游过来，温柔的黑眼睛里满是笑意。它划动鱼鳍，张张嘴示意男孩跟它走。男孩变成了一条小鱼，跟着游向宽广的水域。突然，一个巨大的黑色旋涡出现，红脸鱼瞬间被吸卷进去，男孩也急剧下坠，向着无底的深渊。他在失重的恐惧中大叫着醒来，浑身酸软，一身虚汗。

　　"是不是又做噩梦了？"魏绣娘刚好进门，摸了摸男孩的头，替他擦干额头上的汗，安抚他。魏绣娘的黑眼睛笑意盈盈，男孩想起了梦中的红脸鱼。"起来吃饭吧。"魏绣娘吻了一下他的头发。她做的饭菜盛在青花大碗里，盖了碗盖，用手绢扎紧拎过来的。手绢上绣了几朵紫云英。魏绣娘手边上的东西，都会亲手绣上花鸟虫兽。

　　"你吃饭了吗？"男孩口干舌燥，说出的每一个字都像是焦枯的饭粒。他没什么食欲，感觉自己像湖里的鱼一样，靠水就能活。

"你别管我，赶紧吃饭。吃完我们去街上逛逛。"魏绣娘替男孩挑鱼骨头，嘱咐他小心鱼刺。

"芜湖远吗？"男孩感觉自己像鱼，嘴里冒着气泡，"爸爸什么时候回来？"

"你养好病，爸爸就回来了。"魏绣娘轻轻摸了摸男孩的头，心里叹口气。有人说这孩子火眼子低，体弱多病，是那种巫邪容易上身的人。为什么会这样呢？她寻思着，扭头看到了墙上的水印，那是一次次水淹过后的痕迹，她担心男孩是不是被水淹怕了，所以总是生病、做噩梦。

"又梦见那条红脸鱼了吧？"魏绣娘问道。男孩说过，梦里那条鱼像妈妈。

"嗯。"男孩回答。他走神了。要是自己不生病，他就能跟父亲的船去任何地方，去看更大的湖。他不知道父亲出去多少天了，只觉得已经过了很久，久到像有100年。他害怕父亲再也不会回来——父亲不回来，水再淹进家里怎么办？

"有绣娘在，你别害怕，要是再有水来，就住到锦云绣馆去。"魏绣娘好像听到了男孩的心里话，抱了抱他。她的脸上没有褶皱，很显瘦削年轻，下巴侧影像颗圆润的露珠，有一个微凸的球面。

巴丘的渔民多聚居在老城区，安家红船厂。这地方原是个货物码头，净是些空仓库和临时搭建的房子，后来渔民越聚越多，渐渐形成了现在的规模。要过几条老街，才是原住民的住宅区。红船厂和鱼巷子街河口，都地势略低，受灾首当其冲。所以汛期一来，居民心里都会发紧。眼看着水涨过了乱石坡，涨上了卸货区，淹没了矿石煤堆，人们还在坚守着，心里祈祷洪水不要再涨。直到危险关头，才不得不赶紧收拾家当，乱七八糟地堆摆在板车上，在洪水来临前逃命。

渔民们几乎都搬过家，但男孩家是个例外。他家的房子地势高，下的基脚是麻石，水过来的话，也会是最后淹到。主要是家里没什么值钱的东西，淹水也不会有什么损失。而涨洪水的夏季，正是父亲跑船最忙的时候，水把他带到天南海北，为了有一天能够带儿子离开经常被水欺负的地方。父亲曾经想过带男孩上船，只可惜他体弱多病，经不住水上的劳顿艰苦。因而每次出门，要托邻居照料，直到魏绣娘主动揽下这件事。

男孩倒不怕水。他觉得自己是一条鱼。所有的鱼都是他的朋友。他有时候躺在床上幻想着，看着水漫进来，桌椅板凳、锅碗瓢盆都被水托起来了。鱼在水里游动。它们都听他的。只要他往想要的东西一指，鱼就用嘴巴托着，将它们递到他的手中。

男孩总是想父亲。父亲要他多晒太阳，晒去身体里的污秽。男孩看着外面的日头，明亮耀眼，他想这会儿出去走走，父亲一定会夸奖他。于是吃完魏绣娘温在灶头的豆浆油条，抹抹嘴就出门了。他摆动尾巴游在街河里。两边的房子像水中倒影，生出扭曲的波纹，街上的树像水草般摇摆。男孩身上开始变得湿漉漉的，水滑过他的皮肤，脸上的水流到嘴里，男孩尝到了咸腥的味道。他向庙前街游去。出红船厂大石门左转，过南岳坡，往右百来米，是临马路的一排店铺。

街上的人也像鱼，太阳下无声地游着。冒着水泡。

有两条鱼在街边学抽烟。一条鱼吸着没过滤嘴的银象烟，往半空吐烟圈，另一条则用手指头弹击着山峦色的烟圈。

"嗨，寤生子，干什么去？"手指弹烟圈的那条鱼对男孩嚷道。

"别理这病秧子。"吐烟圈的鱼轻蔑地说。

"他爹还没回，只怕也因为这寤生子倒霉了。"

两条鱼发出幸灾乐祸的怪笑声。

男孩默默地游过他们。太阳白花花的，晒得脑门疼。

"什么是寤生子？为什么会倒霉？"男孩满脑子疑惑。抬头看到粮油店，想到书呆子营业员，他爱读书，一定知道很多。

男孩平时总喜欢去粮油店看书呆子的绝活。可惜不常能看到，因为生意清淡，顾客稀少，书呆子多半戴着那副啤酒瓶底似的眼镜，在读他那本厚厚的书，似乎永远也读不完它。称米买油的人，都要凑近脑袋看尺上的刻度，书呆子远远一望就看清了。男孩觉得他的眼镜很神奇。

粮油店有两层。楼上是储米仓，有一根铝皮制作的溜糟管道，连接着楼下的出米口，溜糟管下方有一台磅秤。米袋子套上出米口，书呆子将绳子往下一拉，溜糟活动板打开，米哗哗流进米袋子。每次过磅秤，计量不多不少。男孩最喜欢看书呆子给顾客打油。那是一个手动油泵。立着的油泵架在油池上，和男孩差不多高，一根油管插进油池中，油泵上有一个计量标尺和出油嘴。油壶瓶对准出油嘴，书呆子握住摇柄，随着手摇的节奏，油流进油壶瓶。他控制得很准。每次停下来，计量正好。有些人老远跑过来，就是想看看这粮油店神人的绝活。

"我爸爸要回来了吗？"男孩想书呆子计量这么准，应该也能计量出父亲回家的时间。

书呆子早就听到了街上的声音，见男孩眉头紧锁，一改平时的严肃与孤傲，弯下腰对他说："你爸爸路上有事耽误了，他很快就会回来的。"

男孩闻到店内新榨的菜籽油香气。棉籽油有股怪味，男孩总是没胃口。父亲说过，这一趟回来就买菜籽油，贵一点也不怕。但他还不回来。每个人都说父亲很快就回来了，他已经听厌了这句话。

"爸爸会倒霉吗？"男孩问。

"别听那些二流子胡说八道。都是些没爹妈管教的东西。"书呆子抱起男孩放到柜台上，"你爸爸是巴丘最厉害的水手，什么风浪没见过？为了你，他也会不顾一切地赶回来。"

男孩觉得书呆子说得对，父亲是巴丘最厉害的，也许明天就回来了。

魏绣娘的湘绣馆名叫"锦云绣馆"。据说她是长沙东乡袁家冲的袁魏氏后人，而这位袁魏氏是湘绣的鼻祖，自幼天资聪颖，酷爱刺绣。她绣花能闻香，绣鸟能听声，绣人能传神，绣鱼宛若鱼在游。早年她在东乡沙坪、西乡溁湾市授徒，刺绣得以传播，渐成湘地的专门行业。可别小看了"锦云绣馆"这块招牌，来头不小，是袁魏氏后人在长沙八角亭开设的百年老店的店名。作为湘绣传人，魏绣娘的刺绣也是奇绝稀有的。

魏绣娘绣花很认真，专注起来，就算是外面打雷也不能让她分神。但男孩的脚步声刚传到门口，她就听到了，她放下针线，笑眼弯弯地迎接他。

魏绣娘能到巴丘，亏得有男孩的父亲相助。她在湘阴青山岛等了好些天，想搭便船，但都被拒绝了，因为水上跑的人有忌讳，认为带陌生的女人上船不吉利。但父亲不信这些，看到魏绣娘焦急无助，心生恻隐，又听说是要去巴丘谋生计，便说服了船老板，还把自己船上的床位让给了她。一路上他给她聊巴丘，连带安顿、租铺面的事，也帮了她。两人的关系从相熟到相近，父亲和男孩遇到什么困难，魏绣娘也是义不容辞。也有人说魏绣娘对这个义气的渔夫动了感情，因为她对男孩就像对自己的孩子一样好，这暴露了女人心里的秘密。

魏绣娘把男孩带进了刺绣间，这小房间是圣地，她一般是不让人进来的。但男孩不同，魏绣娘格外宠他，允许男孩待在身边，看着她刺绣。魏绣娘有一双天生灵秀的手，在空中穿梭，像鱼一样游来游去。但她隔一阵就会放下针线，拿起手绢擦拭眼角。男孩想起别人说的，有的绣花人，用眼过度，眼睛后来瞎了。他可不想魏绣娘变成瞎子。

男孩慢慢看清了刺绣的样子，他感到惊讶，因为魏绣娘绣的，竟然是他梦中的那条红脸鱼。他只告诉过她一次，她就记下来了，还绣得那么像。

男孩眨巴眼，再看鱼，又觉得像一张人脸，眼睛活灵活现，像魏绣娘。

魏绣娘给男孩几粒糖果，边绣边和男孩说话。男孩吃着糖果，轻轻依着魏绣娘，看她飞针走线。她将鳞衣和鳍棘撑开，一头粗疏，一头细密。一根线用完，仔细藏起线脚。红脸鱼仿佛活在水里，连鳞片都呈现出水滑的质感。

"绣娘姨，绣鱼是不是方法不一样？"男孩问。和魏绣娘在一起，他总有话说。

"你是一个聪明崽。"魏绣娘捋顺手上的线，满眼慈爱，"这个绣法叫髬毛针。"

"什么是髬毛针呢？"

魏绣娘解释不清，就拿起勾线铅笔，在稿纸上一笔一画地写出来。

男孩觉得这个"髬"字长得有趣，有一种毛发的蓬松感。

"那这是你的独门绝技喽？"男孩高兴起来，又指着红脸鱼眼皮下悬挂的珠状物，问道，"这是一滴眼泪吗？"

"是的。"魏绣娘答道，忽然有些伤感。

"鱼为什么会哭？"男孩问。

魏绣娘停住刺绣，眼里蒙上了一层晶莹的亮光。

"那湖水都是它们的眼泪了？"男孩又冒出一句。

"鱼儿哭，是因为……她想念自己的孩子了，"魏绣娘顿了一顿，决定和男孩说一说自己的故事，"绣娘曾经有一个像你这样的小男孩，但是，绣娘没保护好他，他出生的时候，遇到了麻烦……他都没看过这个世界一眼。"

男孩不敢呼吸。

那滴眼泪仿佛要从绣面滴落下来了。

男孩伸手抱紧了魏绣娘。

"什么是瘄生子？"男孩忽然想起来问这个问题。

魏绣娘吃了一惊，不知道男孩从哪里听来的说法。在巴丘，寤生子有倒霉、不吉利、讨人嫌弃的意味，尤其是当母亲因这个逆生的孩子丢了命。魏绣娘不知道该怎么解释，怕说出来会伤到男孩。他爱着他从没见过面的母亲，也渴望着母亲，如果知道是自己的出生给母亲造成的灾难，他会怎么想。

男孩眼巴巴地看着魏绣娘。

"这么说吧，"魏绣娘犹豫片刻，还是觉得应该和男孩说实话，毕竟他已经七岁了，"假设有一条小鱼，鱼妈妈生它时很痛，很艰难，但鱼妈妈还是不顾一切地生下了小鱼……可是，鱼妈妈不幸去世了，小鱼游来游去，快乐地长大了。"魏绣娘眼泪滴落，"唉，如果能够重来一次，我宁愿活下来的是小鱼……"

"我有点想知道妈妈长什么样。"男孩伸手抹掉魏绣娘脸上的眼泪，很久才说出这句话。

"也许就是绣娘这个样子，"魏绣娘含泪笑道，"因为绣娘像妈妈一样爱你。"

因为男孩，魏绣娘的长肩带挎包里总是放着一本书，有空就给男孩读，讲书中好听的故事。她甚至学了些《诗经》里的篇章，给男孩讲更久远的事。碰上暴风雨天气，电线杆断塌，照明回到煤油灯时代，也不能阻止魏绣娘给男孩读书。她会点亮老油灯继续读。油灯表面蒙着一屋油，玻璃座子总被魏绣娘擦拭得锃亮。灯芯用完了，她就找几根蓬松的麻毛线搓成一股，剪齐线头，穿过灯套的小口，套在灯座上拧紧。玻璃灯罩熏黑了，光稍弱下来，她就用细绒抹布擦亮它。

这天晚上，油灯的光在房间里轻柔漾动，像粼粼水波，墙上有些隐约的投影。男孩和魏绣娘的影子也映在墙上。男孩觉得自己和魏绣娘都成了水中的鱼。他们两人在灯下读书的影子，像一对母子鱼。

"母子鱼。"男孩自己创造了一个新词，心里很快乐。

忽然间，屋外狂风大作，风将厨房的门摔得咚咚响，像是有巨大的浪头在推搡着房屋。墙上的影子也摆荡得十分厉害。

今天白天的巴丘也不宁静，人们一直议论死人的事：老渔民高老头竟然翻了船。高老头是男孩父亲的至交，每打到两三斤重的鲤鱼，他就会特意带给父亲做鱼骨酒。父亲做鱼骨酒颇为在行。剖鱼掏尽内脏，放在木架上，先用大锅猛火蒸上半个小时，去肉留骨架，焙干捣碎，再用七十度的头酒点燃煮烤，待酒温升高，片刻后吹灭，酒连同骨末一同服用，专治骨病。水边上的男人，精气都让水流带走了，容易骨质疏松、长骨刺、腰椎间盘突出，尤其需要鱼骨酒。男孩父亲做的鱼骨酒只送街坊，他从不拿这个卖钱，人们都念叨他和高老头的好。

高老头是巴丘有名的好水性，连他都出了事，这有点玄乎。据说高老头夜间行船，过君山壕坝时翻了，老婆也在船上，两口子都丢了命。正值鱼大量洄游的季节，有鱼贩子昧着良心捕鱼，在狭窄的坝口布下天罗地网。人们推测高老头过坝时，篙子插进网中被缠住了，人被风浪打下水，船身侧翻扣下去。被打捞起来时，两口子挂在网上，赤身裸体。有人说，船是大鱼群掀翻的，鱼还把两人的衣服撕得干干净净。

男孩听说水中尽是胸鳍有细锯齿的刀鲉、钝锥形的鳗鲡、后鳃有扁棘的鳜鱼……脑海里这些鱼长得凶恶诡怪，一点都不像他梦到的鱼。

"父亲还不回来，会不会也掉进水里，被鱼咬死了？"男孩害怕，紧紧偎着魏绣娘。

"呸呸呸。"魏绣娘轻轻啐了几口，以化解男孩不吉利的说法。她不许男孩胡思乱想。她给男孩讲他的父亲有多勇敢，遇过多少险滩激流，没有他不能战胜的。鱼不算什么，再厉害的鱼，也不是他的对手。

其实，魏绣娘比男孩更担心。她去外面打听过，在码头等待过，拜过神、打过卦，能想的法子都想了。

风暴更加猛烈。风弄出的各种巨响使夜晚变得恐怖狰狞，仿佛一群怪物在四周怒吼，屋顶好像都要被掀开了。男孩觉得自己就在水上，和父亲在同一艘船中，抵抗这疯狂的摇摆与颠簸。

男孩想起了那些人说的"倒霉鬼"，不知什么时候开始，他从惧怕自己给父亲带来麻烦，变成了一种没法摆脱的自责。

风浪一声接一声紧，一声比一声响。魏绣娘紧紧地揽着男孩，握住他的手。两人互相依靠着，静等风暴过去。他们握在一起的手，渐渐被汗水湿透。

男孩坐在屋前阴凉处，看鸟儿在天空飞翔。他把它们想象成鱼。没有人找他玩。那些人要么在学校读书，要么在红船厂南门石沟里捉鱼。男孩觉得那些鱼是他喂大的。他经常带饭菜给它们。那些孩子很坏，他们用一个竹簸箕盛着米饭，引诱鱼，只要它们游过来，就迅速提起簸箕掳获它们。男孩喂鱼，只是为了看它们自在游动的样子。男孩羡慕它们，想去哪里就去哪里。也会有不逐食的鱼，孤独地游着，好像在寻找妈妈。

男孩觉得自己就是那条鱼。

现在，男孩他游出了红船厂，他要游过街河口，去见那尊石宝塔。他知道，人们有什么心事，都会去宝塔前跪着诉说，人们也会去那里祈求实现某种心愿，只要内心足够虔诚，神仙老爷都会答应。男孩子想恳求神仙老爷保佑父亲平安回来。

石宝塔很老，像一个风尘仆仆的流浪者，衣衫褴褛，站在一片低矮的老宅中。

那里有不少人。男孩等着他们离开。他要一个人静静地拜。他有很多话要对父亲说。希望神仙把他的话带给父亲。

男孩知道宝塔的厉害。塔下压着飞天蜈蚣。那蜈蚣有一千只脚，发怒时，就长出一对巨翅，嘴上的颚肢抓住人头，吸他的血，把尸体丢到湖里喂鱼。男孩虽然有点害怕，但宝塔是专治害人精的。男孩不是坏人。他勇敢地挺直了腰。

红船厂的人多是搬运卸货工，这里盛产有名的酒鬼。他们喝酒的理由很简单，消除疲劳，恢复体力。一年四季，只要不下雨，他们就会在各自房前屋后摆出小方桌，有时候一声吆喝，几家人的桌子就拼在一块。男人端出家里的酒，女人擦净手，互相夹菜，笑骂专捡别人家饭菜吃的孩子。总有些脸膛黑得发红的男人，把自己喝得东倒西歪，喝醉了也不肯回家，躺在阶基旁打鼾。

湖上的夜晚，有光，也有声。

如果是大鱼腾跃，银色的鱼鳍照亮水面，黑夜像撕开了一道口子。

鱼喜欢到那片浅水区的碎石屑上产卵，因为石屑缝里长了青草。

男孩子听见水边传来哗哗的声响。他知道是鱼在产卵。当鱼卵无法顺利产出时，鱼妈妈就会持续不断弄出这样的声音。

男孩想到了鱼妈妈和小鱼的故事。

鱼妈妈一定很痛。男孩想，他心里开始了担忧。他很想去水边，看看自己能做点什么。

"鱼妈妈会死吗？"

"小鱼会活下来吗？"

他聆听着水里的声响，胡思乱想，直到一切归于平静，才放心睡去。

一声炸雷，天公发起了脾气。暴风雨肆虐了一整夜。男孩担心船上的父亲，一夜没睡。早晨，红船厂码头聚了很多渔船，都是夜里来避风雨的。不用多久，就会有谁家的船翻了，谁人死了的消息传开。

没有父亲的消息，证明父亲在回来的路上。

父亲出门前，去过城陵矶的魏公庙烧香磕头。出船的人都会这么做。男孩知道魏公的故事，那是父亲跟他讲的。父亲说，魏公是洞庭湖上一个响当当的角色。他是一个排工，家里很穷，少年时学了武艺，遇见不平事，就会出手相助。这一点男孩觉得父亲和魏公有点像，于是为父亲感到骄傲。故事说到开春放完排，停船上岸，魏公被一个满脸横肉的人拦住时，男孩的心提了起来。

那是个懂法术的土匪，名叫乌贵，一心想霸占巴丘这一片商埠码头，可是总被魏公坏了事，因此想着除掉魏公。土匪搭讪魏公，魏公不理，只顾往前走，土匪就追了上来，在魏公肩头拍了三下。魏公当即感到肩头麻木，肺腑一阵翻江倒海，回家竟一病不起。临终前魏公告诉儿子，他遭了乌贵的巫术毒手，教儿子将来如何复仇。魏公的尸骨埋在湖中石岛的悬崖上。那里长出了一丛带墨斑的翠竹。魏公的儿子爬上峭壁，砍下竹子，扎成竹排，他的双手被竹刺划破，脚被刺伤。当他砍断最后一根竹子，湖上浓云密集，风浪将一端尖利的竹子卷入水中，滔天巨浪中，竹子一根根飙飞，如利箭射向仇人胸口。乌贵倒地，滚落湖中，尸体被黑鱼吃光。

男孩为魏公感到难过，恨乌贵太坏，心想父亲像魏公一样喜欢帮助别人，自己将来也要像魏公的儿子一样勇敢，长大后保护父亲。父亲后来说，其实魏公活过来了，男孩又觉得欣慰。父亲还说，排工们为了纪念魏公，集资在离青沙湾十数里地的城陵矶建了一座魏公庙，雕了一尊塑像，用的是千年古樟，不论是出船的渔民，还是排工过客，都会来朝拜，没有不灵验的。

男孩想，他已经拜过镇压怪物的宝塔，现在又有魏公保佑，父亲一定会平安回来。

来巴丘不到一年，魏绣娘刺绣的名气就传开了。从她这里出来的湘绣，出洞庭入长江，销往武汉上海，越来越多的人跟她订货。男孩的父亲每次过长沙霞凝码头，就会停一脚，给魏绣娘带回丝线、绣面和成型的绣品。

人们说他们是过日子的好搭档。

"我和绣娘才是好搭档呢。"男孩边想边在街上转悠。经过鱼摊的时候，又想起父亲。父亲常来这里买剁鱼，选上最新鲜的一筒，让男孩给魏绣娘送去。剁鱼不是鱼的品种，只是有人就将大鱼剁成一筒一筒，零散地卖。剁鱼肉多刺少，清蒸、红烧或炖汤，味道鲜美，魏绣娘最喜欢。

男孩不知不觉又转到了宝塔这里，只见前面人密匝匝的一片，好像发生了什么要紧的大事。走近才看见，原来宝塔的周围搭起了架子。四个蛮实的男子手脚麻利地敲打忙活。好像是在拆塔。男孩的心一下子提了上来。

这时，一个拄着拐杖的老人和一个年轻人发生了争执。

"石宝塔拆掉好啊。刮风下雨，总有碎砖砸烂周边的屋顶，我家被砸烂几回了，都不知找谁赔去。"年轻人大声说道。

"你们这些后生仔，什么也不懂，就想着拆拆拆，这是古塔，它有那么悠久的历史、传奇，你们得有一点敬畏心。"老人说话毫不客气。

"塔里面的宝贝总得挖出来吧？我们守着这些宝贝，却在过穷日子，不是很愚蠢吗？听说光是那个通体透亮的玉菩萨，就价值连城啊。"

"不管有什么都挖不得。这是风水。这么多年，全靠这石宝塔，我们巴丘才能繁衍不息。"老人气得直喷胡子。

围观的人越来越多。

"拆"和"不拆"的声音在空中飘荡。

太阳明晃晃的，男孩眼前的一切有如在水中摇摇晃晃。他有点头晕。眼前脚手架的卯榫松动了，工人们站在架子上晃动。一个工人顺着粗竹竿滑了下来，像泥鳅般滑到塔后不见了。紧接着，另外三个人也突然不知所终。天空一道闪电，黑鳞般的乌云堆压在天空，聚集在塔顶。豆大的冰雹砸下来，满地滚溅。

"拆了石宝塔，谁来保佑父亲呢？"男孩不能放过这些偷拆宝塔的坏人。他寻找他们。走着走着，他变成了一尾鱼，掉进了一个黑色的旋涡，像游乐园的旋转滑梯，一阵晕头转向之后，他的脚先着了地，头还卡在黑暗中。他挣扎着，双手乱抓乱划，感到快要窒息。眼前终于有了光。男孩看见了脚手架上的人，这些打算拆搭的家伙，露出虾兵蟹将的原形，挺着肚子，弓着身子，他们胜利地笑着，向男孩挥舞着他们的钳子手，指着男孩后方。男孩一扭头，看见了红脸鱼，它被绳子捆住了，正奋力挣扎着。男孩立刻游冲过去，大声喊道：

"妈妈———"

像是被自己叫醒的，男孩猛地坐了起来。

"孩子，又做梦了？"魏绣娘正在收拾屋子，闻声跑过来，抱着男孩，把自己的胸脯变成摇篮，轻轻晃动他，"不怕，绣娘在。"

"鱼妈妈被他们绑起来了。"男孩沉陷在梦里的悲伤中。

魏绣娘立刻泪流满面。更浓烈的一种情绪从她的心底涌出来。她悄悄下了一个决定，只等男孩的父亲回来，就去跟他说。

太阳炙烤着巴丘。父亲还没回来。

窝生子。倒霉鬼。二流子的话在耳边萦绕。也许父亲回不来了。男孩越来越不安。他瘦得更厉害了。他没有胃口。菜籽油的香气也不管用。他躺着，什么也不想吃。偶尔喝口水。魏绣娘把饭菜热在灶里。她走后，男孩起了床。父亲总要他多晒太阳，晒掉身体里的污秽。现在去晒一晒，父亲一定会夸奖他。

男孩游在街河里。四周热烘烘的。他游到了沟边，发现自己空着双手。饭还热在锅里，他忘了拿来。但是，他没想过要喂鱼。他不知道为什么到了这里。

男孩子觉得时间汗涔涔的，蒙在他脸上，空气像水一样在身上流淌。他坐在水边，脚探进水里，缓缓地划动。水包裹着脚，脚上清凉舒适，身体像窗门缓缓打开，凉爽的风灌进心里。太阳在头顶烘烤着，气温很高。男孩的脚一步步地探进更清凉的地方。水没过了膝盖。男孩站在水中了。他想得到更多的清凉。他向更宽的水面走去。他喂过的鱼在他周围漫游，像他经常梦到的那样。

水没过了男孩的胸。太阳投射水面的光过于炫目，晃得男孩睁不开眼。世界前所未有地光亮。他闭上了眼睛，向着水上的光明前进。水温柔地包围着他，荡漾着艳丽的红。越来越多的鱼游过来，眨巴着眼睛。

忽然，男孩看见了红脸鱼，它神采飞扬，大力舞动着身上的鱼鳍，张开嘴大声喊着男孩的名字。

"妈妈——"男孩一张嘴，水就灌了进来。

（原载《人民文学》2024年第11期）

沈念，湖南华容人，中国人民大学文学硕士。著有小说集《八分之一冰山》、散文集《大湖消息》等。曾获鲁迅文学奖、十月文学奖、小说选刊奖、华语青年作家奖、高晓声文学奖等。现居湖南长沙。

鸡蛋道士

◎ 李宏伟

壳　内

　　小区西北角，也就是8号楼，住着一个鸡蛋道士。确切点说，是8号楼3单元501室，即门禁老是被某个嫌麻烦的男人弄坏，物业维修了三番五次一仍其旧，且安排人守候或翻查监控都找不准肇事者，因而无奈放弃，只能听之任之的那个单元；即电梯上到五楼甫一打开便有一团粉色扑上来，让人脚步慌乱，趔趄着稳住身形后，才能看清是因为左侧门上贴着的粉色剪纸，剪纸上纷纷开且落的桃花雨下正回头的粉色猛虎作祟，进而让人又发噱又忍不住上前敲门的那个房间。

　　再确切点说，是501室朝南的卧室，靠近窗户的书桌上的鸡蛋里，住着一个道士。501室是偌大的城市中最常见的那类小区里的一个两居室。小区坐落于城市的西南，位于一条前些年腥臭，清理后水流清澈了很多却也瘦小了不少的小溪的北侧这一事实，并没有对它的内部结构带来什么影响。一梯三户，门正对着洗手间，进门的两侧是厨房与客厅，再往里进，两个卧室南北相对，一个略大一个略小。略小的卧室朝南，半掩的门上贴着几张粉色打底、图案夸张的贴纸。推开门，右侧是粉色的以 Hello Kitty 为主图案的上下铺床与衣柜，左侧空荡的墙上，挂着一张拼音表，这次是白色打底，不过上面的声母、韵母都是粉色的各种花的变体。

拼音表与衣柜相对，从它们中间再往前一点，就是书桌。书桌靠近右侧，挨着竖立的暖气片，原本由两块板分作两个区域，内侧可以升降，此刻一码齐平。在齐平的白色书桌面上，在外侧这个矩形区域的中央，铺着一块浅粉色手绢，手绢上稳妥地放着一个鸡蛋，鸡蛋里面住着一个道士，也就是第一个鸡蛋道士。鸡蛋道士不清楚自己是什么时候醒来，或者说什么时候开始有意识的——这是自然，因为他仍旧要遵循事物基本的运转法则，不能决定自己的起点；如果说"何为起点"有争议，至少他也不能决定起点之前的那一点。

鸡蛋道士对这种证辨有些不耐烦，就此打住。说回他有意识的那一刻，那是砰的一声，伴随着空气细微的震动，震动以震颤推搡着他。他还没来得及仔细分辨，一串金属相互撞击的声音紧随其后，然后是一种金属插入另一种金属的声音，接着是锁簧顺从地收敛的声音。门随之打开，脚步声将一个人带到桌子面前。隔着蛋壳，鸡蛋道士感受到清澈的目光的抚触，要不是尚未成人形，尚不具备人的完整能力，他几乎要起身回应，乃至应答了。

"你好好待着，我会找机会再来看你的。要是你孵出来，一定要来找我呀，我给你留着最好吃的饼干。"

那人说完，伸出两根指头，在鸡蛋上面摩挲几下。然后，她转身往外走。到卧室门口，她还停顿了一下，不过没有再回头。鸡蛋道士还停留在那几下摩挲的余震中，随着整个鸡蛋的摇晃，他对自身与自身的处境有了更多更清晰的认知。这让他恍惚，进而惶惑，以至于并没有给予正在道别的场景以及刚刚道别的人更多的注意力——他不知道，这将是他与这个小女孩的最后一次接触。不过，这并不重要，尤其对于他这样一个鸡蛋道士而言。

重要的是，他知道了，自己在一个鸡蛋内，但这个鸡蛋并不完全与他有关。如何才能说得更确切？他并不知道。他只知道，蛋壳包裹之内，就是他的世界，但并非他的世界内的一切都是他。这仍旧不完全对。因为蛋清、蛋黄、蛋皮，乃至组成它们的全部可见的可分解的部分，都属于他，都是他，但它们蕴含着不属于他不是他的东西，那东西目前只是可能，并无实在。或者，借用小女孩的话，从比喻的角度而言，如果他寓居其内的这只鸡蛋，被孵化了，一只小鸡唧唧唧地钻了出来，那将是一只独立于他的小鸡。当然，这仅仅是从比喻的角度而言。

比喻都有其自身无法约束的力量，鸡蛋道士深知这一点。为了不让这个比喻落在实处，以免一切滑向不可控的地方，他决定守住鸡蛋的边界，守住一个居住在鸡蛋内的道士的本分。他决定，让这只鸡蛋永远只是鸡蛋，永远是现在的样子。为此，鸡蛋道士称得上殚精竭虑、朝乾夕惕。立足于现有，他让自己更加分散，散至混沌的蛋清的每一个最小构成部分，散至蛋黄柔软的每一次呼吸。是的，蛋黄在呼吸，它上面的黑点在呼吸，它的呼吸是最大的隐患。鸡蛋道士不能根绝这呼吸，他的意识也有赖于这呼吸交换来的信息维系。为此，分散的同时，鸡蛋道士平行地聚精会神着，将注意力放在壳内小小的空虚之所，那个不时移动，但总是朝向更大的一方的气室。

气室让鸡蛋道士很烦恼，偶尔又在烦恼中生出甜蜜。如果没有它，如果彻底与外界隔绝，他就不需要这么战战兢兢，提心吊胆，没有一刻得到完全的宁静；可如果没有它来安置壳内冗余、废弃的时间，再等待时机，将它们一点点贴着蛋壳，化整为零地放逐到外面广大而空虚的世界，再带回来新鲜的绒毛如初生春水般微微飘拂的时间的幼雏，那鸡蛋内的生活将是无法忍受的。到后来，鸡蛋道士甚至掐着间隔的节奏，不时地将意识聚拢在气室周围，在那里屏气敛息，让自己拟同于气室，拟同于蛋壳朝向外部的那一面，并随着这种拟同，贪婪地揣想那一个世界。

鸡蛋道士深知这里面潜藏的危险，因而在贪婪中又体现出极度的克制。严守时间的间隔不说，外界有任何让他感到不安的变化，都会让他从气室周边逃离，并在逃离的当下，让自己的意识更加分散，更为混沌。那些变化都是微不足道的题目，譬如光影在蛋壳上的流动过快或过慢，譬如风抚慰蛋壳上的动作过大或过小，譬如楼下或天上过客般传递的声音过高或过低。鸡蛋道士对这一切并没有恒定的标准，但他有他的感知，这感知就是行动的唯一的准绳。

也有例外，那便是那个人临走前的摩挲的回响。这回响只在鸡蛋道士的意识里添油加醋、开枝散叶，并不引发后续的行为。从她的动作、语气，还有她说出的话，鸡蛋道士猜想，那多半是个稚气未脱的小女孩。及至后来，当他逐渐修习出自己的方式，能够对鸡蛋外面的世界有更多的感知，并且能将感知到的东西还原出在其世界中的意味时，他几乎能从室内室外如此浓重的粉色中确证这一点。但鸡蛋道士还留存着一线别的猜想，如果那是个成年人，一切又意味着什么？这并不是说，他有所偏好。没有，他仅仅是好奇心起，仅仅是对顺理成章感到乏味。既然不关联任何行为与后果，鸡蛋道士索性放任自己的好奇心以及随之而生的想象。

在想象的一条岔道上，那是一个成年女人。为了不横生枝蔓，她独自居住在这个房子里，过着寻常人的生活，上班、下班、购物、消遣、享受美食、运动健身。她的烦恼不超过这城市中的人均量，她的快乐亦然。略微独特的是，她对粉色多了一些偏爱。无关乎幼年的缺失、成年的补偿这类俗套，仅仅是喜好那颜色带来的轻微的欢愉。她对此并不贪婪，克制地提高了它在卧室里的比例，并不将这偏爱往外延伸。门上的桃花与猛虎，是极其偶然的产物，既然在那里，自有它们的道理。事情到此似乎绕了回去，展现出乏味的封闭，其中暗藏着的小小的矛盾，又多少暗示着不周延的缝隙。鸡蛋道士对此心知肚明，可他也没那么在乎。既然如此，那就把注意力再往外挪，挪到鸡蛋下面浅粉色的手绢上，挪到这一切所源出的那两根手指上。那手绢与手指，会不会是一体的呢？

那手绢与手指，会不会是一体的呢？鸡蛋道士为这个念头眩晕，眩晕之后是努力才勉强抑制住的欣喜。也许，它们本就是一体的。不，没有也许，它们就是一体的。不必分辨，是手指的余响长留，作了铺垫；或者是手绢借助风力，局部扬起，拂动了蛋壳。反正温暖与柔软同在，反正柔软与温暖共生。想到这里，鸡蛋道士有些窒息，而窒息的根由在于激动。因为与蛋壳外的世界并没有那么隔膜而激动，因为并没有完全被遗忘在这里等待荒废降临而激动，于是他用尽心力，仿佛有了皮肤与具象化的感知，从鸡蛋的内侧紧贴住蛋皮，隔着蛋壳与外面的手绢与手指相依偎。作为回应，那温暖与柔软越发强烈，且绵绵持续，无间无息。这让鸡蛋道士生出依赖，他渴望一直这样下去，以至于忘却了鸡蛋的边界，忘却了自己的本分。仿佛饮了千年窖藏的醇醴，醉亦是梦，梦亦是醉，与天地大同，与万物混一。

等到再有意识，周围已是一片澄明。不是光的澄明，而是意识的澄明；不是意识的澄明，而是身体的澄明。再返回去，落到实在处的，又是光的澄明。那光从一小块缝隙间漏进来，并不显得颟顸，并且毕剥有声，而那声音源出于一只细嫩的新鲜的喙，尖尖的，一下一下地啄动，啄在蛋壳上，啄在那缝隙的周围，以便放入更多的光。啄也不是永动的，一阵紧一阵松，松紧之间，伴以停顿和唧唧啁啾。然后是尝试在局促的密室里站稳的声音，是振动尚且稚嫩、毛羽不全的翅膀的声音。

在这啄动与声响中，鸡蛋道士明白过来，鸡蛋得到了孵化，雏鸡迎来了世界。这并不意味着他的消亡，但他的确无法再以鸡蛋道士的方式存在。在告别之前，他凝聚了最后的精力，得以看见，在啄空的鸡蛋壳的外面，在书桌的另一块木板上，站着一只粉色然而缤纷的母鸡，她正开屏般夸起浑身的羽毛，仿佛要填满整个空间。

不过，鸡蛋道士也许是借助鸡雏的眼睛，看见这一切。

壳　外

　　小区中间的塔楼，13号楼2003室，住着另一个鸡蛋道士。本来，这个"鸡蛋道士"是要加引号的，因为这只是他的自称，只是他视频直播的名字。他直播的内容挺乏味的，不过是拿鸡蛋玩各种噱头。一开始是生吃，在数量、方式上下功夫，可在那么多凶猛的同行衬托之下，显得过于小打小闹，没吸引来几个粉丝。他一度朝着恶心演变，毛鸡蛋、臭鸡蛋……想到的想不到的，挨个尝试，统统安排，局面并无多大改观，他本人先受不了了，借着平台的警告，停了这些项目。沉寂了一阵，鸡蛋进一步道具化，他玩起了一系列小魔术。比如从矿泉水瓶口跌落进去，比如在手绢下面忽然消失，比如一只红芯的铅笔穿过蛋壳而鸡蛋完好，诸如此类。观众倒是多了些，在留言区予以解密、拆穿的人随之而来，冷嘲热讽不绝于屏——"就这""那么好的鸡蛋，可惜了""还没吃饱呢，就撑了"……说得起劲，干脆在留言区互动起来，一个赛一个地抖机灵，鸡蛋道士倒好像成了观众，或看客。

　　痛定思痛之后，鸡蛋道士决定尝试点新招，从没人试过的。他开着直播，端着手机，上菜市场、进超市，买来两打新鲜的生鸡蛋。"是新鲜的吗？"面对这个近乎白痴的问题，超市的售货员爆了粗口，话到半截，意识到手机正对着自己，忙伸手挡住嘴，连着点头。菜市场的贩子首先注意到了手机，二话没说，摸起一个鸡蛋在手掌边缘一磕，色泽、质地分明的蛋清蛋黄滑进掌心，举了过来。鸡蛋道士手指在里面蘸一蘸，收回来闻了闻，尝了尝，冲着直播间里十来个观众，大声肯定。

"新鲜得有股热乎的鸡屎味。"

就从这鸡屎味中，鸡蛋道士选了大小、形状完全相同的两枚鸡蛋，将它们置于自己的脚下，如同哪吒的风火轮，开启了这一轮的不间断的两个手机、两个账号的直播。其中一个手机，固定在房间里，取全景，全景的核心当然是他，吃喝拉撒睡，一点不遗漏——当然，拉与撒以及洗澡时，需要选择角度、方位、分寸，保证观众能看清是他，同时不至于出现违规内容。另一个手机则用在他活动或者有人提出疑问时，以双脚与脚下的鸡蛋为特写，保证消除任何一个观众的疑虑，平息任何一个好事者的起哄。

重中之重当然是脚底的鸡蛋。它们并不紧贴，而是与地面与鸡蛋道士的脚底保持着大致相等的两三厘米距离。鸡蛋道士活动时，两枚鸡蛋因应跟随，悬浮于地，托举着他。要是他直来直去时动作过猛，它们还会被落在后面一点；要是他转弯过快，它们还会在惯性的作用下前冲出一点。两个鸡蛋仿佛有着意识或自主性，甚或可以说具备人的智能。它们尽忠职守，绝不擅自离岗，绝不嫌弃压在上面的一百来斤。它们灵活多变，绝不死磕硬碰，绕着每一处可能的陷阱与坚固之物，及时止步、回身。它们还有几分调皮，偶尔玩出一点花样，由横卧变成竖立，由静止变成绕着一个点自转。这些都被镜头一一捕捉，不但在直播间引起了连番的惊叹，更是以一种独特的萌感，吸引来专门的粉丝——他们不仅表示认可，还给两枚鸡蛋取了不同的名字，并为相应的追捧者再取出新的名字，更进一步分化成喜欢左脚下的那枚或右脚下的那枚，或是两枚不可分割、都是心头好——这样三个吵吵闹闹、似假似真的群体。

鸡蛋道士对此毫不热衷，他知道，要是他也再往前走，去关注两枚鸡蛋的名字与生活，尽管会迎来更大的流量，但事情就会变味，与他的初衷大相径庭。何况，他现在还有两个问题需要解决。一个很简单，关涉出门，他只需要买几条裤腿足够长下端足够宽的裤子，在他出门时可以挡住鸡蛋，不让人窥破玄机就成。另一个则比较复杂，关涉占去每一天多则三分之一、少则四分之一的时段，即睡眠时间。

一天中，总会有那么些时段，人的神经松弛、注意力涣散。别的时段还可以用喝咖啡、茶这样的辅助性方法帮助维持清醒，或者上一些类似头悬梁锥刺股的物理手段。可一旦双眼闭上，进入梦乡，一切都可能抛诸脑后。那时候，两枚鸡蛋还会坚持在岗，不折不扣地执行它们的任务吗？——那时候，它们的任务是什么，保持与脚底的距离，还是继续托举？前者未免形式主义，后者似乎又过于苛刻。拥入直播间的观众对此分歧很大：有的认为后者是必然的，就算鸡蛋道士不能站着睡觉，至少两枚鸡蛋也应该转移到背部，将他托起。为什么要担心他会压碎它们？站着与躺着难道不是一样沉吗？有的则认为，保持一个距离就行，这倒不是因为沉不沉的问题，难道鸡蛋就不应该休息，享受一点"蛋道关怀"吗？

让鸡蛋在睡觉时转移到背部，鸡蛋道士不能同意。他无法确信，人在入睡时，体重会如清醒时那样保持稳定，何况背部的受力与支撑面积迥异于脚底，更何况他难免翻身起夜，仓促间他与鸡蛋未必能同时反应得过来。可就那样让鸡蛋顺着脚底往下滑，显然又少了点意思。思来想去，他给出的解决办法是，睡觉时再找两枚鸡蛋，垫在原来两枚鸡蛋的下面，托住它们，使它们与脚底保持平常的距离。笨是笨了点，可这个办法确实有效，无论是观众的反馈，或者翻看回放，效果都完美地达到了预期。意料之外的是，这个办法达到了字面上的"危如累卵"的效果，因而另外吸引了一批观众，他们专挑鸡蛋道士入睡的时刻来到直播间，全神贯注地盯着视频，提心吊胆地为鸡蛋的每一次动作而屏息敛气而欢呼雀跃。很快，这两枚只在夜晚站岗的鸡蛋也有了自己的名字与追随者。

鸡蛋道士对此难以理解。如果说，前面的两枚鸡蛋因是这件事的缘起，自始即在且"身负重任"，有人对之移情尚有可理解的地方，那后面这两枚鸡蛋的吸引力在哪里？就因为它们的"备用"性质而让人代入吗？这委实超过了事物间应该的道理。他甚至猜想，莫不是在他睡觉期间，另有奇迹发生？可翻看回放，并无所得。鸡蛋道士并不在可有可无之事上执着，对此稍稍追究，没有理出什么头绪，也就算了。再说，那些追捧这两枚鸡蛋的人，除了在直播间留下暗语般的片言只语外，并没有造成别的干扰。

况且，鸡蛋道士有更重要的，独属于他的事要操心——这件因他一时兴起而做的事，该如何结束？现在，他的粉丝数量增长了不少，虽然还算不上炙手可热，虽然还不至于吸引来广告投放，但已经远超过他启动这件事时的想象，令他快要摸到了五光十色境地的门槛了。这么多的观众进入直播间，观看且寒暄、嬉笑、打闹，仿佛进入了一场聚会，或者，至少也是到了咖啡馆、茶馆之类的所在。总之，这一切都让鸡蛋道士懂得了直播是什么样，它可能通往哪里、达至何等程度，这些可以想象，但他也只要它们限定在想象中。

那么究竟该如何结束呢？这方面可想象的空间并不大。耗费一番心神后，得到的不过是顺理成章的答案：变化即转机——正在进行的事出现变化，就将迎来结束的窗口期。鸡蛋最大的变化，当然就是孵出小鸡。至少，这是唯一一勃发生机的变化。那么就照此办理吧，鸡蛋道士作了决定。他并不知道自己能不能孵出小鸡，但至少得尝试一番。至少，在尝试的过程中，他会感觉到终点就在前方迎候。

这个决定不能说出来，不然，它将成为直播间的强心剂，成为新的、更大的噱头，与他的初衷背道而驰，多半，还会让事情朝着失控的方向发展。不能说也就意味着，要采取的行动不能那么明显，不能让人猜中意图。这倒还好，因为他连要做什么都不清楚。只能依靠并相信网络，相信它告诉他的一众条件。可把这些条件用"不能让人猜中意图"的筛子一筛，也就只剩下温度这一条了，而这温度唯一的来源也就剩下他的身体。准确说，依靠他的两只脚来传递给两枚蛋，身体的温度。

首要的一点，是保证两枚鸡蛋受热均匀且恒定，再也不能像以往那样，白天黑夜两个样。白天向夜晚看齐不可能，夜晚将蛋收起放入恒温的环境保护起来更不可能。能做到的，是以脚底覆盖，将它们始终置于他的保护之下。换句话说，夜晚要向白天看齐。一天半天的短期操作，靠意志力靠物理刺激，鸡蛋道士能做得到。现在这样还不知道尽头何在的相持，则需要外在辅助。好在，只要想得到，总有解决的办法。他从网上买来类似双杠的运动器械，设定高度刚好至腋下，再以护具护住双手，确保他可以在每个晚上架着入睡，脚下的鸡蛋与白日一样，悬在地面与脚底之间。重中之重，则是确保温度达到孵化的程度。人体的温度本就比那温度低了些，脚底尤甚。更为难的是，他还无法借助外力，哪怕是一双厚厚的袜子。他只好将体内持续燃烧的火炉下移至脚，只好祷念鸡蛋内生命的芽胚充分向阳。

这燃烧与祷念传递下去，鸡蛋道士感知到了鸡蛋内的变化，若有呼应一般。十来天下来，生命在逐步按照应然的顺序，逐步成形。这让他喜悦，这喜悦多少消除了悬吊着入睡的疲惫。又过了几天，那过程却又暂停了。当然，说是蓄势也好，只不过不容旁观，留出的余暇也倒计时般，紧迫地逼近于空。是落空的空，是竹篮打水的空。鸡蛋道士对此心知肚明，遍用穿厚衣、喝热水、灌姜汤等招数而无果，那鸡蛋内就仿佛一壶停在98摄氏度的水，差一点火候，只差一点火候，就差一点火候。

没有办法，鸡蛋道士沿着直播的边界，戴上皮帽、打开窗户、开着空调、脱去外衣，自冰箱里取出冰块，倾倒进背心扎住的腰腹部位。抽空根本的蓝色火焰腾腾若实若虚，点着了浑身上下与内外，极力将它们向下引导，包裹上两枚鸡蛋后，鸡蛋道士进入了一种非己的状态。他能看见屏幕上观众们的诧异与议论，不少人窥破了他的动机，赞叹或阻止、谩骂或无言，都统统入了他的眼。但他就是无法给出回应，无法让这些稍稍停驻，他就像身体已死而魂魄尚存，所残留的那点余温。

终于，赶在余温消退之前，世界有了新的动静。细碎的声响后，跟随着稚嫩的扑棱的动作，是在挣扎，亦是在平衡，是在破壳，亦是在召唤。顺应着它，鸡蛋道士挣脱了身上无形的枷锁，慢慢向自身回落。

感觉恢复的第一下，是脚底板的瘙痒，他往回一缩，把脚落在了实处。对，是悬空的实处，是知道下面再没有托付的实处。他来不及从器械上下来，让双脚踩在地上。因为在他双脚挪开的原处，摇摆着两只绒毛黄而浅的活物，它们发出的声音细碎而连续，仿佛在饮水、啄食。

第一眼看去，那居然是两只扁嘴的小鸭子。鸡蛋道士苦笑着摇摇头，定睛再看。那分明是两只嘴巴尖尖的小鸡雏。

蛋

还有一个鸡蛋道士，他不住在某个具体的房间。这并不是说，他凭空而来。不是的，他的根源在小区东南角的4号楼201室。问题在于，他所存身的那枚鸡蛋坏了。在买回家忘了放进冰箱的一个月又十八天后，居然就坏了。不是外在的磕碰坏了，是由内部散发出一种独特的臭味，大张旗鼓地声明着败坏。带着点恼怒，屋主将它扔进了垃圾袋，顺势拎起垃圾袋，出了门，沿着楼梯下到一楼。

过程中，坏了的鸡蛋在垃圾袋里重新落位。它沿着一片蔫了黄了的白菜叶子，落到一层土豆皮上，又一次颠簸，将它卡在一个苹果核上。出单元门时，苹果核上的牙齿印就势咬了发臭的鸡蛋一下。无法脱离苹果核的牙齿印自然咬不破鸡蛋壳，可这个动作本身，甩出了一滴甜丝丝的苹果汁，正正地落在鸡蛋气室所在的地方。得到感应般，鸡蛋内部，气室那通常被忽略的小小空间里，鸡蛋道士醒了过来。说"醒"并不确切，可鸡蛋道士又并非无中生有，他一直在，至少有了这个鸡蛋的时候他就在，但此前他并不以这种方式在。

以哪种方式呢？鸡蛋道士自己也有这样的困惑，但在由单元门至垃圾桶这短短的路程上，他想明白了——或者说，他对此赋予了自己的解答。他以道的方式而在，再要继续，就属于不可追问、不必回答的范畴。道并不局限，也不拘泥，端赖每个具体的存在撑起它，至少，撑起道落在这一个上面的这一部分。这样说，并不意味着，具体的存在只能领受道的一部分……还要再辨下去时，一阵凌空的失重感攫住了鸡蛋道士，随即是更强烈的震动。鸡蛋颠了几下，再度落位。鸡蛋道士知道，他短暂地安居在垃圾桶里了。鸡蛋道士还知道，他所在的整只鸡蛋都是他的眼睛，只要他需要，就能用它一睹周遭世界的样貌。鸡蛋道士也知道，此时此刻，这不是最重要的——看从来都不是最重要的，在看之前，他已经先行知道，不只样貌，更有样貌内里的败坏、待发的蓄势。

至少，对于小区里的另两个鸡蛋道士的前世今生，这一个鸡蛋道士一清二楚。作为在后者，他有些伤感，因为另两个都已很难再称作"鸡蛋道士"了，他们的鸡蛋已经孵化成鸡，鸡雏已经满地走动，占据了这个世界划定给他们的部分。没有了鸡蛋，自然不能再称为鸡蛋道士。另一重伤感，更深的伤感浮上来。毕竟，由鸡蛋到鸡雏，怎么说都是进了一步。鸡蛋道士不在，但属于他们的道仍在。可他自己呢？显然没有这个可能。不过是废弃之物的一部分，随时都可能消散，消散时甚至留不下丝毫痕迹。想到这里，鸡蛋道士决定打住。与此同时，他还决定，切断对另两个鸡蛋道士的关注。

这是一个偌大城市里，最常见的那种垃圾桶。一米出头的高度，近乎柱体，下面略窄，上面略宽，四个角略有弧度。它是绿色塑料的，挨着几个黑色的同类，站在暮色里。确定这晦明难辨的辰光是黄昏时，鸡蛋道士稍稍感到宽慰。如果是清晨，垃圾车将很快到来，一番折腾后，他将随垃圾被倒入车内，运走，然后迅速得到处理。不管有多幸运，鸡蛋都必然会在这个过程中破碎。尽管破碎未必意味着气室的破裂，但保存下来的概率总归太小，不能寄希望于此。黄昏意味着，离那决定性的破碎时刻还有一点距离。拿这时间来做什么呢？逃逸吗？如果能成功，想必会是个动人的童话。修炼成形，以待时机来临时，破壳而出，从此得享真正的逍遥，这是个近乎胡说的神话。或许有，但不是一个鸡蛋道士可以奢望的，至少不是这里的故事——鸡蛋道士对此心知肚明。那么剩下的，就只是平静下刚刚苏醒的意识，以便顺受后续的一切。

鸡蛋道士想明白这一点，吁了口气。小小的一口气，让他更加意识到自己的存在。小小的一口气顺着鸡蛋并没有那么紧致的壳，渡到了外面，交换进来一口新的空气。忽然间，鸡蛋道士就闻到了不可阻遏的臭味，是外在的各种厨余垃圾混合而成的味道，它让人作呕，却不过是一个引子，再度引出了鸡蛋内部的恶臭，辐射般，一阵强似一阵地涌入小小的气室，势必要将它挤满，要将鸡蛋道士排挤出去。这不是我的寄生场所，它是我的生身之地……鸡蛋道士抗议道，浑然无视这话里不真实不自洽的部分。

如果非要容不下我……会引起什么后果、发生什么不可预料的事——鸡蛋道士还没有想明白、说出口，就被猛地往上拖拽，随即悬停，然后加速下坠。下坠的时间长过往上的时间，却无质的区别，反倒是落地的动静大过所有，坠落不过如是。

"有个鸡蛋。"一声欢呼。顺着声音，张开鸡蛋的"眼睛"，鸡蛋道士看见一个男孩正望着鸡蛋，与他如同对视。路灯下，难以看清更多细节，可以确定的是，男孩有十一二岁，即使在暮色里，依旧白皙得超过平常人。来不及看得更多，男孩的手伸过来，手里有一张湿纸巾，覆盖住了整个鸡蛋，擦去了上面的污渍。

"哎呀，这么臭，还能吃吗？"仍旧是男孩的声音，并没有得到回答。这并不意味着男孩是独自一个人，鸡蛋道士得出这样的结论。湿纸巾拿开，他果然看见了另一张脸，一个女孩的脸。她比男孩黑了不少，在路灯下轮廓有些模糊。女孩张开手里拎着的塑料袋，男孩小心翼翼地将鸡蛋放进去。

"可以啦，别把菲利普撑坏了。"女孩说着，吸吸鼻子，"这个蛋真是臭，菲利普能愿意吃吗？"

"说不定菲利普喜欢得不行呢？"男孩停止在垃圾桶里的翻找，扔掉手里的木棍，"要不是我奶奶看得紧，我直接就从冰箱里拿了，哪儿至于来翻垃圾桶。"

"就是，要不是我爸老唠叨菲利普有病……"女孩回身望了一眼，就此打住。

接下来是一段晃荡，几百米吧，鸡蛋道士放弃了借助鸡蛋来看，重新回到气室内。塑料袋的晃晃悠悠让他略微有点晕，本就没成形的身体像快要散架了，也可以说，一团小小的气体快要被颠荡得左冲右突，挤破蛋皮与蛋壳的限制了。很快了，鸡蛋道士这么告诉自己。他还无法确定他们说的菲利普是何方神圣，可他知道，谜底很快就会揭晓，从垃圾袋里装的全是垃圾桶里挑出的食物，且以荤腥为主来看，菲利普多半是个凶猛的家伙，它就是他的劫。

事实正是如此。男孩和女孩停下来，塑料袋停止了晃荡。男孩先喊一声，"菲利普。"女孩接着喊，"菲利普——菲利普——"一声低沉的"汪"传来，塑料袋扔在地上，一串爪子落在地上又抬起的声响由远及近。那声音不紧不慢，矜持中带着犹疑，稳重里藏着谨慎，将一条呼哧呼哧个不停的狗送了过来。

鸡蛋道士忍不住再次张开鸡蛋的"眼睛"。这是一条拉布拉多，皮毛肮脏，已有几处秃脱，面相与躯体都掩饰不住颓唐，是年龄已至的必然，也是生活境地的加速使然。它的牙齿仍旧完备，闪现出慑人的冷光；喘息间，伸出的舌头裹挟的湿热之气，有着浓烈的死亡意味。

"菲利普——"男孩唤道。

拉布拉多菲利普没有停顿下来以作回应，它等不及，扑上前来。鸡蛋道士陡然意识到，菲利普知道了他的存在，这让它意外、恼火、兴奋。扑上来的菲利普用长长的舌头舔了鸡蛋一下，舌头边缘正好刮过鸡蛋道士置身的气室一侧，仿佛一把肉锯试了试刚磨砺好的锯齿，让整只鸡蛋不寒而栗。菲利普却没有趁势将鸡蛋卷进嘴里，它郑重其事地上前，上下颌微一合力，咬住鸡蛋，往上一甩，甩过头顶，仿佛一颗小小的卫星发射升空。没有等待，菲利普借着那一甩，身子上蹿，追踪着鸡蛋，在鸡蛋到顶滞留，转换着势能意欲下坠的一瞬间，一口将它吞了进去。

不是囫囵着咽下，是在嘴里一磕，上颌与舌头合力，牙齿从旁边协助，压、挤、咬，让鸡蛋碎在嘴里。破碎的蛋壳、浑浊的蛋清、黏稠的蛋黄，混沌成一团。涎水在两旁牵引，空气在后面推动，空空的洞穴般的咽喉底部在前头召唤，那一团混沌便这样翻滚着，直往下坠落。

在坠落之前，在压迫、挤弄、咬合之下，鸡蛋已然破碎。蛋壳与蛋皮共谋的那小小的气室勉力撑得一撑，终究露出破绽，开了口子。鸡蛋道士顺着口子而出，在菲利普喘息之际，在空气灌入的瞬间，找到了缝隙，滑出了拉布拉多的嘴巴。

清气上升，浊气下沉。来到广袤的、无遮拦无阻隔的外面，直面着繁忙而空荡的世间，鸡蛋道士毫无停留地，向上飘升。飘升的同时，四肢百骸成形，又在成形的同时，向四处扩散。他知道，自己正在进入世间，正在等同于世间。

实现这一点之前，鸡蛋道士还来得及上下各张望一眼。向上，他看到天色青蒙，如同蛋清。向下，他看到地面沉重，如同蛋黄。

蛋黄的这一角，小区里的草坪上，三只小鸡正唧唧唧，追逐嬉戏。

（原载《山花》2024年第7期）

李宏伟，四川江油人，现居北京。著有《你是我所有的女性称谓》《信天翁要发芽》《国王与抒情诗》《暗经验》等诗集、小说多种，获郁达夫小说奖、吴承恩长篇小说奖、徐志摩诗歌奖等奖项，作品入选收获文学榜等年度榜单。

蝴蝶发夹

◎ 陈昌平

一

聚会次日，一大早，"叮"一声，手机进来一个微信表情包——一轮红日托举着"早上好"，李刚发来的。我食指一点，就手回了一个握手。隔一天，还是一大早，还是洗漱时，"叮"一声又来了一个表情包，还是李刚，好像是周末快乐什么的。我随手回了他一个笑脸。

谁这么早发微信？媳妇在洗脸，警惕地往我手机瞥了一眼。我赶紧说，同学的，前天聚会嘛。说着，把手机屏幕给她看。

让你别去你偏去，看吧，事儿来了。媳妇说。

接下来，一连几天，李刚都是一大早发来问候。我觉得烦，便点开消息免打扰，屏蔽掉提示音。

聚会刚结束，同学群里一片欢腾，主要就是晒照片，争论谁谁喝高了、谁谁唱歌像刘德华、谁对谁表白了什么的。李刚在群里最活跃，貌似群主。我留意到他发给我的表情包，也同样发在群里。不回他微信的一丢丢亏欠，顷刻烟消云散。

一个月后，同学群消停了。连早先的天气预报、国际时讯、营养保健和打折促销的帖子也没有了。我注意到只有李刚在坚持。每天都发表情包，上班打卡一样规律。只是这种没有呼应的"打卡"，就像是自己问候自己，坚持了三个月，也踪影皆无了。

但他一直给我发。

他的表情包，都是网上常见的：花里胡哨的花朵配上问候文字，诸如老同学早、万事如意、平安是福、让世界充满爱之类的，俗套的问候犹如一块块肥腻的红烧肉。这样的问候有必要回吗？怎么回？我又一次想把他拉黑了，但是转念一想，拉黑了，证明我看到了，不如就这样吧。

不拉黑，也是念及旧情。初二我摔伤了腿，李刚主动提出接送我上下学，每天骑自行车到我家门口，支好，扶我上车。这种事，被班主任和学校定义为"学雷锋，做好事"。只是"好事"仅持续了一周，车技欠佳的他就给我摔了一跤，班主任得知后，立马换了一个同学接送我，毕竟，想"学雷锋"的不在少数。

但是中间我犯了一次傻。"六一"那天，陪女儿在游乐园，女儿在骑旋转木马，我在一边待着，闲来无事，扒拉微信，正好看到他发给我的一溜表情包，像一长串糖葫芦，一直发到今天早上——一个常见的熊猫表情包。尽管这些表情包没有一个给人印象深刻的，但他坚韧不拔的"打卡"还是触动了我，于是我随手回了几个字：祝你节日快乐！

这样回复，有点小小调侃。片刻，李刚就回了一个表情包：一个少先队队员在敬礼，胸前的红领巾还在微微飘扬。其实，乍一回复我就后悔了。这不等于说我收到了他的问候而不回复吗？所以从此以后，我再也没回他一个字。

二

聚会当天，我加了不少同学的微信——不得不加，不加不礼貌。

从当天晚上开始，一个月时间，不少于10个同学或微信或留言或直接电话给我，寒暄过后都是有事相求。所求之事五花八门：家里店铺被工商罚款、税务报表出问题，大舅药房执照过期，卖烟打折被烟酒专卖局处罚，孩子调班，等等吧。他们一定是把我这个县级市的副科级小副局长当成一个不得了的人物了。

我所在的县城，办事找人是一种积弊，能找到人是一个人能力和地位的体现。这时我已经后悔了，不该去参加这个聚会。只是，同学既然开口了，能办就尽量帮忙吧。于我，既是同学情谊，也算是分内工作，权当为人民服务了。帮了几个忙之后，后果就出现了。被帮忙的同学，一定要答谢我。我所办之事，大都是举手之劳。这一答谢，就把同学感情庸俗化了，弄得我心里要多别扭有多别扭。有一个同学，不顾我厉声拒绝，下班时跟踪我，把两只宰杀干净的大骨鸡放在我家门口，还写上他的名字。我早上一推门，只见门口的两只鸡和融化的一摊血水……我家住在一楼，这让上下楼的邻居怎么看我？

所以李刚这么做，我觉得一定有所企图。

果然，之后不久，一个陌生号码打来了——李刚打来的。一顿嘘寒问暖之后，我在等着他的正文，他却啰唆个没完。我直截了当地问，你找我有事吧？李刚说没事儿，我发现你最近微信朋友圈一直没更新，在群里也不吱声，想你了，问候你一下。这理由，我不信，却也不好反驳。以我对人情世故的了解，李刚的电话应该是有求于我的。

但是李刚啥也没求。人家说想我了。

这也不意味着他没事。也许这一次电话是个铺垫。

我们中学特别普通，当年考上大学的也就"凤毛麟角"的几个。这次聚会，我本无意参加，但是得知班上几个"出息的"都不参加之后，我反倒觉得自己必须得去了，哪怕点个卯。在医院工作的媳妇深为同学聚会所累，劝我推辞掉。我说我是班长，不去不合适。

去了，也没觉得后悔，同样也没觉得兴奋，尤其是曾经暗恋的同桌没有现身，让我更是意兴阑珊。聚会给我留下的最大麻烦，就是聚会之后的短信、留言和电话。好在，现在只剩下李刚每天顽强的表情包了。

后来，我发现还有一个同学也断断续续给我发送过问候。这个同学叫刘艳。她给我的印象，除了会跳《阿里山的姑娘》，再一个，就是跟李刚好过。刘艳给我发送信息，没有李刚那么频繁，大都在周末和节假日，都是些祝您健康、节日快乐什么的表情包。

刘艳没来电话，李刚也没有再来电话，只是他们的表情包——主要是李刚，依旧像上班打卡一样准时。依我的社会经验，这样殷勤的问候一定隐藏着某种诉求。我觉得我像一个诱饵，他们一定会咬我一口的。

三

疫情暴发，开始居家办公，我换了新款的华为手机，天天捧着，既处理单位业务，也在网上闲逛。一天上午，接到刘艳微信，一个小熊洗手的表情包，蛮可爱的，我把这个表情包转发给了我的几个领导，在多选名字时正好看见李刚的头像，我顺手就点了一下，把这个表情包也转给了他。

片刻，李刚就回了我一张图片——一个小胖子做出加油的动作。我呢，顺手就把这张图片，回给了刘艳——扯平了。

故事从这一刻才算开始。

从这一天开始，我就天天收到刘艳的微信问候了。也许居家太闲了，每当这时，我就把表情包转给李刚，收到李刚的表情包——他当然坚持天天给我"打卡"，就再转给刘艳。这样一来，每天先发给我的问候——基本是李刚，我就直接把他或她的表情包转给她或他了。比较可爱的，我也会转发给我的几个领导。一般情况下，瞬间我就会收到李刚或者刘艳的回复，接着我就把这个回复转给他或她。显然，他俩谁也不想率先接到我的微信，于是我接到表情包的时间就变得越来越早，每天七点左右的洗漱时间，我会同时面对两个表情包，我呢，只要一个互转就OK啦。

疫情期间无聊，我几乎把这个当成一个游戏活动了，再说这也丝毫不耽误我什么时间。

在这个游戏里，受益者是我。这让我每天都有一种宽厚大度或者礼贤下士之类的感觉。此外，我也想印证一下媳妇的话——他们是不是无利不起早，这是在她嘴边转悠最多的话。但是很快，我就意识到，潜意识里我还有另外一层意思。只是这层意思如此微妙与深藏，很久以后我才有所领悟。

因为李刚和刘艳是我们班最有故事的一对儿。

当年，早恋是校方明令禁止的。班上几对儿好上的，都是偷偷摸摸在校外约会，上课时对个眼神，放学时在门口磨磨叽叽而后结伴同行，周末看个电影，黑暗中拉拉手，已经是了不得的壮举了——哪像现在的学生，听说都直接开房了。在为数不多的几对"鸳鸯"里，李刚和刘艳是比较高调的。上学和放学，李刚总骑着那辆歪歪斜斜的自行车——就是把我摔了的那辆，后座上侧斜着喜滋滋的刘艳。瘦小的李刚欠着空荡荡的屁股，脑袋前扎，像一把拉满的弓，把车子骑得一冲一冲的，这样后座的刘艳就不得不死死揪着他的衣服了。遇到同学，李刚就会加速，把铃铛打得像上课铃，此时身后的刘艳就会惊恐地揪着他后腰，缩着头，抵着他后背，嘴里哎哟哎哟的，不知是表扬还是批评。那时刘艳个头不高，头发浓密，扎了个高耸的马尾辫，别着一个巴掌大小的蝴蝶发夹。发夹是塑料的，鲜艳明亮。马尾辫在脑瓜后面一波一浪的，蝴蝶随波荡漾宛如冲浪，要多浪漫有多浪漫。

这样的浪漫岂能逃过老师的火眼金睛？学校马上给出定性：这是对教学秩序的破坏，这是对规章制度的挑战。高考在即，此风不可长，此风必须刹。定性有了，措施就跟上了。班主任把李刚、刘艳两人拎到办公室。办公室门大开大敞，两人成绩单摊在桌面，班主任的食指在成绩单上敲来敲去，训斥的声音在走廊里回荡，走过的学生们都放慢脚步，脸上闪现着或隔岸观火或幸灾乐祸的愉快表情。

接下来还有更扎实的举措。原来李刚和刘艳是前后座——刘艳在前，李刚在后。现在，班主任把李刚和刘艳分别调整到教室最后一排的两头，一个在哈尔滨，一个在乌鲁木齐。

即便如此，李刚和刘艳依然顽固到底。有学生打小报告，说放学后刘艳依然坐李刚的自行车，而且走的也不是回家的路线。班主任甚至掌握了刘艳头顶的发夹是李刚送给她的生日礼物。震怒之下的班主任把双方的家长都喊来了，在学校会议室开了个会。教导处主任也出席了，阵容很强大。

开始，李刚坚持说他跟刘艳是正常同学关系，上下学骑车带她只是顺道。班主任指出，两点之间最近的距离为直线，你李刚所谓的顺道却要走一个锐角。李刚还要辩解，班主任指着刘艳头顶的发夹，厉声说这就是正常同学关系吗？于是刘艳妈当即命令女儿摘下发夹，还给李刚。刘艳举起双手，投降一样，一下一下地摘发夹。摘得很慢，也摘得很笨，不像摘，更像在加固。她妈见状，一抬胳膊，一把将发夹薅下来了，杵给李刚。李刚不接，李刚爸劈手抢过发夹，扔在地上，"啪"地一踩，蝴蝶即刻脆生生地炸裂。接着李刚爸给了儿子一个结结实实的耳光，声明从此罚没儿子的自行车，同时警告刘艳以后不许再勾引他家刚子。正在数落女儿的刘艳妈听罢大怒，一边戳着女儿的额头，一边指桑骂槐地骂女儿瞎了狗眼怎么能看上一个猴子。

李刚又矮又瘦，外号就叫猴子。李刚爸一听，当即就指着刘艳妈的鼻子开骂。

会议室乱套了，直到保安过来，场面才算平息。会后，李刚即刻被调换了班级，去了楼下的高一五班。

我们几个班干部也被拎去列席会议，所以我得以目睹整个事件过程。班主任批评了我们不讲原则，对少数同学的不良倾向袖手旁观，从不向他反映问题，以至于看着自己的同学滑向无底的深渊。那一刻，我真的看清了班主任这个老狐狸的老谋深算，因为在座的一个同学就经常向他告密。现在，让我们列席会议，连我们一起敲打一下，既起到了警示作用，又保护了自己的小耳目。

调班后，班主任也没放松警惕。利用课间或放学的间隙，他几次找同学拉呱——其实就是摸底，打探李刚和刘艳的动态。自然了，班主任也不会放过我这个班长，他好几次在我面前拐弯抹角地刺探情报。

你是班长，你有责任向我汇报班上的动态。几乎每一天，班主任都如此叮嘱我。

汇报？在我看来就是告密。告密的事我是不会做的。

学期没结束，李刚就休学了，不念了。成绩在那摆着，考大学无望。他爸让他跟着自己去大菜市摆摊儿去了，早点进入社会，早点挣钱。

那是我们高中的最后一个冬天，乌鲁木齐走了，剩下哈尔滨待在冰天雪地里。蝴蝶发夹没了，她也不扎马尾辫了，头发随意披着，整个人矮了一截。直到这时，班主任方才如释重负。他语重心长地对我说，小小的年纪，谈什么恋爱？你们现在的主要精力，就是学习！

那时候，我们特别熟悉"语重心长"这四个字。只要是老师说的话，只要是父母说的话，我们都会使用这个成语，好像这个成语是专门给他们准备的。况且，跟我说这个话的人，不仅是我的老师，还是我的父亲。

四

班主任就是我的父亲。

我父亲如此严厉地对待李刚和刘艳，自然是遵循校规，枪打出头鸟，但同时包含着对我的警示，因为这时我正暗恋着我的同桌。现在想来，这个同桌一定是父亲为我精心选配的，因为我英语成绩差，而她又是英语课代表，英语好到能背诵裴多菲的诗歌。只是如此近水楼台，我却落得一个阴晴圆缺。我无法向她学习，因为只要看她一眼，我就会喘不上气，心跳得像打桩。我知道我爱上她了，而且是那种恨铁不成钢的暗恋。我像密探一样在日记里记录了她每天的动态，穿什么颜色袜子、发言的声调、课间做操甩手的样子、跟哪个男生说话了，等等。日记里，我对这种暗恋进行了思辨和批判，也表达了对李刚、刘艳相好的不屑和敬佩。日记本是带搭扣的，搭扣上有三个滚珠密码。我知道不能用自己的生日，也不能用与班主任和母亲相关的数字。我选择了球星马拉多纳的生日作为密码。最终，我知道父亲一定偷看了我的日记，连收音机都会修理的他既有机会也有办法。因为突然有一天，英语课代表竟然调换到另一个班级。同桌换成了班级的学习委员，一个外号叫大象的肥胖女生。

我的初恋走了。我和同桌一个学期只说过五次话，每次都不长。我知道只因我在日记里记录了我的暗恋，我的同桌就换成了一头大象。少年懵懂的感情幼芽，萌芽的和刚拱出地面的，统统被班主任斩草除根了，防微杜渐了。我恨老狐狸，直到毕业，我跟大象这个动物都没有说过一句话。

这段经历就像歌里唱的，"从来不需要想起，永远也不会忘记"。只是李刚和刘艳的故事，却成了我们高中阶段最深刻的记忆，也是这次聚会很多人津津乐道的话题。在他们的悲欢离合里，也藏着自己的故事。我相信很多人是带着复杂的心态参加聚会的，只是结果大失所望。非常失望。李刚还是那么瘦，瘦就显老，老得跟同学们比起来像是两代人。刘艳则变得白胖，从一个小点心变成了一个大馒头，从前的开朗活泼没有了，一晚上都在摆弄牙签。他们两人几乎可以用彬彬有礼来形容了。在同学的起哄下，两人别别扭扭地握了握手。同样在同学的起哄下，他们加了微信——这么说他们竟然没有联系。

同学聚会，约法三章：第一，人人平等，AA制结账；第二，不计前嫌，一切向前看；第三，团结起来，互相帮助。聚会有个自我介绍环节，目的是彼此加深了解。从中我们得知李刚在灯具城打工，刘艳在一家超市收银。两人穿得都很庄严，吃饭时分桌而坐，几乎背对背，谁也不看谁，让很多想看戏的同学颇为失落。好在聚会的气氛非常欢快，最后还合唱了《难忘今宵》。只是我注意到，欢歌笑语之际，不少人也在婉转地探听自我介绍不能表述的那一部分，比如现在住什么小区啦开什么车呢，比如老公是公务员吗媳妇是事业编吗什么的。

这里还有一个插曲。聚会前，好几个同学向我提出，邀请班主任老师参加聚会。我知道有的同学是真诚的，也知道有的同学是客套的。我说，陈老师刚好不在本地，去珠海姐姐家了。

从很多人迅速宽慰的表情里，我知道这个谎撒对了。

其实父亲一直跟我住在一起。他适应不了南方的炎热和潮湿，更适应不了有儿子却跟女儿住在一起。中风之后，他几乎足不出户，每天最大的消遣就是攥着遥控器，端坐在电视机前，像检查作业一般翻阅中央电视台的频道，从1频道翻到13频道，再从13频道翻回1频道，表情专注，双目炯炯，检阅一般。

五

疫情时断时续，李刚和刘艳依然给我发送问候的表情包，我依旧互转。这样的局面持续了大半年，直到有一天李刚来了电话。

李刚的声音颇为低沉，甚至有点神秘，反复确认我现在有空吗，说话方便吗。我当时的感觉就是他终于要开口求我了，我心里即刻泛起对人性世故洞悉后的坦然和无奈。得到满意的答复之后，李刚声音陡然一转，像是扭开了音量，几乎喊着说他登记结婚了。

我即刻说，恭喜恭喜，心里却在嘀咕，这是要找我联系婚庆场所还是借车呢？本地人结婚一向大操大办，攀比成风。

李刚郑重地邀请我参加他的婚礼：你一定得来，不仅你来，还得把陈老师也带来。

我说最近工作特别忙，上边就要来大检查了，我有一堆材料需要准备，整天忙得焦头烂额，看看吧，有空一定去凑凑热闹。

我的话里留了余地。

上回聚会，听说李刚离婚了，媳妇原先也在灯具城上班，扔下孩子，跟一个温州的老板蹽了。显然，李刚这是二婚，二婚还大操大办，还要叫上我和陈老师，这不是胡闹吗？就在我暗自嘲弄时，李刚音量更大了：你知道我跟谁结婚吗？不待我回答，他急吼吼地宣布：我跟刘艳儿，艳儿啊！我们就张罗了一桌，在家里庆祝一下，我们两口子摆弄几个菜，请你和陈老师光临。

我暗自松口气，同时还有点震惊。我每天互转问候的两个人竟然弄到了一起，而且他们曾经相爱过，并且棒打鸳鸯散的人还是我父亲……诸多因素交汇碰撞，使我产生一种错觉——他们相爱似乎与我有关，或者说我在其中起到了某种微妙的作用。我互转他俩的表情包，真的这么重要吗？我不自信，也不相信。唯其如此，我不想放弃眼前这个机会了。我斩钉截铁地答道，我去，一定去！

幸福的人是啰唆的。不用我问，李刚就开始讲起了他如何跟刘艳儿再续前缘的——他一直在艳的后面加上儿化音。聚会那天他们重逢了，加上微信了，他给她发微信，每一次她都回复。整整十五年没有见面，三唠两唠，发现刘艳儿的儿子跟他的女儿在一个学校，而且还在一个班级，你说巧不巧？巧死了！这不是缘分是啥？于是两家人见了个面，吃了顿饭，吃饭的时候又发现彼此都单着，刘艳儿的丈夫去世了，他也单着。他请她吃饭，她又回请他，两家人都喜欢吃麻辣烫和烤串。四个人吃第五次饭时，孩子们捅破了窗户纸，分别做我们的介绍人，他们还不知道我们早年有过那么一段呢。你知道我们这个年龄结婚，哪能不考虑孩子的感受啊，现在没有了这个障碍，我们还有啥犹豫的？上周我们登记了，登记当天，孩子都改口叫爸爸妈妈啦。我们都是二婚，不好意思张罗，可是孩子坚持要办一下，所以我跟刘艳儿商量了一下，拉了个名单，准备了一大桌，就在家里请客，主要是家里人和双方亲戚，此外，就想请你和陈老师。李刚特别强调，他们发给同学的微信，从来都没人回复，只有我回，天天回。李刚说，我们俩混得不咋的，就你瞧得起我们两口子，你是我们共同的好朋友，所以得请你，还有陈老师，我和刘艳儿想请陈老师给我们证个婚。

为什么请他证婚呢？他证婚不太合适。我脱口而出。

合适！怎么不合适？李刚高声反驳道，陈老师是我们班主任，他当年就说相爱是以后的事，这句话，我俩都记得！他是为我们好，我们现在都做父母了，懂得他这是用心良苦啊。陈老师从南方回来没？我说回来了，早回来啦。李刚说陈老师腿脚不便，我弄个轮椅，把他老人家推来吧。

李刚的话激起了我对父亲的不满，因为我却无法忘记当年这个班主任棒打鸳鸯的种种手段——对他和刘艳，还有我。班主任父亲在他的从教生涯里，对男女同学之间的情感苗头历来就是提高警惕与手段狠辣的。只是，我的不满里还夹杂着一点自责和赎罪。尽管我说不清为什么自责，也说不清能不能替父亲赎罪，但是此刻我听到自己高声说，我给你们证婚，行不行？

那还用说，你是咱们的班长，又是我和艳儿的朋友，求之不得！李刚兴奋得喊叫起来。

六

与李刚通话时，我一直在想着我暗恋过的同桌，那个英语课代表。当年，除了在日记里倾诉衷肠，我不敢、也不会对她表白。但是内心里，我知道这是我的初恋……她现在过得怎么样呢？聚会为什么没有参加呢？我想起了我那本带着搭扣的日记本，好像上大学之后再也没有见过。

我直觉父亲一定知道日记本的下落，晚上，趁媳妇带女儿下楼玩耍，我问起了他。父亲盯着我，表情有点木然，这是他中风后固定的表情，好像没有听清，也好像在考验我寻找日记本的决心。我重新说了一遍，而且强调了一句：带着一个搭扣的，被你打开过的。

父亲依然没有啥表情，费力地弯下腰，从床底拖出一个纸盒子。这是早年间装肥皂的盒子，盒子上面摆着他用过的备课本，下面是好大一沓奖状和证书，都是我读中小学时获得的，只是因为有父亲这层关系，我并不看重这些荣誉。盒子底部有一个黑色塑料袋，塑料袋里藏着我的日记本。

父亲把日记本递给我，嘟囔了一句：我怕你媳妇看见。

20多年了，日记本的塑料封面已经硬化，但翠绿色的色彩依然鲜艳。封面印着草书的"青春"两个字，两只蝴蝶围绕着"青春"翻飞。搭扣上的金属滚珠锈得拨不动了，我记得密码是马拉多纳的生日。这时我的泪水突然就涌了出来，马拉多纳去世了，上个月去世的，看到消息时我难受了好久，但是也没有流泪。今天的泪水是因为他去世吗?

我想跟父亲讲讲李刚的事。父亲耳背,我几乎喊着跟他说,李刚和刘艳儿要结婚了。父亲说,李刚、刘艳,都是谁啊?我大声道,我们班的,早恋的那一对。

他爸是公安局长那个?父亲嘟囔一句。那是张海滨。我纠正道,李刚跟刘艳儿早恋,你把双方家长叫来了,好一顿收拾,你忘了?父亲把视线从电视屏幕上移开,怅怅地瞅着天棚,摇摇头。

他们还都记得你呢。我遗憾地说。我的声音不高,父亲却听得真真的,他脖颈一耸,说,他们说我什么了?我赶紧宽慰道,他们想请你给他们当证婚人,说你当年就说,相爱是以后的事……没说你啥坏话,都是好话,好话,放心吧……今晚你吃药了?

本来嘛,年纪轻轻的就是不该谈恋爱。父亲说。这时李刚发来了一条微信,告知我他家的地址和婚宴的时间,再一次表示希望陈老师也参加一下。我一字一句地回复说,父亲身体欠佳,腿脚不便,他嘱咐我全权代表。

意犹未尽,我又补了一句:陈老师说他衷心祝福你们,祝福你们有情人终成眷属!发送完这条信息,我把李刚和刘艳的微信默默顶置了。窄窄的屏幕上,他俩的微信头像上下挨着,一个是卡通小男孩,一个是卡通小女孩,笑呵呵的,跟上学时的前后座一样。

旁边的父亲长吁一口气,说,我就不去啦,我这腿脚,证婚给人丢脸。我说我去,代表你啦。父亲郑重地点下头。过了一会儿，他猛然说道，他俩都是你同学，你是不是该随两个份子呢？说这话的时候，他竖起两根枯瘦的手指，比画成一个大大的 V 字。

我大声说，好咧。

（原载《中国作家》2024 年第 9 期）

陈昌平，1985 年毕业于东北师范大学中文系，现任教于辽宁大学广播影视学院。《英雄》入围第三届鲁迅文学奖，《国家机密》进入中国小说学会"2004 年中篇小说排行榜"。曾获辽宁文学奖、辽宁优秀青年作家奖、《小说选刊》全国优秀中篇小说奖、《作家》金短篇奖等。著有小说集《国家机密》《英雄》《特务》《秘密生活》等。

大声说话的女人

◎ 朱　婧

我当然害怕，因为将沉默转化为语言与行动就是在暴露自己，而这似乎总是危险重重。

奥黛丽·洛德《局外人姐妹》

我曾经能够口若悬河，事情发生得比想象更早。在10岁到12岁的年纪之间，我从来没有那么迫切地需要讲话，即使我并不是在时时刻刻说话，头脑中依然能够感受到迅速扩张的词汇在汹涌澎湃，彼此链接，生成未能出口的绣章。伴随着说话欲望的是每夜绮丽的梦，幻想的世界有明确的线条与轮廓，细节以理性的方式生长，影像由此连续，丰美、精确、强烈，让梦境中的我亦为震动落泪。

10岁那年，父亲终于给卫生间安装了新的门。三年前教工宿舍调整时，父亲在面积大和装修好之间选了前者。我们搬到了这间L形布局的宿舍。最外面是客厅，左侧有一个小房间是父亲的书房。狭窄无光的通道进去，左右各一间卧室，大的是父母的房间，小的是我的房间。通道走到头，前方是卫生间，右侧是侧门，侧门连接厨房，厨房外是小院。刚搬来时，卫生间的门就残破不堪，油漆脱落，下部透气的百叶断裂，合页也松松垮垮，终于有一天夜里摧枯拉朽地倒下了。不知父亲作何想，他一直没去换门，好几年，用一张有客人来吃饭时用的可收叠圆桌，收起立成一个屏风，白天放在卫生间门口做个遮挡，夜里卫生间就门洞大开。教工宿舍和教学区以一条校内河道相隔，是一长排红砖平房，各户门前以一条公共走廊连接，方便雨天行走，也可放些杂物，当作门廊。住户均为本校教师，彼此熟悉，很少有人家关起门过日子，尤其放学后，各家之间相互走动都是常事。我却有些困扰，尤其夏天。我放学后在操场玩出一身汗，回来冲澡，总听到有人进到我家中，只停在客厅和书房找我父亲尚且还好，但也会有人顺着通道走进来，去到厨房和小院找我母亲，那就一定会经过卫生间。每每听到步声渐近，人声渐响，不知道为什么，在这扇圆桌屏风后面洗澡的我，总会很想上厕所，但又知道站在浴缸里绝对不可以，于是天人大战，尤其听到男性的声音。好多年后，一次夜间独身在山野走路，我才理解那种状态叫害怕。洗澡时一些熟悉气味能够让我放松，潘婷洗发水的苹果甜香、力士香皂的茉莉清香、六神花露水的薄荷清凉和忍冬轻涩，混合出夏天特有的味道。这种对甜蜜香气的喜爱延续到了对香水橡皮、香味自动铅笔芯和香水纸巾的占有欲望，我流连在学校门口的文具店，痴迷它们带来的檀香木的清淡奶香、依兰的清润墨香和绿茶的轻盈茶香。十岁那年，父亲给卫生间装上了一扇又新又漂亮的门，奶油色油漆，复古欧式勾线，中嵌磨砂玻璃，几乎让整个家熠熠生辉。有了这扇门，洗澡后在潮湿的卫生间，我可以放松地和凝结水雾的镜子里树苗一样生长的身体，和停在瓷砖上细小脆弱的蜗牛彼此好奇相对。

10岁之后，每年学期结束，我的学生手册带回来，全优的成绩无可撼动，老师的评语一律以"该生文静内向"开头，这对于父亲意味着另一个"优"。父亲教给我说话的规矩包括：非问不说，不要擅自开头说，更不要追问，别人问到什么才说话。要懂得控制音量，包括说话的声音、吃饭的声音和举拿物品、移动物品的动静。更高的要求，来自对表达方式的训练，父亲教我学习简洁精练的语言。他让我按篇目背诵《古文观止》，且会不时抽查。他以《郑伯克段于鄢》为例："郑武公娶于申，曰武姜，生庄公及共叔段。庄公寤生，惊姜氏，故名曰寤生。遂恶之。爱共叔段，欲立之。"父亲说这短短五十字勾勒事态，文词简约精妙，堪称典范。后来我才知道这整本书，他其实也只背得这一篇而已。

　　10岁以后，当和我一起长大的玩伴们还在广阔天地，我被父亲更早安置进了一种内心生活。事情的起点也与父亲一位同事女儿的遭遇有关，一个比我大六七岁的活泼女孩，去了大学的第一年即像水滴一样消失于人海。父亲无由相信自己的女儿保持安静可以远离厄运。我和我的伙伴们，曾一起打四角打弹子掷沙包，一起走过学校的矮墙，爬过宿舍的屋顶斜坡，攀过农科班实验地的蟠桃树偷果，我们像猫一样灵巧，像狗一样机敏。假期我们总聚在这家或那家的电视机前目不转睛，一起喊的是同样的"鹰的眼睛、狼的耳朵、豹的速度、熊的力量"。那群人中我第一个走散了，离开屋顶栉比的瓦片，瓦上的阳光，回到室内，身在客厅的沙发，沙发旁是父亲许我共享的书橱，外面是阴凉的走廊，廊上是水杉的落影，风扇在头顶兀自转动。在走向文静内向的岁月，书上写就的语言和心内未道出语言为我构筑出了一个独自运转的宇宙，此时谁看见我谁同我说话谁就成为宇宙的中心，而这样一个人毫无疑问会恰如其分地在我少女时代降临，成为我最初和唯一的偶像。

10年后，为了科林·费尔斯我一遍遍重看1995年版《傲慢与偏见》，他有和我的偶像相似的方正额头和圆润下颌。伊丽莎白和达西相遇的舞会场景出现，如此熟悉。距离故事写作的时间过去了整整两百年，在大学生活动中心的舞厅，华尔兹舞曲响起，背挺得笔直耳朵竖起眼睛灵敏递送期待眼神的，依然是女孩们。对我来说，大学和自由同时抵达，它让我终于离开了父亲目光的注视。第一个男朋友在剧社遇到，第二个男朋友在漫画社遇到，第三个男朋友在舞会遇到。两个月为期，像舞曲结束优雅道别更换舞伴，我快速地更换男友。与其说在学习恋爱，不如说在学习说话。如果以恋爱为目的，以交往为理由，以"我""我""我"开头的对话就不再羞耻，仅限于两人之间的私密交谈更适合我这种新手，我是在交男朋友的过程中恢复了说话的能力。我的第四个男朋友，在大学的基础心理学选修课上遇到。当基础心理学老师称，谁先上台谁就当课代表时，我比另一个男生快了几秒跑上讲台。那个男生成了我的第四个男朋友。第一个男朋友对着我唱歌，第二个男朋友把我画在画纸上，第三个男朋友有腹肌和人鱼线，分手后在路上遇到还可以被我拐跑，第四个男朋友的特长是说话。

我没有遇到过那么会说话的人。第一次知道，不是为了展示和表演，我们才说话。不是两个人在一起一定要说话，不是说话一定要说对的话、有趣的话、没听过的话。曾经我为了怕在别人面前无话可说，囤了多少漂亮的故事和知识，随时抖落。很难想象一个人是因为不会说话才总要占据话题的主导，总要让话题保持继续，像一个不断在抛球的小丑，疲惫不堪但无法停止，我就是那个小丑。第四个男朋友告诉我："说话让我来吧。当不想说话的时候，就听我说话吧。"我们恋爱了三年，直到毕业，他曾是我的挚友。

大学四年级的冬天我回家乡小城过寒假。少女时代的偶像如神祇降临，与我商谈结婚的可能。他刚刚结束一场不算愉快的婚姻，财产和孩童分割果断没有给他的未来留下隐患，他邀请我参与他的重启人生。他分析我的出身学历背景，道出自己现有的条件和未来的可能，并指出这场讨论的发生基于他对我教养人品的信任，显然他的对我的印象还停留在十年前，一次次走过公共走廊，看到盘在客厅沙发上读书的我，尚未成熟的身体脖颈纤长柔弱，少有承受阳光的皮肤苍白无血色，午后的倦怠定住身体，唯独眉头微动象征情绪波动，如在前拉斐尔派的画作。

他约我说话的时机很突然，是一天的黄昏后，他刚刚在超市购物结束，不知是否年节期间超市里浓郁的家庭氛围激发了他的灵感。我当时正和两个女孩一起逛街，他打车来到我所在的商场找我。见到时，他拎着两大袋码得整整齐齐的盒装猪肉，内容丰富，有肋排、小排、棒骨、后腿肉、梅花肉等，刚刚恢复的独居生活让他学会自己料理日常。我一边同他走路，一边焦虑地关注到，他手里沉重的塑料袋在走动中拎手处越发拉伸变细。我去路边一间专卖店要了两个纸袋，套起来成一个，从两大袋生肉中各取出一些转移到纸拎袋，拿在自己手中。他当我知己，同我抱怨刚刚离婚了三个月的妻子，无外乎涉及家务分配、赡养老人和孩子教育等常见问题。在街面走到疲倦，我们同坐在路边花坛水泥台上，身边的蛇目菊在车灯的流光中越发艳丽。冷风吹得周身冰凉，我半个脸躲在围巾后面，睫毛上凝结起了露珠，他问我冷不冷，我还是说了不冷。他远远没有说完，话题从和前妻的生活矛盾到讲到精神距离，激动时同我感叹"世并举而好朋兮，夫何茕独而不予听"，路过的行人侧目，我只想躲闪，全然忘记以前他正是以这样的才华让少年的我折服。这场对话的收梢极为诚实。他在讲完专业能力和前途预测后，向我指出了我们结婚的最大阻碍即异地，建议我放弃已经获得的保研资格奔赴他所在的城市，他以为读艺术读到本科足够了。他说他是不可能变动的，他的身体情况决定了他更适合在南方生活，且目前的职位回报可观，前途可期，更换到新的公司很难获得相当的位置。我尝试问："如果我可以接受异地呢？"他断然拒绝说："我不可能接受异地，那还有什么意思呢？"

我想学会一种语言，斩断深沉、细腻、温和、绵长的乏味，无视冷漠、刻板、缺乏同情的指责，我想要通俗、轻浅、杂浮、夸张的自在。我想和女朋友们一起像男孩聊女孩那样聊男孩。我想谈话中将他们的名字和某款游戏的名字随意穿插，想到游戏说游戏，想到男孩说男孩，他们的重要程度让他们不至于过久占据话题中心，与他们可并列的词汇还有很多，比如化妆、购物和八卦。我想将他们和任何一个流行男性偶像随意比较，并认为现实中的人和影像中的人应贯彻同一标准，过矮或过胖，有肚腩或没肌肉都是不自律的结果。如果他们离标准太远那就敬而远之，或退而求其次取而用之用完即弃。我想在讨论他们的时候陈述事实，减少细节的沉溺，我想在评价他们的时候敢于简单粗暴武断，形容词不超过四个字，绝不在否定性话语后面加上"但是"来挽尊或补救。

假期结束回到学校，我按照这个标准和我的室友认真讨论了我的偶像对我提出的结婚提议。我奉献了一场生动演出，这场表演是对那个晚上我受冻又沉默的两个小时的报复性反弹。男性可以直截了当，女性在意更多细节。细节验证一段感情从热烈到消歇的过程，最后一根被擦亮的火柴燃起最末的微焰，放映混合着喜悦、渴望、希望和失望的全部影像。我惟妙惟肖复刻他当晚的语言、表情和动作，我极力将他塑造成一个可笑的自怜自艾的形象。我在他的语言中寻找漏洞冷酷攻击，直指他的自相矛盾、自私自大与自以为是，我以我比他年轻十几岁的天然优势，预判他一个孤独终老的结局。我的舍友们毫不犹豫参与了对他的讨檄，因为她们也目瞪口呆看到我这几年中最癫狂的时刻。我把我的偶像亲手钉在耻辱柱上，因为他即使觉得我是理想的结婚对象，仍拒绝去想象一下我和他的未来可能的第一理由就是，他的皮肤太干燥离开南方容易生湿疹。湿疹与爱情在任何伟大的文学作品中都无法共存，然而它在一个理智男性的头脑，与我的美德一起纳入他为婚姻考量的无差别条件。那样冰冷的夜晚难道不应该唱起《多么冰凉的小手》，"多么冰凉的小手，让我把它来温暖/我美丽的姑娘，请你听我来表白/从今我热爱生活，你给与我希望/生命花朵因为你开放，爱情的歌高唱……"

我的第五个男朋友在两年后出现，他完全不爱说话，他领我走到了婚礼。为什么和他结婚？因为他让我想起我少年时走失的伙伴。当他们在球场，当他们在游戏，当他们用行动代替思考，当他们在充分生活的时候，我在自己的内心世界跋涉。我想靠近那个我丢失的世界，那个从未属于我的另一个起点。善于行动的男性更容易成为强者，对于我后来的丈夫来说，尤其他的背景让他无需谨慎或巧妙使用语言为自己争取，应该说我知道他是我离开海市蜃楼的唯一可靠航船。

我们认识于一个平庸饭局，起先很难说注意到了彼此。我跟随有意关照我的实习单位主管向在场的高位者敬酒，其中一个漫不经心同我说："你应该感谢你们主管，如果不是他，我们根本不会记得住你。"这段话大意，其一，你敬酒了我不领情也没什么用，圈子没有这么好混进来；其二，你靠着谁抬举我们都知道。对于刚刚涉世的女性，这样的言语意味着什么他并非不知道，但他可以随心所欲说出来，因为我无足轻重。在讲这段话五分钟之前，他正在为自己在同行业工作的女儿向另一个比他更高位者争取机会。我与他的女儿差不多年纪，但无法让这些人理解我也是生为谁的女儿。我知道每个饭局都有生态，但不知道如此生猛。抑制一句话和找到一句话要花费的力气同样多，不过这功课我练习了多年从未生疏。我既懂得面不改色微笑，还懂得以最优雅的姿态小心举起酒瓶、以最科学的角度，为每位嘉宾再次斟上最合适高度的杯中酒。丈夫是在这时候看到我，一个男性如果想英雄救美的结局就会复杂一些，唯一明确的是，成为他的妻子会比较容易被记住。

结婚前，丈夫的母亲约我单独见面，告诉我这场婚礼之所以能够存在，是因为丈夫和父母说，如果他们不同意他和我结婚，他这辈子就不结婚了。我没有告诉过丈夫这次对话。丈夫给我买的第一件衣服是灰紫色羊绒半袖，配同色开衫，搭配的真丝窄身及膝裙再窄一寸我穿着都无法迈步，他眼中的我总比实际要更苗条一点。这种裙子但凡臀部有一点赘肉或者不雅的线条都会毕现，我有时会觉得他是考验和试探我保持优美的能力，如那天在晚宴，他冷看我得体应对完毕才出手表现，第二轮敬酒起身领着我去敬完，再无人刁难。他领着穿这套衣裙的我回到家乡见他的父母和他父母的朋友们，众人在酒店聚餐。整个过程很完美，除在酒店门前等车时，我被一个粗心的司机撞倒在地，司机车速很慢，力道不重，那一幕丈夫恰好在低头看手机没有注意到，我迅速爬起来，更不敢上前和司机理论半句，直到晚上洗澡时，才发现四肢关节的淤青。我终究没有和丈夫说起此事，更未去医院检查，怕予人麻烦，更怕看似不祥。我结婚前，父母还没有搬离旧居，那扇我十岁时新装的门已经旧败，我站在依旧潮湿的卫生间，在镜前，捡起墙上的细小蜗牛当它是我珍贵挚友。蜗牛，蜗牛，你也不懂说话，你走过的痕迹就是你说过的话，"蜗牛缓慢蜗牛步，能登富士山"，我们都会去到要去的地方。结婚前，不管妆容再精致，我都很怕丈夫的凝视，我总忍不住低头或者侧过脸避他的视线，我心里在说的话是："不要那样看着我，像在打量一件货品，像在考虑我值不值得。"结婚后，丈夫给我买不同长度的珍珠项链、尺寸各异的丝巾、颜色清淡的花呢外套、成套的真丝睡裙睡袍、柔软的中跟单鞋、软底便鞋。我们搬到了一栋新的大楼，一楼宽敞的大堂里摆着绿植，住客中心有恒温泳池和有整面镜子的健身房。大楼的电梯里也有四面镜子，镜子里，我乌发如云，脸庞瘦削白皙，质地柔软的衣物贴住身体曲线考验每个细节。

我在大学读书的时候，有个男人总喜欢来学校找我，其实也并非为了我。我问他为什么，他说一个美人能带来一串美人。我后来当真带了一位给他认识，他却再也不来了。多年后他成了畅销书作家，出了本书叫《那些花儿》，我想，他大概后来遇到了他期待的一串美人。我的丈夫，可以带出来一串和他相似的男性：相貌体面，出身和教育背景优越，职业和婚姻选择稳健，俨然未来的社会中坚。更重要的是，他们都是一类人。一类纯粹的、未被破坏，未被柔情、未被过分的同情心和近一百年来说得太多的平等观（难道平等不是早就存在甚至太多了？）破坏的男孩，是隐秘的兄弟会的成员。要隐藏天赋和能力，才能得到他的爱，他不喜欢复杂的对话和内心。

我的丈夫很受欢迎，因为他总能在他交往的人群中提供一个平均值，身份、情绪和人类质量，或高或低和他交往都不过分。但我知道他真正的朋友有限，当他像幼儿一样无赖要我时刻相伴时尤其鲜明，人的内心从来晦暗如深海。我的丈夫有一位好友，他们交往多年，也贯穿了我和丈夫的整个交往期。他身高比丈夫矮一点，学历比丈夫高一点，家境相当。他们的友情语言很少，行动很多，他们最经常的活动是相约玩一款 PlayStation 足球游戏。"约不约？""约。""你家我家？""我家。""马上来。"我和丈夫的每一个住所他都去过。我已经养成一种流畅地应对他的拜访的程序，他一般傍晚过来，就着丈夫下班的时间，因为在学校读书时间比一般人更长的他时间自由。我会准备简单的晚饭，红汤面配炖好的牛肉，长粒香米饭浇上煮好的彩蔬大虾咖喱酱汁，现捏小馄饨配上熬了一天的菌菇鸡汤都是不错的选择，他们没有耐心在食物上花费太久时间。待他们双双抵达时将食物端上桌开饭，他们一般会在十分钟内吃完，然后钻进书房。他的好友会记得把自己那份餐盘放到洗碗池并向我谦逊致谢。饭后半小时，我去书房递送水果，合适的选择是剖成两半V字刀口切去根蒂的草莓，切成合适大小块状的芒果、火龙果，猕猴桃对切取出的果肉，总之不要有种子果核，方便食用为宜，再过半小时，送去果汁、热茶或咖啡因季节需求而异，配上市售或自制的蛋糕甜点。丈夫会抬头愉快微笑，他的好友会点头致意。我进出书房递送物品总是匆忙，不闲看不逗留，默认那是一个与我无涉的空间，孤立于我的家庭的一块飞地。有一天，丈夫预告他的好友要带女朋友过来，我莫名兴奋预定了好几种口味的千层蛋糕，已经全职在家做主妇的我未必不期待一个新的说话对象。当我屡次怀孕不顺，丈夫提出让我辞职休养时我并未顽抗，也许在美术馆完成布展和照看一个理想的家所需的想象、严密和精湛并无二致。女孩留中分长直发，穿黑色无袖直身裙，几乎不太有胸部，这是当下最时髦的身体线条。女孩全程要么和他俩说话，要么保持沉默。他们三人一直待在书房内，丈夫和好友在电脑前玩游戏，女孩窝在一旁沙发上玩一款手机游戏。我准备的晚饭和餐后水果饮品点心都多加了一份。女孩没有出现在厨房帮我准备食物，或者清洁整理，更没有出现在客厅和我寒暄。她一直留在书房内，只有去阳台抽烟的时候短暂离开了一会儿。她有时看他们玩游戏，犀利评判，有时对自己在玩的网游队友发出不屑的呲声，并将不爽的遭遇讲给他们听。我觉得她很有力气，她凭一己之力在一个我绝对无法存身的空间挤出一部分，融入其中，并自得其乐。她在沙发上玩游戏、化妆、吃零食。她自带小包装零食，包括鸭脖、鸡爪、果冻、奶酪等种类丰富，像小动物般在沙发旁茶几上留下小堆垃圾。书房一角立着歌川国芳版的巨型暴力熊手办，手办面颊、胸部和大腿上绘制的四个骷髅头引发了她兴趣，她用眉笔给骷髅头们画了八条轻佻的眉毛，她自由自在得令我惊奇。书房里以只有丈夫才理解的逻辑整齐陈列的各类手办原是丈夫不可动摇的圣物，但对于这样的行为，丈夫也并没有特别恼火。后来我才发现女孩认识丈夫和她男友的共同朋友，她参加他们的各种聚会，一起玩桌游，一起烧烤喝酒，一起约网游，她在他们的群聊小组。我认为他们容纳她成为其中一员，并为自己的过时感到抱歉。

　　丈夫按部就班升了职位，丈夫的好友博士毕业获得了高校的教职。他在学校旁边买了一套二手房，完全按自己心意装修布置了一番，丈夫去过回来说，卧室像个妖精洞，整个房子里甚至没有一张真正的床。很快，我听到他和女孩结婚的消息，丈夫只是随口一提，好像那是一件偶然发生的事情。一年不到，他们就离婚了，丈夫的好友随即出国访学。这次离婚无关外遇、债务和恶习。不过离婚的时候，丈夫的好友急着出国，确实是因为女孩的父亲声称要找人去他上课的教室堵他打断他的腿。这事情最后以那套房子作为一年婚姻的赔偿转给女方告终，这个事情的后续因丈夫的好友不在国内，有些是丈夫帮忙处理的，包括和女孩沟通以及带他好友的父母去房子里取回重要物品。也是那期间我见到他好友的母亲，是一位不可思议的美人。再后来丈夫的好友回国，唯一的变化是以前齐耳的鬈发剪成了寸头。据丈夫说，他一开始是剃了光头，回国前考虑上课时学生的观感，略留了一两厘米。他们群聊里，放着一张他第一次剪光头PO出来的照片，笑容灿烂得无与伦比。回国后他依旧定期来我们的家里和丈夫一起玩游戏，只没有以前频繁，我依旧给他端上各类食物，时间在某种意味上好像从未变动，除了这两年间，我经历了怀孕，生育了一个孩子。

丈夫的微信里，有两个雷同的群，主要成员是他一类死党好友：在网上玩游戏认识，同城转到线下交往，定期活动，还有这些朋友带来的朋友，来去最终稳定成一群人。因为彼此没有现实牵连，完全因兴趣性情集合，不喜则退，倒能彼此坦荡毫无负担。至少在我看来，丈夫和这些人一起，比和父母的关系带来的那些家族朋友，自在得多。这两个群，一个群是这些朋友，另一个群是这些朋友加上丈夫好友的前妻。至于为什么要分成两个群，是因为丈夫好友会在她前妻不在的群里作一些分享，他会大方地展示自己母亲年轻时超凡出众的美貌。他会分享他前妻的照片，这种分享持续了很久，从女孩是他的女友，到后来成为他的妻子。我觉得他一开始是觉得好玩，女孩出现在他镜头里，像一只小狗，或者小猫本色流露，在吃饭、在抽烟、在走路、在笑在哭在恼。从他的取景方式可以看出，他真的被她吸引，这些照片显示的是一种极轻松的关系里的种种乐趣。后来，逐渐出现了一些不太对劲的内容，起点是他工作以后，地点从他的办公室开始到婚后的房子。群里开始出现，他的女友和前妻只出现后脑的照片和视频。总是在窗前的取景，女孩趴在窗前，背对镜头，只露出后脑或者只露出后脑和全裸的后背，视频镜头漫不经心地有节奏晃动，群里跟着的消息一律是，"操""你狠""有劲"。第一次看到我只觉到很冷，寒意从心口抵达小腹，我坐在床沿，瑟瑟发抖。我没有和丈夫说我看到的，更没有问，抑制一句话和找到一句话要花费的力气同样多。

浏览丈夫手机的最佳时间是晚上八点左右，从烘干机取出衣物，坐在卧室的床沿收叠时。丈夫此时在客厅看电视，或在书房玩游戏，他的手机在卧室的充电座上。我叠好几件衣服，停下来拿起丈夫的手机，用熟悉的密码解锁（普通男性的所有密码都是一样的），动作缓慢、温柔、淡定、从容，需要关注的首先是微信，然后是QQ。我一般只是看似漫无目的地浏览，让这件刻意的行为变得随性一点，或者说是为完成一种例行任务而非为某种具体目的（这项任务是在哪次丈夫无伤大雅并轻易被谅解的玩火之举后开始的呢？），我并不愚蠢或者感伤主义地期待一种结局。丈夫好友拍摄前妻的那些照片和视频就是这样被发现。同样地。丈夫的女朋友也是这样被发现的。在我们结婚后的第五年。我在浏览微信消费记录的时候，看到了不应该存在的电影票账单，然后是花店、餐厅、酒店账单。

结婚五年，丈夫不能说不优待我，生产前他给我预定了带独立客厅、哺乳室和产床的昂贵产房让我早早入住，无视我因羊水过多容易急产已被医生提前安排了剖腹产手术，并没有机会使用那张帮助自然分娩的产床。那张产床在卧室的隔壁，占一间单独的房间，我得以第一次近距离观察产床的构造：拦头架和支肩架可完全固定产妇的上身，臀板可抬升产妇的臀部，两边高高撑起的脚踏可引导产妇平躺在产床上，屈膝张腿将两只脚踩上去，袒露生门的标准动作。作为倒计时的母亲，我看到它时依然会感到恐惧。

生产结束，从手术室被推回产房，麻药效果尚未结束，我用残存的意志伸手去拉拽覆在身上的薄薄被巾，努力盖住因为寒冷而总觉得裸露着的下半身。我最怕的是被我朝夕相处，一同生儿育女的丈夫看见不堪的场景。护理人员每日过来帮我揉压小腹排出子宫内的残余，牵扯着小腹下方新鲜的三层刀口，因听说镇痛药物或会影响乳汁的分泌和质量，止痛泵的调节器我从未打开过，但也不会发出一点怕痛的声音。为我主刀的首席医生，引以为傲的绝技是剖腹产手术的刀口位置选择极好，刀口极小，总能让刀口伤痕从可以忽略不见到真正不见。生产后一周我即用上收腹带帮助收缩，生产后一个月，我已经用上最小号的收腹带，肚皮上最终没有留下一点妊娠纹痕迹。当抱着着婴儿回到我们的家，我幸运地拥有看起来没有被破坏的外观，但我知道，腰身的厚重，手脚都粗大，身体早已为另一种目的而变化。生产后两个月我和丈夫第一次重新亲近，它比我们真正的第一次对我来说更像梦魇。我恐惧身体的袒露，怕细节再经不起丈夫眼的凝视手的巡视，疼痛并非来自没有完全恢复的刀口，而是来自因为高度紧张带来的痉挛。我完美地避开了生育论坛里所说的各种危机，唯独没有料想这一件的发生。在暗黑中我无法看清丈夫的表情，能想象的大约是无聊和无趣的掺半。

我和丈夫分了房间睡眠，避开去谈一些难以开口的话题（那不是我接受的教育里可以直接去谈的话题），分享育儿的愉快总是简单，也转移了我的焦虑。我可以拍出婴儿很多张看着一样但细节不同的照片，丈夫也总能心领神会，血脉的联系如此神秘。但在婴儿出生后的第一年，我无法分享的内容更多。每周四我卡着给婴儿喂完下午第二顿奶的时间，开车去医院，因为这时医院病人最少。我直奔挂号台，加一个熟悉的乳腺科医生的号，上楼去诊室通乳。她反复教我的指法我自己无论如何也做不到，只能一次次去医院。她和我说，也许你可以让丈夫试着帮你按摩或者吸吮，我惊愕甚至惊恐地看着她连声拒绝。每次喂完婴儿，我要在混着鲜血与血痂的乳头上，抹上一层厚厚的羊脂膏。我自己的一日三餐是完成连续咀嚼吞咽的动作，精确计量我摄入的养分和我的婴儿被养育的需求关系。我要为丈夫保持窈窕，体重秤和卷尺每天精确测量我能够降低的数值，我要为婴儿保持丰裕，去吃下家人盛意安排的各种营养补品。我总是疼痛，但无法说出疼痛在哪里，因为它其实无处不在。直到核磁共振的报告提示，我的膝盖已存在积液，我才能接受，疼痛是可以被认可的，而不只是娇气，也许我可以轻轻呼喊或叹息。有些话语从不属于公共领域，近乎冒犯。小时候我在教工宿舍见到过的，20世纪90年代就接受过完整大学教育的女性老师，有些话也只是关起门来和我的母亲一起讨论。生产固然是不可以说的，乳汁是腥的，流血是血腥的，它们也都不可以直接去说。生产相关疼痛是理所当然的，是宿命（甚至在某些文化里可以说是一种惩罚），不应该说出来，更不该抱怨。漫长的育儿时光里，当我向丈夫隐藏无法分享的疼痛时，丈夫显然也向我隐藏了无法分享的新鲜恋爱带来的激情和喜悦。

当天夜里，丈夫在我身边睡得香甜。我的另一侧，是我的幼儿，和他有相似轮廓的女孩，她的眼皮轻微翕动，同样在甜美梦境。我不怕痛，如果我知道痛带来的是如此丰盛的回报，我的幼儿让我再不惧怕虚无，我已和永恒做下约定。我闭上眼睛，少女时的梦多年之后再次找上我，那些内容我在威廉·莫里斯以常青植物的小黑叶图案作底的花纹中得到验证，藤蔓有力地抽条，强劲地发芽，渴求生长，花卉和飞禽带来生命的恋情欢乐，灵性的召唤最终成就遮蔽我的巨林，隐藏我锤炼我育养我。不必掩藏天赋和能量，我是创造本身，我从我的身体里完成了最伟大的创造不是吗？漫长婚姻的日夜，育儿和家务磨炼出愚钝的心智，梦都忘记了，滴水穿石的力量，成就为人赞美的家。曾经的玫瑰、孔雀和石榴让位给更具体的事物，半梦半醒间想着孩子的疫苗本、磨甲器、湿疹药物，我在更深的梦里总是找不到她，总是惊醒，额上背上湿漉漉的冷汗，借着夜灯的微光，一遍遍看不倦她柔嫩娇弱的面孔。

我取了丈夫的手机，打开微信的对话框，选择和他的好友聊天，他们至少拥有和我们的婚姻等长的友情史。我也曾受到对方的照顾，如果有可能视他为家庭的朋友来讨论这个问题也许并非不当。毕竟，不能和与现实生活有密切联系的朋友讨论，更不能和父母讨论，那会迅速卷起流言挑起恶战。我以丈夫的口吻向他坦陈一场出轨的发生和被发现。他除了表示震惊没有任何评判性的话语，简单清楚地帮助丈夫分析局面，表示"新找的女人年轻，你老婆年纪大10岁，肯定是年轻的好，但是其他条件她都比不上你老婆，所以你自己考虑"。我才发现企图寻找同盟的想法多么可笑，多年交往里的具体，每一次的碰面，每一餐饭，参与婚礼，看到怀孕和孩子的出生，是他们友情的背景，我只是恰好身嵌背景之中，是随时可以置换的部分，并不作为真实的人存在，从来如此。

我什么时候真正学会沉默，它发生在一个我不会向父亲道出的时刻。我初二的时候，父亲供职的农业技术学校要解散将教师分流，一部分留下并入其他毫无前途的职业学校，一部分可以由市教育局统一分配到各普通高中，去留由市教育局组成的听课团队决定。我在父亲的班上，完整经历了那次对父亲至关重要的公开课。我看到了父亲的紧张、失控、混乱，我看到一个人的命运要为他人左右时袒露的软弱。我只能坐在讲台下面紧紧盯住他，好像可以用目光之炽热作为力量来支持他。我知道他是多么好的一个老师，因为我不只是听过那一天那一场课，我听过做了父亲学生后的那一整年的课，我从小到大，听过父亲太多的课。纵然我知道他不能完整背诵《古文观止》，我很清楚知道在真正属于他的课堂，语言是多么神奇和美妙之物。我如果有一点点幸运和与众不同，我如果有可能为了安全学会不去说话，但仍然能在内部保持我自己的语言，是因为我从父亲那里理解到语言是我们灵魂的栖居地，是绝不可以放弃之物。也是那天我同时理解，不能大声说话，不能流畅说话，其实是发生在权利结构中有落差的人之间，处于低位的男性面对处于高位的男性也是一样的。我最终选择丈夫，或者说让自己被丈夫选择，不如说自甘慕强的牢笼。

我在安静和冷静中看着我熟睡的丈夫，暗夜过去，天光将明，我不知道该如何说出我的第一句话，但我知道我会去说。我经历过最深的匮乏、失望、压抑和疼痛，我才是真正经过训练的人，我不该惧怕他。

只是，我还不知道该如何大声说话。父亲在教我沉默的时候，从未教过我遇到真正的危险应该如何呼喊，我没有检验过也无法知道我有没有能力发出大声，我不知道如果我呼喊会发出怎样的声音，从我一贯纤弱柔和的嗓音中如何产生尖锐和刺破，无数次在梦中，在极境，我想喊却喊不出的声音，是我此生未有的经验。

我所失去的一切都在我的语言里。

（原载《花城》2024 年第 2 期）

朱婧，文学博士，早稻田大学访问学者，南京师范大学文学院副教授，硕士生导师。中国现代文学馆客座研究员。著有小说集《譬若檐滴》《猫选中的人》等，获紫金山文学奖、人民文学奖、汪曾祺文学奖等。其作品入选多种年度选本和文学榜单。

冬天到东北来放羊

◎ *海勒根那*

　　他租的两辆车都是13米长的高栏货车，一辆装基础母羊，一辆装当年羔羊，本来每车能装六层，他装了五层，还装了1200多只羊。司机赵师傅说，两车都超重了，绥满高速是不让上了，只能走301辅道。这样也好，到博克图，他可以吃一顿猪脊骨炖豆腐。别看他是巴尔虎的蒙古族，他也爱吃豆腐，特别是博克图的山泉水豆腐，又水灵又鲜嫩，呼伦贝尔人没有不爱吃的。他爱吃豆腐这事儿被老孙知道了，就笑话他，说一个草地老乡也学会"吃豆腐"了。听到的人就嘻嘻哈哈地笑，一点儿都不好笑的事儿为啥大家都笑了，像捡了便宜似的，后来才懂，"吃豆腐"这里边有着"荤"学问，他就用东北话骂老孙滚犊子。安达（蒙古语：兄弟）之间相互骂一骂就更亲近了，显得更"铁"了。"老铁！"他的好哥哥老孙就是这么叫他的，原来他不明白啥意思，他的名字叫特木尔，汉族朋友都叫他"老特"，叫"老铁"还是第一次，后来等他懂了就觉得这称谓挺舒坦，再没有比两块铁焊到一起更能表达哥儿俩好的程度了，用老孙的话说，那是铁板一块！

　　他坐的是赵师傅的车，赵师傅和他是老相识，路上好唠嗑。两辆加长货车开出陈巴尔虎草地时，太阳刚从地平线露出冻红的脑袋。11月初就下过两场雪了，除了被曙光照亮的淡蓝的天，到处已是一片银白。他喜欢初冬黎明的这种清爽，这种凛冽，特别是在高高的货车驾驶室里迎着日出行驶的感觉。今天他起大早赶车，为的就是这个。

"唉，米尼阿哈，"他给远在黑龙江候着他的老孙打电话，"米尼阿哈"是"我哥哥"的意思，他愿意这么叫对方，就像对方叫他"老铁"一样，"唉，米尼阿哈，拉羊车在路上了哈！""上路啦，好，好！"对方的嗓门挺大，"我跟你说，'老铁'，下车咱吃杀猪菜，养了两年的大肥猪，早上就宰了，北大荒60度，都备齐刷的了，等你到啊，下车咱就去！"

赵师傅就笑，"你哥们儿挺够意思，杀了一头两年的猪啊。"他听了，脸上涂满了朝霞和自豪，"米尼阿哈呀，那是我的亲哥哥一样啊！"接下来，他就打开了话匣子，他说汉话真笨，笨得就像给马蹄上了脚绊，他给赵师傅讲起他和老孙是怎么认识的，怎么成的"老铁"——这些年，交通便利了，每到冬天，呼伦贝尔的牛羊也学会串门了，都坐上了"大捞子"车，一路观风望景，一直越过大兴安岭，到黑龙江或者乌兰浩特一带去过冬。过了大岭，天气就暖和多了，牛羊们再不必挨零下40摄氏度的苦寒，这样不仅膘掉得少，而且还能省下不少成本。就拿今年的牧草价格来说吧，一捆500斤的牧草，要卖到300多块，而一只羊要吃掉两捆草才能越冬，这可是一只当年羯羊才值的价钱。来到黑龙江农村就不一样了，机械化收割的庄稼地里，黄豆地里有黄豆粒，玉米地里有玉米穗，如今的农民年年丰收，根本不在乎这些漏掉的小鱼小虾，更不会弯腰撅腚去地里捡拾，加之遍野的大豆秧、玉米秸秆，这东西农民没啥利用价值，过去烧火用，现在农村都烧煤，集中供热了，要不是做饲料让牲畜吃掉根本没法处理，现在大地里焚烧秸秆都算违法，那叫污染大气。所以，那些年，黑龙江人就朝呼伦贝尔牧民喊话——"哎！蒙古族大兄弟，冬天到东北来放羊吧，俺们这儿暖和！"

一来二去地，草地老乡们就这么被"喊"来了。老孙是讷河人，特木尔先和他加的微信，嗑儿唠得挺好，事儿摆得也特明白，等哥儿俩终于见了面，更是越唠越投脾气，老孙就要和他拜把子，就是拜安达。"我和你说大兄弟，俺们这边也有少数民族，和俺们屯子隔一条诺敏河就是达斡尔族自治旗，俺们讷河还有个鄂温克民族乡，都离不远，平时，俺们就喜欢和少数民族打交道，实在，直来直去！这又来了蒙古族兄弟，我得和你拜把子！"

说拜就拜，哥儿俩都挺认真。拜完把子就喝酒，二两半的玻璃杯，端起来就干，老孙说："我知道你们草地人能喝酒，这都结拜安达了，以后就是一家人，喝酒就得放开喝，咱们都别装。"其实，东北老哥不知道，草地人能喝酒那是细水长流地喝，牧闲时把牛羊撒到草场上，没事儿可干了，就弄一塑料壶巴尔虎白酒，像羊边吃草边倒嚼似的，一直不住嘴，就这么一口一口地抿，能从日出抿到日落，像今天这样一杯一杯干还是头一回。大嫂在旁边看着不对劲儿了，跟家里的使眼色，那意思是别让客人喝多了。老孙会意了，一拍大腿，说："对，大兄弟，你是客人，我是地主，我得多尽地主之谊，这么着吧，接下来我杯杯干，你喝到'月亮门儿'（酒杯刻度），哥不和你打酒官司……"

那天酒喝得真尽兴，直到把"大兄弟"喝成了"老铁"，说好一亩地一冬天15元租金的，老孙主动给降了，"就10块！安达都拜了，就是'老铁'，3000亩地虽然只有一个巴掌是你哥的，可这个主我今天就替乡亲们做了。"大嫂正给哥儿俩添酒呢，急了，"你快拉倒吧，老孙，咱家的地不要大兄弟的钱都行，别人家的地你不跟人家商量能行啊？""能行！咋就不行呢？咱屯人要听说是我的亲兄弟，那还用说啥呀，我老孙在这个屯子说话好使，吐个唾沫都是钉！"

"喝酒的那天，都喝多了，喝完了不是吗，地就真给便宜了。"特木尔和司机老赵比画着手指头，掰来掰去的，"那年600只羊我的有，3000亩地我租了，原来三个数，便宜了一个数。米尼阿哈呀，讲究人哪！"他把那两根手指头又变成一根竖起的大拇指，"真想他了我呀，我俩都三年没见了，疫情闹的，好不容易又能见面了，今年我呀，又能到东北去放羊了……"

拉羊车是下午两点多进的讷河。博克图的豆腐吃了，兴安岭的雪坡爬了，路越走越开阔。手机那头，老孙还急得不行呢，电话几次三番地打来，一会儿问进了齐齐哈尔没有，一会儿又问到没到富裕。等拉羊车过了拉哈镇，车轮拐下双嫩高速，一辆比亚迪小轿车早在收费站那边等着了，老孙和两个年轻人冲大车摆摆手，便一路开道，没出半个时辰，即近了一方村落。

天气好，冬日阳光没见过这么充足的，锦缎似的罩住四平八稳的村屯，显得村屯温暖又阔绰。白色比亚迪亮闪闪的，径直开到村前头的玉米地，平平展展的田里没有积雪，金黄色的秸秆一捆捆一行行，一直铺陈到了天边去。近处，一帮男人正候在那里，岁数大些的抽烟、唠嗑，年轻点儿的抽烟、拨拉手机，他们刚帮老孙杀完猪，灌完血肠，炖完杀猪菜，见拉羊车尘土飞扬地开来，赶忙整出一副列队欢迎的架势。都下了车，安达终于见面了，都以为两个爷们儿要拥抱拥抱呢，但是没有，两人你给我一拳，我给你一拳，老孙说："三百喏（蒙古语：你好）！"这是他跟特木尔学会的唯一一句蒙古语，特木尔说："三百喏，三百喏！"旁边的人说："生分了，生分了，哥儿俩怎么刚见面就谈钱呢……"大家伙就一起笑，笑声把身后几排防风林上的雪都震落下来了。

"这是我儿子孙宝，"老孙介绍起两个随行的小伙子，"这位是儿子的同学——小舒总，也算我的儿子，温州人。小哥儿俩原来在上海外企，三年前回咱讷河创业来了。"两个小伙子脸上洒着阳光，牙齿上也是，热情地与特木尔握手，"铁叔叔好！""特叔叔！咋整成铁叔叔了？"老孙瞪眼睛，两个年轻人就嘿嘿乐。又介绍那帮男人，一一握手，仪式毕，老孙这才吼一嗓子："大家伙还愣着干啥，赶紧帮'老铁'卸羊！"男人们这才呼啦一下围抄过来，嘴里说着："卸羊！卸羊！卸完羊好喝酒吃肉！"

当中有两人却褪着手，原地没动——一个矮墩墩的车轴汉子半眯着眼睛望天，一个黑脸瘦子一边望天一边给他递烟。"啥年代了，还抽不带嘴儿的烟？"车轴汉子乜斜着眼睛瞅瞅烟卷。"带、带嘴儿的没劲儿，"黑脸瘦子龇龇牙，"我、我就不爱抽、抽带嘴儿的烟。""你就说你没钱得了，二黑，哥不笑话你。"车轴汉子话这么说，烟可抽得狠，几口就将一根烟吸尽，即将烧到嘴唇，又猛抽一口，这才用舌尖弹掉，弹出两米多远，随之一口痰将烟头熄灭。货车上，特木尔正从最上层往下递羊，老鹰抓小鸡似的，一俯身就是一对儿，都上百斤重，一手拎一只，嗖嗖地递与接应者。二黑见了，啧啧连声："瞅、瞅瞅人家草地爷们儿，那手劲儿。"那算啥，"车轴汉子撇撇嘴，"上次我在邻村卸牛犊子，一手一头。""你那、那不是卸牛，你那是吹、吹牛！""我可不吹牛，论手劲儿，我可在哈尔滨浴池搓了十几年的澡……不，不，我是当了十几年的领导……""锤子哥，那咱、咱上车和他比试比试？""滚犊子，要去你去，我还要晒会儿太阳呢。"

羊群白得像饺子，稀里哗啦地卸下来也像下饺子，饺子不会叫，羊会叫，饺子煮坏了会成粥，羊群不用煮，一落地就叫成一锅粥了，这一叫不要紧，引来了村庄不小的震动，鸡鸭鹅狗们好久没听到这么多叫声忍不住要呼应呼应，于是村庄内外的叫声连成了一片，此起彼伏的，比过年还热闹。一群本地羊原来在旁边的甜菜地里啃吃，这会儿也闻讯赶来，它们听出了那一锅粥似的咩咩声不像本地口音，断定村里来了新羊，都来看个究竟。锤子见本地羊跑过来，忙上去拦截，于是，他与羊群也玩起老鹰抓小鸡，两拨羊左冲右突，一派相见恨晚的劲头，二黑手持秸秆上前帮忙，也无济于事，羊群最终还是汇到了一处，你嗅嗅我，我嗅嗅你，互致亲切问候。其实即便混群，不用看耳记也一眼能瞅出哪只是草地羊，哪只是本地羊。讷河的本地羊都是澳洲白与萨福克羊的杂交品种，体格比呼伦贝尔来的羊高大，尾巴三角形，却极其短小。草地羊呢，个头小尾巴大，羊尾跟棉门帘子似的，又宽又肥。人说呼伦贝尔羊肉好吃，其实就是因为这种草地羊个儿小身体健，它们的脂肪都储存到大尾巴上了，吃再多牧草只胖尾巴不胖身子，就和小笨鸡一样，肉质瓷实，好吃不膻，有嚼劲儿。

这边说着题外话，那边锤子仍不死心，还在分离羊群，对草地羊又踢又踹。老孙正拎彩条布搭羊圈呢，抬眼见了，喊他："我说锤子，你挺分得清里外呀，咋不踹咱屯的羊呢？""老孙大哥，你、你有所不知，那、那可是锤子自家的羊群。"二黑嘻嘻笑。"滚犊子，哪儿都有你！"锤子说。

"那我就说不出啥了，锤子来这儿是为看自家的羊，二黑，你来这儿是为啥呀，看热闹来啦？"二黑卡巴卡巴眼睛，说："老孙大哥，你、你也没说，卸、卸一只羊给、给多少钱哪。""乡里乡亲的，出把力气要啥钱？你给兄弟家卸羊要钱哪？""可、可有句话讲、讲得好，亲、亲兄弟明算账，再说了，这、这年头，力气才、才值钱呢。""那行，二黑，你就一直陪锤子看羊吧，喝酒时你也别去。""那不行，我还没、没吃杀猪菜呢，我要吃、吃猪蹄子，吃俩！"

杀猪菜当然得吃，男人们卸完羊出一身透汗更能吃能喝了。洗手擦脸，两张桌，东屋一张，西屋一张，纷纷落座。女人们负责倒酒端菜，五花肉炖酸菜、煎血肠、蒜泥拆骨肉、手掰猪肝、熬皮冻、冻白菜大葱青萝卜蘸酱，总之浩浩荡荡，摆满圆桌。安达两个手拉手坐在主座，酒杯里倒的却不是"北大荒"，而是红盈盈的果酒，老孙举起酒杯说："大伙儿先尝尝这杯'甜蜜蜜'，这是我两个儿子——孙宝和小舒总用咱当地甜菜根自酿的酒，贼啦甜，一点儿生青味儿都没有，还申请专利了呢。现在大城市的年轻人喝酒都讲口感，甜菜根这东西补中气，盈血亏，利肝胆，常喝身强体健。这酒北上广深的订单还不少呢。"

在一旁点烟倒水的孙宝和小舒总听了就乐，孙宝说："我爸走到哪儿都不忘替我们做广告，可这是在家里呀，爸，你这是把广告做到家了。"

老孙趁机又拎起一桶豆油，清亮亮黄澄澄，像金子化成的，"说我做广告，那我再做一个，这是我儿子他们试验田里种植的非转基因大豆榨出的豆油，纯绿色无污染，一点儿化肥农药都没上……"

放下豆油，老孙又提起一袋印有"粒粒香"字样的大米……

"爸，你快拉倒吧，大家伙儿都等着喝酒呢……"

老孙乐了，"喝酒，喝酒，我这是习惯了，到哪儿都显摆。"

"老铁"又品了一口"甜蜜蜜"，竖起大拇指，"嗯，我们的马奶酒，酸酸的，这个甜甜的，各有风味呀!"

"好喝就多喝点儿，这酒32度，就跟饮料似的，没劲儿，平时俺们就拿它漱口。"老孙带头，不一会儿就唰唰了好几杯，然后改60度，酒席这回正式开始。老孙站起来，他在西屋亮嗓子，不用扩音器东屋都震耳朵，"我说老少爷们儿，今天是个高兴日子，啥也不说了，我的蒙古族大兄弟，我的'老铁'来啦，感谢大家给我老孙捧场，帮忙杀猪卸羊!"满满一杯酒一仰脖就整了，这是欢迎的酒，当然得整，两个屋子的爷们儿都不差事，都跟着整了，特木尔也必须得整啊，大家伙儿都是为自己来的，忙活大半天了，怎么也不能再喝到"月亮门儿"。这当中有人没整，就是刚才褪手望天那两位，他俩坐东屋，本来二黑按捺不住要整来着，锤子拉了拉他衣袖，夹一个大猪蹄子放他碗里，两个人又眯下了。

没觉得咋地呢，已酒过三巡了。老孙来了兴致，要给大家唱首歌助助酒兴，这歌儿特木尔每次来他都唱，说白了，就这首歌他能唱完整，歌名叫《两只蝴蝶》，他非说是"两只扑棱蛾子"。

老孙唱歌粗声大气，在屯子里号称跑调歌手，这主要是他小时候学过"二人转"，唱啥歌都能跑到"二人转"上去——"亲爱的，你张张嘴，风中花香会让你沉醉，亲爱的，你跟我飞，穿过丛林去看小溪水……"一个大老爷们儿，摇头晃脑地翻着大厚嘴唇子唱"张张嘴"，唱"小溪水"，而且满嘴都是东北大楂子味儿，旁边的人就夸他，说："哥呀，你这二人转唱得挺好哇。""我哪唱二人转了？耳朵瘸了咋的？我唱的是流行歌好吧！"旁边的又说了："听完老孙大哥唱的歌儿，我都想喝大楂子粥了。""想喝大楂子粥哇？煮！让你嫂子现在就煮！"

老孙唱罢，掌声稀稀拉拉的，等他提议让"老铁"唱一首蒙古歌时，里外屋的掌声这才热烈起来，落差如此之大，老孙也不妒忌，只呵呵笑，自我解嘲道："我这是抛砖引玉，主要想让蒙古族大兄弟唱，人家的草原歌儿才好听呢。"

特木尔唱的是《蒙古人》，别看他汉语说得笨，唱起歌来舌头就伸直了。他的歌声刚起，厨房里的女人们就都放下家什挤进屋来，都想一睹蒙古族大兄弟的风采。就像老孙说的，蒙古歌儿确实好听，"洁白的毡房炊烟升起，我出生在牧人家里，辽阔无边的草原，是哺育我成长的摇篮……"女人歪着脑袋听，男人支棱耳朵听，这歌儿里的画面感太强了，好像呼伦贝尔大草原就在眼前，蒙古包冒着炊烟，牛马羊都撒了欢儿，勒勒车轱辘转着圈儿……村民有没去过呼伦贝尔的，其实想想离得也不远，也就千八百里地，就隔着个大兴安岭，轿车开得快的话，大半天的时间就到了，于是下定决心，明年夏天说啥也要去那边旅旅游，骑骑马，在无边无际的大草原上打打滚儿，保准心情舒畅，再找特木尔兄弟喝顿酒啥的,多美呀!

其中听得最神往的,是个叫李大美的女人,她扎着花围裙给各桌的杀猪菜里添酸菜汤,那会儿就倚在门口,看特木尔的眼神跟酸菜汤似的,黏稠稠又清汪汪,等特木尔唱完,她就扭着腰肢凑上前,专门给他的碗里加了勺汤,一边说:"哎大兄弟,我咋看你像电视里的一个人儿呢,也是你们蒙古族唱歌的,叫腾啥来着?""腾……腾格尔。"有人提示。"对,就是他,不过你可比他长得帅多啦,哎大兄弟,你不走哪天上俺家,俺做好吃的招待你!""上你家吃饭?你让大兄弟吃热豆腐咋的?"老孙说,大伙儿笑。"大兄弟想吃啥我就给做啥!咋的?人家大兄弟可是正经人,哪像你们这些骚爷们儿。"李大美随后屁股一拱,大伙儿又一阵笑。

特木尔虽听得一知半解,但还是臊得满脸通红,这会儿就端起酒杯,转移话题,和大伙儿说:"夏天呼伦贝尔的去啊!去了咱住蒙古包,宰羊,手把肉的吃,马奶酒的喝,歌儿的唱!"嚯,刚想着去草原就接到了主人的邀请,屋里屋外的气氛一时间爆棚了。

锤子和二黑今儿是铁了心穿一条裤子,哥儿俩在酒桌上,一个在盘子里里挑外撅,一个在碗里挑肥拣瘦。特别是锤子,好像存心找别扭,别人鼓掌,他盘手;别人敬酒,他屁股都不欠,瞅也不瞅;别人哈哈笑,他倒也笑,只是皮笑肉不笑。邻里拍拍他的后腰,低声问他:"锤子,你咋了?""我?没咋呀!"锤子一副无辜的样子,"正常,正常。"他说正常,老孙是明眼人,早觉察他不正常了,来东屋敬酒时用话点他:"锤子这是在城里当大老板当惯了,做派都不一样了哈!"二黑接过话:"那是!锤、锤子在哈、哈尔滨浴池当搓澡领导，当了十、十几年呢。"锤子用一块猪蹄堵住了二黑的嘴，回头说："老孙，现在在咱屯子里你才是大老板，孙宝有出息，你当爹的也硬气，嘴大说啥话都好使。""我老孙的嘴确实大，但说话讲理，有话咱唠到桌面上，别卡在嗓子眼儿里。""我说锤、锤子，老孙大哥话都说到这份儿上，有话你、你就竹筒子里放屁——照、照直崩吧，你要不说，我、我替你说得了！"二黑梗着脖子站起来，"锤子他是想……""我想和特木尔掰腕子！"锤子把话抢过来，一边又塞二黑嘴里一块肥肉，"都说蒙古族兄弟劲儿大，我就想和他比试比试……""锤子你、你喝迷糊了吧，你不、不是要、要……"二黑一着急，磕巴得更厉害了。

"早说呀，掰腕子没毛病，要不你和'老铁'比摔跤，那才能比出谁劲儿大呢。"老孙说。

"不了，我就和他掰腕子！"锤子斩钉截铁。

说掰腕子就掰腕子，特木尔应战，一边憨憨地笑，和锤子说："手下留情啊，我不喝多的话行，喝多的话不行。"

酒桌立马腾出一块空地。锤子这种车轴汉子，脖子脑袋一般粗，四肢结实得确实像铁锤子，这源于他从小和他爹打铁，在拉哈镇开过铁匠铺，后来铁匠铺不时兴了，他农闲的时候就到浴池给人搓澡，搓澡这活计凭的就是手腕的劲儿。城里男人有的皮糙肉厚，有的藏污纳垢，给他们搓澡不能浮皮潦草，不能小猫挠痒痒，而是要像犁田一样，搓澡巾所过之处，必是一片黑泥漫卷，一片泥沙俱下，三两下必露出一块儿或青白或紫红的皮来，这样才能保证出活儿。别的师傅搓个澡要20分钟，他不用，七八分钟就搞定，既快又干净，干计件不能磨洋工，每天要手腕，为的就是赚钱。因此，锤子可以说身怀绝技，在哈尔滨那么大的林子里，他掰手腕还没遇到过对手。而特木尔呢，刚刚卸羊时大家伙儿也都领教过了，他那是一双常年握套马杆的手。一匹烈马在大草原狂奔，骑手拿着长长的套马杆在后面追赶，这时要尽显手上的功夫，眼见着目标接近，套马杆要稳准狠地抛出去，刚好套住马的头脸或者耳际，随后铆足力气，将烈马一个跟头放倒在地，凭借的当然也是手和胳膊的力量……所以，今儿个两人的较量可以说势均力敌，大家伙儿都觉得有好戏看了，里三层外三层地巴眼，都要一睹为快。

说着话，两人的手已握在一处，就像两座山顶起了牛，老孙在旁做裁判，说好一把定输赢，输了的罚酒三碗！好事者早已找来三个空碗，将酒满得不能再满，酒水甚至高出了碗沿儿。随着老孙一声："开整！"那顶牛的两座山却是一片风平浪静，纹丝未动，大家伙儿以为哥儿俩相互客气没用力气呢，可眼瞅着汗水从两人的额头、鼻尖露珠似的冒出来，且越滚越大，大到黄豆粒一般，这才落下来，滴在桌面上啪啪作响。接着，仿佛劲风拂过似的，酒桌开始微微颤动，两座山也随之嗡嗡摇晃，不知情的还以为地震了呢，此时，车轴汉子的脸皮就像灌了猪血，青筋也跟着一根根暴起，再猛地一嗓子狮吼，山势便开始向他这边倾斜，一点儿点儿，一寸寸，再看特木尔，他的阵脚始终未乱，始终在寸土必争，在积蓄着全部的力量做最后的抵抗……不过到现在为止，局势已很明显，胜负仿佛已成定局……忽然，一股不知从哪儿冒出来的强大而无形的力，像硬生生的铁，将特木尔这边即将坍塌的大厦慢慢支起，支到一个制高点，随后，火山爆发一般，顷刻间瓦解了一切，摧毁了一切……锤子一时间有点儿蒙，有点儿不敢相信，可他的手腕已被"老铁"牢牢压在桌面上了，压得死死的，这怎么可能？明明自己稳操胜券，占了绝对上风，这个……

　　可围观的男人们已不管这个那个了，三碗酒端过来，在锤子的面前一字排开，"喝吧！喝吧！锤子，这回没啥说的啦！"看热闹的都不怕事儿大，锤子却把手一摆，"且慢，我还要和'老铁'再来两局，三局两胜才行！""哎哎，刚刚说好的，怎么输了就要赖呢？"大家伙儿起哄。"不，就三局两胜，我就想看看他到底怎么赢的我！"锤子意气难平……是啊，"老铁"刚才是怎么赢的锤子？一眨眼工夫就乾坤颠倒了，人们把目光重新投向特木尔，此时他正用那只赢得胜利的手挠着脑袋，眯着小眼睛乐呵呵的，"我们那达慕大会上，打敕勒骨（赤手砸牛骨）比赛，每年冠军都我得，就是那一下子的力量，爆炸了一样……"嚯！特木尔这么一说，大家伙儿都明白了，这可不得了，两人再比下去也没啥悬念了。二黑悄悄地拽拽锤子的衣角，"哥，要、要不行，你和他、他比打弹弓子吧，小时候，你用弹弓子打、打别人家玻璃，指哪儿打、打哪儿，可真准！""滚犊子，哪儿都有你！"锤子气鼓鼓地。

　　老孙走过来，给锤子找个台阶下，"我说锤子，愿赌服输，又不是赢房子赢地的，你要不喝，我替你喝了！"

　　事已至此，锤子也不得不借坡下驴了，"不就是三碗酒吗，我整。"刚刚锤子一直闹别扭来着，所以酒基本没喝，就这样，三碗酒咕咚咕咚进肚还是让锤子有点儿晕，酒劲儿立马写到了脸上，特别是最后一碗酒，锤子两只手都端不稳了，喝一半洒一半，大襟湿得透透的。接下来，他就两眼发直发热了，许是借题发挥，又或者心里憋着事儿，锤子瘫坐在凳子上，竟噼里啪啦掉起了眼泪疙瘩，他咧开大嘴，一时呜呜咽咽，委屈得像个娘们儿。这情形让大家伙儿有点儿始料未及，老孙也整不明白他啥意思了，问他："锤子，你这整的是哪一出啊？家里出啥事儿了咋的？""老孙你别装糊涂了，"锤子搌了一把鼻涕抹在凳子腿上，"本来当着特木尔大兄弟的面儿，我不想说你，说了好像我这个人咋回事儿似的，可是老孙，你欺负人没有这么欺负的，你这是断了我锤子的活路了……"

这话说得更让老孙摸不着头脑了，"哎我说锤子，此话怎讲啊？你这可得给我说清楚了，我老孙活了大半辈子，不说光明磊落，那也是放屁能崩出个坑的爷们儿！"

"是，我是得把话讲清楚了。"接下来，锤子就一把鼻涕一把泪地讲起事情的缘由。原来，前些年锤子在哈尔滨浴池搓澡挣了些钱，就想兑下个澡堂子自己当小老板，哪承想赶上了疫情，澡堂子干不了了，这才琢磨回老家讷河，买了一群羊准备发展养殖业……"这听起来不挺好吗？也没我老孙啥事儿啊。""有你的事儿！"锤子说，"本来我那200只羊养得好好的，冬天随便撒到田里去，它们撒欢儿吃玉米秸秆，吃甜菜叶子，吃大豆秧，我一分草料都不用添，现在可倒好，老孙你把'老铁'招来了，把咱屯子的田地都租给了他，听说呼伦贝尔老乡还要运来1万头牛羊，你就说说，以后我的羊往哪儿放，你老孙是不是断了我的活路？"

闹了半天，锤子这是要他的羊群在咱们地里白吃白喝呀！看热闹的人们这才恍然大悟，是呀，田地是俺们的，俺们租出去他还不乐意了，这是吃白食吃惯嘴了！男人们你整一句我整一句。

老孙在旁边皱着眉头，锤子针对的毕竟是自己，他琢磨琢磨，觉得锤子这话说的也没毛病，不过，正所谓"集体的利益高于一切"，总不能……

大家正议论纷纷呢，特木尔又笑呵呵地站起来，挥了挥他那两只牧人的大手，说："锤子说的呀，都听明白了我……"

老孙拉他坐下，"没你事儿，'老铁'，有事儿我兜着……"

"米尼阿哈，你听我说，锤子刚说了，我放羊来了，他就没地方放，他有地方放，我就没地方放，可是，有句话说得好，一只羊也是赶，两只羊也是放。锤子呀，你的羊我放了，都搁在一个群里，完事儿了不是吗？"

特木尔说完这话，有那么一刻，酒场忽然肃静了，大家伙儿都蒙圈了，是啊，刚才还堰塞死的水渠，好像忽然就漾开了。锤子听了，也愣眉愣眼了，"大兄弟你刚才说啥，把我的羊放你的羊群里？""对，是这么说的，放心，我放羊，工钱我不要，你们帮助我的多了，我还要感谢呢！这样吧，锤子，我另外送你两只羊爬子（种羊），我们草地的羊爬子，等你的羊生下了羊羔，在讷河的家里，你们就能吃到呼伦贝尔羊肉了。"

一个意外接着一个意外。此刻锤子有点儿不会了，他呆呆地坐在那儿，不由得垂下脑袋，又吧嗒了几颗泪水，这回滴下的不再是委屈不平，不再是憋闷不已，而是感动的、羞愧的眼泪，他跟跄地走上前抱住特木尔，像个娘们儿那样，把头俯在大兄弟的肩膀上，这时酒精也发挥了一定作用，他哇哇地哭起来，哭得就像个孩子。

一旁的二黑见了，吧嗒吧嗒嘴，有点儿不是滋味，"两、两只羊爬子！啧啧啧，还、还是会哭的孩子有、有奶吃啊！要这么说，老、老孙大哥，我对你还有、有意见呢！"

真是摁下葫芦起了瓢。"你这儿又有啥意见了？"老孙问。

"要、要不人家锤子说你嘴巴大呢，"二黑拧巴着脸说，"前些年你大、大包大揽，15块一亩的地，你、你给让到10块，可是疫情过去了，你还、还10块钱一亩，我二、二黑就指着这二三十亩地过日子呢，我上、上有80多岁老母，下有老婆孩儿，你、你这是从俺、俺们碗里往外扒拉饭哪……"

那天的酒一直喝到日落西山，喝得都没啥说的了，说啥都不喝了，李大美与特木尔也互加了微信，酒席才渐渐散去。"老铁"和"米尼阿哈"也喝得只剩下了感情，两人搂脖抱腰，在院外边对着夕阳撒了一泡经久不息的尿。旁边，比亚迪打着火候着，孙宝和小舒总把老哥儿俩搀扶着上了车，老孙说："'老铁'，房间我都给你安排好了，这回你来，不用再租民房住了，咱住两个儿子开的民宿，都是落地窗，乡村风景房。"

"乡村民宿？那好啊！""老铁"竖起大拇指，"现在都时兴民宿呢，我们草原上，也蒙古包民宿有呢，从套脑（蒙古语：天窗）上就能看着星星。""都不缺星星，我们这屯子也有的是星星，"老孙说，"要不我拉你到屯子外面看星星去？"

"米尼阿哈"说话就是好使，他说星星，星星就来了，旁边还有半块月亮，聚得满天都是，有的挂在黑黢黢的远山上，有的挂在遍野的玉米秸秆田上，有的挂在近处的羊群背上。那矮半头的羊是特木尔的，高出半头的羊是锤子的，两拨羊无论高矮，都一团和气，就像"米尼阿哈"和"老铁"一样，亲如兄弟。老哥儿俩站在满天的星星之下，站在羊群中间。"米尼阿哈，你好人哪，你就是我的亲哥哥一样！"特木尔说，"这个屯子里，都好人哪，都是我的亲兄弟一样，可有句话说，亲兄弟明算账，那个地呀，我还是15块钱的给，我们蒙古族，不占便宜。"

"大兄弟，这个不用你管，都说好的事儿，我老孙吐口唾沫就是钉！"

"哎呀，米尼阿哈，不是钉的事儿，也不是铆的事儿，是钱的事儿。"

"亏了乡亲的，我给补偿！"老孙拍着特木尔的肩膀，"我早就和两个儿子说过，咱们发展乡村经济，靠的就是乡亲们，可不能让乡亲们吃亏，刚才我就让两个儿子给大家伙儿表态了，从今年起，每家两桶非转基因大豆油、两袋子'粒粒香'大米……"

"还有呢，外加两箱'甜蜜蜜'！"孙宝和小舒总说。

"'甜蜜蜜'好，这酒补中气，盈血亏，利肝胆，常喝身强体健……"老孙认真补充。

几个人就笑，羊群听见了，也跟着咩咩叫，星星和月亮也听见了，它们没叫，却像笑声和羊叫声一样，荡漾着乡村夜色……

"你们这儿真暖和，"特木尔抬头望天，"暖和得我呀，心里就像吃了热豆腐。"

"热豆腐？俺们屯李大美不说了吗，你想吃就给做！"

"米尼阿哈滚犊子……"

几个人又笑。

"来年冬天哪，我还到东北来放羊，我还要叫更多的草地老乡……"

"来年俺们还去呼伦贝尔旅游呢，到时喝完酒，咱就一起躺在大草原上看星星……"

海勒根那，出版有《骑马周游世界》《请喝一碗哈图布其的酒》《白色罕达犴》等多部中短篇小说集。作品曾获全国骏马奖、百花文学奖、红高粱诗歌奖、青稞文学奖、内蒙古索龙嘎奖、敖德斯尔奖等。作品荣登2020、2022、2023年度中国小说学会短篇小说排行榜。现居呼伦贝尔。

初 雪

◎ 蒋 在

随它吧　随它吧
反正冰天雪地我也不怕
留一点点的距离　让我跟世界分离

——《冰雪奇缘》

一

"没有脚印的地方，孤立国度很荒凉……"

她刚过地铁安检，电话又响起来。

人潮如蚁一波一波涌动，挤上去像是插进了一个缝里难以动弹。她在夹缝里抬起手机看一眼，来电地区显示还是贵阳。她的心动一下，又动一下。来北京这么多年，跟贵阳没有丝毫联系，不祥的预感有点像呼啸而过的声音，在脑子里嗡嗡回旋。

又是《冰雪奇缘》的声音，旋转，穿过冰雪的脚不停地旋转。阴湿黑暗的情景一次一次，在声音里晃动。雨水在脑子里滴答滴答地落下来，阴暗的巷子里，她光着脚跑起来，摔下去，又摔下去，巷子两边高高的墙上爬满了粉色的蔷薇，笼子里的拉布拉多用头顶翻食钵，转来转去地翻弄。她正看得出神，甚至想伸手帮它将食钵翻过来，屋门吱嘎一声开了，她转身开跑，踩进污水里，空气中弥漫着臭气熏天。

妈妈穆芬芳的声音在风里旋转，小小！小——小！如风如电如雨，她又摔下去，膝盖上摔出了两个青色的大包，灰色刮伤的皮肤下面开始渗出血来，一瘸一拐往前走，雨水遮住了世界。

贵阳不仅仅是个词语，但也许仅仅是一个词语。

不，不，它不是一个词，是一张潮湿的黑白胶片，被她设计在游戏的隧道里。昏暗的浪花一朵朵迎着满天的星光，人物赤着脚奔跑在猝不及防的雨雪中，一幕幕拉抻跃动欲罢不能。市西路护城河的灯光污浊闪烁，麻灰猫在屋檐下的雨声里叫，来来回回地蹿动。雨声落在河里，她的妈妈穆芬芳侧转头，玻璃的窗框映不出人的影子，星星点点的雨水，那溅起小水花，远处红红绿绿的灯光，闪出一片晶莹。

一天两天，雨像是不会停下来。她们的衣服湿透了又焐干，白天来来往往的人和声音，她坐在打湿过的被子上。房屋墙上写着大大的"拆"字，从污秽的颜色里冒出来，像一团火。

穆芬芳隐没在人群里，手里的垃圾袋在雨中被滴得哗啦啦响的声音落在了瓦楞上。他们离婚了。穆芬芳带着她来到市西路，贵阳最繁华的服装批发市场，那是条无人不知、无人不晓的街道，也如同一颗石子落入护城河中沉寂湮灭。

爸爸叫卫建民，记住这个名字并不是因为恨，而是因为对父亲这个词的想象。卫建民踢打穆芬芳，家里的杯子飞来飞去摔在地上的声音，永远留在脑海里。

她跟在穆芬芳身后离开家时，天也在下雨。本来妈妈说要给她绑上眼带，不让她看清他们到底在什么地方，让她不知道回去的路，但是出门的时候，妈妈并没有给她绑上，或许她已经取得了妈妈的信任。

不知道走了多久，她们来到市西路，原本那儿穆芬芳有个小摊，摆着卖小孩的玩具，最后也被卫建民收了。也是那天他看见她站在那儿眼泪汪汪地看着他，他就送给她一个塑料的长颈鹿，他拿在手上朝她走过来，递给她时捏了两下，长颈鹿就发出"咯吱！咯吱！"的声音。混在细雨中的声音，像冰雪世界里的光，她止住了哭，看着他将摊位上的东西鼓鼓囊囊地装进包里挎在了身上。她不会知道那个微弯的，渐渐缩小的背影，就那样成为永远。站在河边，她感到自己也像小雨点落在河水里。

雨水闪烁在脑海里，让她感到心悸。

二

她从拥挤的地铁里出来，走上人行天桥，初冬的阳光从白桦树后面照过来，金光闪闪让人眩晕。手机如果再响一次，她想就该接这个电话，不管是谁打来的。

可是手机又响了，她在天桥上与人擦肩而过，落叶萧萧飞扬。她看见手机上的号码倒是换了，但地区还是显示的贵阳。几片树叶从头顶上飘落下来，图书馆深色的钢化玻璃，树木和天光都在闪动，阳光扎在上面，街道行人流光溢彩。

有人从图书馆里出来，顺手帮她拉了一下门，她侧身走进去，熟悉的寂静一下让她平息了许多。落座时她将手机调至静音，她打开电脑，将口罩重新戴上。已经不强制戴口罩了，她还是习惯性地戴口罩，病毒依然肆虐，她已经感染过了，病毒像时间一样涌来流去，她深知自己病不起。新一轮的裁员如浪如潮，她虽然业绩很好，工作也非常卖力，没想到还是被裁掉了。早已习以为常的她，这一次感觉到了与以往的稍稍不同，以往很快她又能找到下家，而这一次似乎没有那样幸运。

坐在图书馆里的人大概都跟她有同样的经历，他们都神色凝重眼盯电脑，目不斜视，如入无人之境。裁员、失业、投递简历、发邮件、等待。图书馆不动声色地接纳了这一切。无论你带来怎样的仆仆风尘，在相互陌生的焦虑里，这儿都能寻得片刻的安宁。砰！谁的手机掉地上了，稍纵侧目又迅速回转到自己的电脑屏幕上，那个声音很快就像没有发生过一样。

早出晚归，行色匆忙，即使是到图书馆坐着，也都会如期而至。她身材瘦小肤色蜡黄，头发用棕色的毛线发夹拢在脑后，一双脚杵在没有后跟的白色皮鞋里，矿泉水瓶子被她拿捏的次数太多，变得乌蒙蒙的，像灰色的眼睛迷茫模糊被揉了又揉。

她喜欢坐在图书馆的角落靠窗的位置，从那儿可以看到马路对面那家大商场的招牌。光影叠加的大楼映在玻璃上，好像身处在一片楼中楼里，这扑朔迷离的幻象，她只要抬起头稍稍侧转，就能在那片幻象中沉迷。虚幻的楼中楼，虚幻的人生和游戏。

被裁之前她在一家游戏公司做市场，负责品牌推广以及广告投放，但是她更想做的是游戏策划。她也试着在下班回家时，构建关卡设计及故事情节的文字脚本与草图。她建造的空间几乎来自她幼年的记忆，逼仄巷子破败的自行车，铃铛锈迹斑斑的声音。

阴雨绵绵、河流蜿蜒，树木是灰色的，小鸟是灰色的，树下的房子里住着一家三口，爸爸总是挽着裤腿在地里种菜，女儿在开满花的草地上，远远地看骑着自行车被雨水打湿的人。妈妈在厨房做饭，她的身体随着炒菜的声音晃动，女儿就是在雨天也在给一棵白菜浇水，画面上有大片的白菜，麻灰猫在屋檐上蹿，叫声里全是雨堆砌起来的声音。

三

她起身去接水，手机在桌子上闪亮，又是那个电话。

她拿起手机走到窗边的过道上接通电话，她没有说话。那边喂了两声说是派出所的，她还没有来得及反应，那边就问是不是穆小小。她的心怦怦地跳起来，窗外的阳光在地上闪动，扎进眼里金光四射，那片如同幻象的楼中楼在光影中移动。

卫建民是不是你爸爸？他死了。

她站在那儿不说话，她抬头看向对面的楼，那片蓝色的反光玻璃中印着另一栋从她站的角度看不见的楼。缕缕阳光抽丝剥茧，雨的声音从大脑深处的记忆里涌出来。

你们找错人了，我没有爸爸。她挂断电话，刚一转身电话又响起来。电话那边在下雨，警察说，穆小小，希望你积极配合片区民警的工作。

她不说话看向光影中的幻象，电话那边的雨声渗进她的脑子里，变成了一片模糊的河流。河里有一个提着编织袋的老头，两只脚深深陷进水里，他弓身拾起矿泉水瓶子，她站在河岸上看他，

217

手里拿着玩偶，她认出她的塑料长颈鹿捏在他的手里。

她问老头能不能把长颈鹿还给她。老头沉默，递给了她。她的手不小心捏了一下，"咕吱"一声，长颈鹿发出响声，她也被这突如其来的声音吓住，转身就往灰底红字写着"拆"的破屋跑。自行车的声音，叮叮当当在身后。她摔下去，塑料长颈鹿也甩飞出去，自行车轮碾过它，无数双脚踏上去，"咕吱！咕吱！"长颈鹿不停地发出声音。

一双在河里捡瓶子粘着污泥的手将她抱起。她哭，反身朝向地上的长颈鹿，两只小手在雨里，雨水清凉。臭气熏天的老头，胡须里藏着腐烂的食物，他把她抱回家，在她的小脸上亲来亲去。老头也住在断墙根下，屋顶用油毛毡遮挡，雨水打在上面滴答滴答，他将长颈鹿藏在腋下逗她。她夺过来抱紧长颈鹿，麻色野猫从断墙上跳过，满身雨水的老鼠顺着墙根溜到另一处。老头问长颈鹿是从哪儿捡来的，她朝后退哭着说，不是捡的，是爸爸买的。老头朝她逼过去，爸爸买的？你哪来的爸爸？老头一把抓住她，她哭。

穆芬芳的身影出现在断墙边，她将大袋的垃圾堆在一起，然后走出来。门是空框，穆芬芳个子矮小，墙即使只是半截，她也看不到他们，看不到那个整天在她们住的屋子周围转悠的老头。他就住在她们的隔壁，他比她们来得早，这儿刚刚开拆，他就住在那个拐角处。他们是邻居，穆芬芳不愿搭理他，不仅仅是因为他们是同行，都靠拾荒度日，主要还是她不喜欢老头弯腰驼背的样子，走起路来还咳嗽。有两次他送鸡蛋给穆芬芳，都被她拒绝了，她把他推搡出去。

穆芬芳嘀嘀咕咕地骂着，又跑到哪去了？下这么大雨。老头将长颈鹿放回她手里，她跑回家，老头提着袋子离开。穆芬芳问她跑哪去了，她回头朝老头那边看，老头又往河堤上走。穆芬芳说你再敢跟老头说话，我就打死你。贫穷限制的不仅仅是想象，就连本能的防范也会丧失。穆芬芳可以拒绝老头的鸡蛋，但是她没有拒绝老头送过来的破旧电视机，他给她们装上天线。坐在破屋里看电视，吱吱的电流声和屏幕上的雪花，她学会了听声音。

四

图书馆外面的街灯亮起来，五光十色光影交错如梦如幻，身边的人起起落落，声音像退潮那样黯淡下去。她起身收起电脑，电话又响了。这一次她没有犹豫，她喂了一声。

派出所的警察没有说叫她回贵阳去，而是在确定她是不是能回去。

是的，我之前说过了，真的没有时间。

但她万万没有想到对方会说，那我们去北京找你，这样行吧？

死亡医学证明书。财产。分割。每一个词现在都像一个小盒子，放在火化炉里，如同分裂的时间一样，被火拆解、分散还有重组。

她记得她上四年级时去找过卫建民，穆芬芳说他跟新找的女人住在相宝山。相宝山也是他们曾经的家，从街道上走过去，要爬很大很长的一个坡，除了相宝山以外，旁边还有一座山，叫什么来着她忘了。山上茂密的树<u>丛</u>，飞鸟的声音清脆透亮，每一个清晨都烟笼雾绕，卫建民还在林子里给她逮过一只鸟。

逼仄的楼梯间，楼道里满满当当地堆着各种各样的废品，她上了六楼，过道里她曾经坐着吃饭的塑料小凳子，被人塞进楼梯的空心砖墙上。她停下来敲门，边敲边朝那个落满灰尘的塑料凳子看。敲了很久，来开门的是个陌生的男人，他问她找谁，她说卫建民。他说我们老板不住这儿了。他的身后冒出一个女人的胖脸，两个人站在门口，女人从后面抱住男人，将下巴放在男人的肩膀上，他们一直看她走到五楼，才关掉门。

她打开游戏《冰雪世界》，雪花在阳光的照耀下闪闪发光，仙女冰晶消融在洁白之中，手里的魔法法杖让冰雪更加耀眼美丽。冰雪的世界晶莹透亮，她在冰雪中飞舞，她在冰雪中迷失。

你得在死亡证明上签字，同意火化。警察语气温和，不像理解中的警察。她继续在冰雪世界里滑行。她又开始画游戏草图：潮湿的阴雨密布的时间，雨过天晴，太阳在树木阴影外面闪动，雾气混在雨水蒸发的气味里，爸爸挽着裤腿在泥湿的地里挥动锄头，一下又一下，他的汗水变成雨水，光影移过来，照在一棵又一棵的白菜上。

偷白菜游戏的妇女们津津乐道，半夜不睡觉起来"偷白菜"，同学小红妹的妈妈就是这样，白天炸油条，半夜起来玩偷白菜游戏，只有晚上大家都睡了，白菜最好偷。她站在小红妹家门口，看小红妹玩"幸福家园"。小红妹的爸爸走过来，他靠在门边抽几口烟，把烟从嘴里一口接一口地吐出来，一只退出拖鞋的脚踩在门槛上。他斜眼看着她，招手让她过去，他蹲在地上将她抱起来夹在自己的大腿间，然后回头去看一眼专心玩游戏的小红妹。他问她要不要一起玩游戏，她点头。他牵着她走到屋里，坐下来把她抱在自己身上，让她近距离地看小红妹玩游戏。她感觉到从他嘴里出来的气息，像一条狗或别的什么动物，跟捡垃圾的老头一样，让她有些害怕。

电闪雷鸣，雨水哗啦啦顺着护城河翻滚。小红妹爸爸身上的油条味，在屋子里弥漫，他说明天来我给你吃油条，他亲她的嘴巴，她用手擦净留在嘴里的烟臭味，挣脱他跑掉。街道的出口，他站在那戴顶油污的白帽，围着深蓝的围腰，用两根长长的筷子在油锅里翻炸油条。他的头发里嘴里，都有烧糊的油味。

穆芬芳叫她的声音，从断墙那边穿过河面，她踩着雨水跑穿过巷子，蔷薇花落了一地。捡垃圾的老头迎面走来，帆布包里的半导体收音机在播放交通新闻。他给了她一根棒棒糖，她跑过去了。回头，老头站在原处，身体佝偻笑脸漆黑，收音机里的声音在雨水里乱哄哄地响。老头有一天栽到河里死了，她跟在看热闹的人堆里，只有她觉得老头死得好。

放学不回家，跑到哪去了？又到同学家玩去了。给你说过多少遍了，不要跟一个不学习的人玩。穆芬芳把她拉过来，她背着手站到墙边，雨水从搭出来的塑料篷布上滴下来，她脱掉雨衣。雨没有她听见的那么大，滴答滴答落在墙上，书包里的长颈鹿在她移动身体时"咕吱"地叫了一声。不要把这个东西装在书包里，长颈鹿随穆芬芳的手飞到墙外去了。雨滴答滴答打在墙上。为什么要把这个破玩具带在身上？这是穆芬芳的疑问，而她的疑问从来没有说出来——爸爸为什么不要我们？

她趴在纸箱上写作业，穆芬芳在断墙外面炒菜。"幸福家园"

里的妈妈围着白色的围裙，小女孩扎着花蝴蝶，穿着粉色的裙子在草地上旋转，阳光闪烁蝴蝶飞舞鲜花盛开。棒棒糖有股腐泥的味道，穆芬芳短胖的身体也有一股腐泥的味道。

五

后街电线交错的巷子里，隐隐约约的灯光，涂了蓝色油漆的房屋，一溜排过去幽深绵长，人走在灯光下，像在颜色里漂浮。骑车的人从身后刺溜一下钻过去，让挤压和逼迫感混在颜色里难以喘息。纵横在半空中的电线，像是让电杆拖拽倒了一般。她感到一阵眩晕，眼泪在不知不觉中流了一脸，歌声在脑子里响起："没有脚印的地方，孤立国度很荒凉，我是这里的女皇……"一个人在外打拼，背负多了眼泪也是重量，压垮一个人的意志。

老远她就看见穆芬芳在路灯下摆放垃圾袋，穆芬芳花白的头发，因为染发水褪了色在灯光下显出杂草般萎枯，像是风一吹就要燃起来，她在后脑上捆了个疙瘩。左边那条巷子朝西，是她们租住的屋子，十多个平方米，她们在屋里摆了张高低床，几个装衣服的塑料箱子紧靠着床。每天穆芬芳在过道上做饭做菜，天气热的时候两个人也坐在门口吃饭。她在游戏公司的收入，完全可以租间大一点的屋子，穆芬芳却认为她们不是来北京享福的，她们是来一起打拼的，为的是将来有个更好的安身之处。她让穆芬芳不要捡垃圾，穆芬芳说随手捡的，也费不了什么事，自己总不至于整天睡在屋子里。穆芬芳有时候可以干点小时工的活，每天早早就出去，回来时拖着废纸箱可乐瓶，这样一个月也能挣上千儿八百的，穆芬芳觉得这样的日子有滋有味。

　　穆芬芳朝她走过来的那条路上侧了侧头，一辆送外卖的摩托车快速地驶过去。她看见穆芬芳朝前匍匐时，从衣服里露出来的赘肉，像是也要燃起来，一丝难过从她心里掠过。七年了，不长也不短，穆芬芳几乎也忘了许多事，每天拼命地劳作。偶尔也会提起她小时候不听话的事，两个人很快就会收回说出来的话，沉默一阵又立马扯到别的事情上去。

　　她走到她跟前喊了声妈，穆芬芳又朝她看了一眼，跟在她后面回了屋。穆芬芳不问她怎么下班这么晚，饭菜摆上来，娘儿俩在10平方米的小屋里吃饭，不声不响。其实贵阳那边派出所，先是给穆芬芳打了电话，他们给穆芬芳要她的电话，穆芬芳得知卫建民死了，就推托说记不得她的电话，派出所的民警挂了电话，让她去找一下穆小小的电话。过一会儿，他们又打了过来，穆芬芳给民警说不愿意这件事打扰穆小小的生活，姑娘在外面打拼不容易，二三十年没有往来的关系是不成立的。

　　民警说穆小小是卫建民唯一的直系亲属，按法律程序只有她有资格签字，才能火化。穆芬芳说他有那么多亲戚，让他们签一下字就行了，何必非要穆小小。

　　他们左说右说，穆芬芳不得不将穆小小的电话给对方。自从将电话给他们后，穆芬芳的心就没有平静过，因为女儿用的是自己名下的号码。死了，你也会死？并且死在相宝山那个，他们曾经住过的老房子里面。你不是曾经发达了吗？自己开个工厂就抛妻弃女，好呀，好呀，狼心狗肺的人都会死得难看的。她的心扑哧扑哧跳不停，过去的仇恨一股脑儿涌来，剐心之痛潮汐一样时而剧烈时而平缓。继而穆芬芳哭起来，像是憋了一辈子的眼泪和恨，终于在这个时候涌出来。

六

穆芬芳偷偷观察她的脸色，从进屋前叫了一声妈，她就再没有开口说过话。她还抽烟，穆芬芳从来没看到过她在屋子里抽烟，抽得那么自然随意，屋子里烟笼雾绕。穆芬芳扇动两只手驱散烟雾，手白天拆纸箱时划破了皮，这会儿她举起来说，手破了白天流了很多血。

她像没听见，穆芬芳哼哼两声，用一只手将盆支在腰上抬到外面去洗碗。回来时穆芬芳双手抬着盆，忘记了刚才装手痛引起她的注意，她站在屋门边递一张创可贴给穆芬芳，什么话也没说，爬到床上又埋头伏在电脑上。很快她又反身下床，从一个长得像维生素C的白色小瓶子里倒出"劳拉西泮"，抬着杯子从穆芬芳身边擦过，仰头喝药。穆芬芳只有小学文化，她不知道她吃的是什么药。自从她们生活在一起那天，她就看见她吃各种药，没有间断过。有时候穆芬芳也拿起那些小药瓶，好奇地看来看去，她不会知道焦虑症、抑郁症意味着什么。

有时候穆芬芳会把她的烟藏起来，假装不知道，看着她找烟，她找不到就知道是穆芬芳藏了起来。

我的烟呢？她问。

穆芬芳把她的烟连通烟盒一起泡在水里，她认为这样女儿就不能再抽了。烟虽然打湿了水，但是穆芬芳没有扔。她从茶几的小盒子里拿出被水泡过的烟说，小女孩家家的，还没有生小孩就不要再抽烟了。她将打湿水的烟拿在手上看着穆芬芳说，你故意干的？穆芬芳连忙否认，不是我，不小心掉进水里了。她不说话冷笑一声，转身出门，回来时又多买了几包，故意扔在吃饭的桌子上。穆芬芳看一眼，也不敢多说什么，将烟放进一个之前装过糕点的盒子里。

从穆芬芳来了之后，她就给穆芬芳划出来了一个区域，那里面放着穆芬芳的东西。如果穆小小在这个城市里的容身之所，只有这个房间这几平方米这么大的话，那么穆芬芳的空间就只有这个小盒子那么大。

她很想发火，不用你动我的烟，我只是想告诉你，我的任何事情都不用你管，你只管活着，不要消耗我的精力。看着穆芬芳躲闪讨好的样子，她的心也就软了，她们相依为命，彼此为镜。有时候，她能从穆芬芳身上看到自己的影子，也许老年后的自己还不如妈妈，至少穆芬芳还有她，而自己能有什么呢？

七

穆芬芳一直在等她开口说话，直到躺到床上，她从她的头那边踩着梯子爬到上铺。穆芬芳都睁着眼睛，穆芬芳想给她解释，是派出所的人说不行，必须是穆小小签字，否则无效。

人死了拖火葬场化了就是，何必那么麻烦。

民警说，这是法律规定的，不是我们说了算的。

那就让他那个女的签。

民警说，穆小小是他唯一的直系亲属。

穆芬芳感觉到头大而混乱，怎么跟女儿说呢？穆芬芳在床上翻来覆去，不停地干咳清理嗓子，就是想让穆小小先开口，如果自己先开口，会引来她一阵狂怒，这么多年穆芬芳习惯了回避冲突，不该问的不问，不该说的不说。

她们两人之间的关系，不知道什么时候就颠倒过来了，也许是从穆芬芳来北京之后，或许更早一点。穆芬芳在女儿面前就显得低三下四，小心翼翼，如果搁到当年自己年轻的时候，她早就发火了，穆芬芳的火气大到房子都会燃起来。而现如今倒是女儿的火气大到冰溶于水，照样燃起来。

她躺在床上，焦虑一阵阵袭来，她不停地咬手指，从小咬到大的手指已经变形了，一个女孩的手怎么会长这样？

"在没脚印的地方，孤立的王国很荒凉，我是这里的女皇，风在呼啸，像心里的风暴一样，只有天知道我受过的伤……"她一遍一遍地听这首歌，其实即便不点开手机，这些声音也会在她焦虑的时候，自然回响。

然后她下床来去喝水，穆芬芳又咳了几声音，希望她能先说话。她只看了一眼蜷成一个肉团的穆芬芳，爬上床继续伏在电脑上，顺手点开邮件，之后还是《冰雪世界》闪耀的雪光，橙黄红蓝青绿紫，一圈又一圈地荡开……

她好像睡了一会儿。声音温和的民警说他后天来。

她说，后天我没有时间，要开会。

民警在电话那边沉默，他在等她说出时间。

她不是没有时间，她不想面对千头万绪的恨和欠缺还有伤害。

二十多年了，那些扎在心里的玻璃碎片，已经深深地溶进了自己的血液，布满每一根血管和神经。贫穷、死亡、挣扎、侵害、猥亵没有人告诉她为什么。以她弱小之躯又怎样去对抗强大复杂的外部世界？没有恋爱过的她，在时间里已经习惯混沌和错乱，活着就是一切。

为什么要来找她，让她忍受这么多揭开疮疤之痛，无异于赤足行走在荆棘中？揭开她的疮疤，是为了将另一个不相关的人的疮疤合上？

放弃签字权，让他们家任何一个人签字，我没有异议的。穆芬芳想过的她也想过。民警说，你是他女儿，你就让死者入土为安吧，没有你的签字，他就没办法火化，就会一直在那放着。

她说，好吧，就后天吧。

他们给你打电话了？穆芬芳终于开口，这句话一出口，房间里的空气突然就凝固了一般。她也没说话，穆芬芳等了一会儿，听见她将电脑放在一边，然后她关了灯。黑暗里风吹着树梢，吹过电线的声音呜呜响。过了很久她说，打了。穆芬芳紧张起来，侧侧身子以便更好地听见她说话。

又是一阵沉默。穆芬芳说，他们一定要你的电话。她说，睡吧。穆芬芳说，你要回贵阳去？她说，不用，他们后天来北京。

八

见面那天她早早出了门，前一晚她没有睡好。她无法想见面的情形，他们是不是还会带上执法记录仪，会穿警服吗？路人怎么看她？以为她犯了罪？他们会不会带死者现场的照片？这些问题反反复复在她脑子里，像一群鸟飞来飞去。

她朝外面看了好几次，天色还暗淡，不过现在已经透出蓝色的微光。天要亮了。她打开灯。站在穿衣镜前，特意在内里穿了件白衬衫，黑色的羽绒服，背上黑色的小背包。电脑在背包里显得有点沉，就像要把她的身体拖垮了一样。

她先到了约定地点，一家西式咖啡馆，这样也方便两个远道而来的民警吃东西。民警打上车，她告诉司机确切的地址。然后打开电脑，她还想做点什么，却无法安静。

他们来了，站在门口给她打电话，透过玻璃她看见他们穿着便装，两个人手里提着东西，在落雪的雾气里四处转身。他们看见她说的咖啡店名，推门走进来。她欠欠身迎他们，两个便衣警察朝她走来，年轻一点的警察将手里提的东西放在桌子上说，给你带了点家乡的特产。她说谢谢就让服务员给他们加了柠檬水，其中一个年老一点的警察作了自我介绍，他说，我姓江，是派出所的副所长，这位是我的同事刘警官。

两个人主动出示证件。她静静地坐着，没有看他们的证件，她似乎不想进一步证实他们的身份。他们拿出医学死亡证明，她只动了动身子，眼睛还是没有落在那张纸上。年轻的警察拿出一个笔录本，拧开笔盖在他们还没有开始正式对话时，就往上面写下时间地点。

江所长在开始笔录前，表达了她对他们工作支持的谢意，于是正式的笔录开始。他问：卫建民是不是你爹？你们是不是父女关系？

她看见另外一个警察身上的执法记录仪，心跳的速度加快。

她迟疑不决双唇颤抖。

江所长温和地说，我们是在例行公事，你只说是或者不是。她点头说是的时候，浑身开始颤抖。他说，你对卫建民死了这个事实，有无异议？或者他的死因，是否要求法医做更进一步的鉴定？她还在发抖，像是有点难以控制。

她哆嗦着拿出一支烟，刚点上火服务员就走过来说，对不起女士，不能抽烟。她的身体随着手向前倾，然后她灭掉烟。

你爹死在家……她突然抬起手，做了个阻止的动作，将头深埋在桌子上说，什么都别说，我只想配合你们完成工作。两个警察相互看了一眼，江所长转面对年轻的警察说，简单写在笔录上。

后来，对于他们问的是不是，她一律点头。他说，你爸爸的财产，一套位于相宝山电台街的房子，你要不要继承。她正要点头，像是突然明白过来，立马说不要不要，像逃避瘟疫一样。接着她对他们说，他的债务与我无关，我不会替他还债。两个警察又相互看了一眼说，他没有债务。

你确定不继承房产？她点头。她当然不知道她的叔叔姑母们，正坐在她爸爸那间破房子里，等着赶紧将卫建民火化了，他们好分财产。她的叔叔接到电话，瘸着腿连滚带爬上楼梯站在门口，还没见到人就捂着鼻子对现场的警察说，立马就火化，立马就火化。警察问她的叔叔家里还有什么人。他说，还有两个姐姐，她们在路上了。他们对卫建民的死，甚至死了几天一点不关心。殡仪馆的人还没来，他们就在恶臭难闻的气味里，嘀咕怎样卖掉房子，在过道上走来走去，争执不休。

做完笔录，年轻的警察将笔录本递给江所长，他认真看完笔录，然后递到她面前，又递过笔说，请在这儿签字。她缓慢地接过笔，在死者那栏看到了卫建民在家中死亡，邻居报警。

她在笔录上写下自己的名字，然后她站起来，两个警察也站起来说，如果你没什么要求的话，我们现在就通知殡仪馆火化。

她又坐下去，坐在那没动，看着两个警察离开，他们穿过人行天桥，她的心动了一下，想着北京那么大，他们能否找得到路。她想跑出去问一声他们要去哪里，要不要陪他们吃午饭。可是她还是没有动，她第一次深深地体会到，"君至故乡来"多么深切的孤苦、忧伤，难以言说的他乡漂泊。

她打开邮箱，收到一家公司的面试通知。

她继续在电脑上画游戏草图：风雪、阳光、花开、奔跑、生长……游戏里的小女孩给白菜浇完水，朝着开花的草地跑，爸爸还在地里锄草，抡起胳膊汗如雨下，大片的红色康乃馨，她坐在树下，阳光如飞瀑……

从咖啡店里出来，雪花落在脸上，她仰起脸眼泪流出来。踩在雪地里她想，明天去新公司面试时，交上这个游戏设计草图，会不会给自己加码。

九

老远她就看见穆芬芳站在岔路口，横七竖八的电线在雪花里晃动，路灯下的穆芬芳，像一尊笨重朽坏的泥塑。她看见女儿走近，转身往家里走。穆芬芳走到门口，站在那儿的黑影里。

她走过来，穆芬芳推开门，半边身子抵住门小声问，签了？声音细小如飞雪。她说嗯。声音同样细如飞雪。

娘俩走进屋里。穆芬芳的饭菜早已摆在桌子上，她走过去揭开那些扣菜的碗，然后蹲下身在准备好的两碗米上插上蜡烛，点燃摆到桌子上。

她看看穆芬芳什么话也没说。她们什么话也没说。她们第一次如此平静，如此心照不宣地站在那儿，注视着两支小小的红烛，一闪一闪地燃着，蜡油顺着往下淌。

她从箱子底翻出塑料长颈鹿，又是"咯吱"一声。她把它抱在怀里，抱住20多年来对父亲这个词的想象。

她抱着它，头埋在它身上，像小时候那样，哭起来。

（原载《作家》2024年第10期）

蒋在，其创作的小说见于《人民文学》《十月》《当代》《钟山》等。出版小说《街区那头》《飞往温哥华》等。诗集《又一个春天》。曾获"山花文学双年奖"新人奖、钟山之星文学奖、西湖新锐文学奖等。提名牛津大学罗德学者。北京老舍文学院合同制作家。首都师范大学外国语言学及应用语言学在读博士。

锁飞燕

◎ 杨　乾

    房东将电视机搬走后，墙上留下黄黄的一个长方形印记。每次，她从跟前走过，总觉得电视机的魂还挂在墙上。后来的几天里，这种感觉越来越强烈，房子又小，不论她站在哪个地方，似乎有东西一直盯着她。

    一大早，她将装凉皮的塑料桶绑好，往外推车的时候，有些吃力，车胎瘪了。她返回家找打气筒，找了一圈，看到大衣柜上头有东西露出来一点点。她搬凳子踩上去看，有个鞋盒，她打开看，里面只有一片塑料气泡袋，密密的气泡像眼睛一样瞧着她，她将气泡袋抓在手上，用力捋成一团，捏碎了，嘣嘣响。站在凳子上，眼睛在屋子里跑了一圈，她看到门后挂着的小花篮，那是哈小童小学时候送给她的，不是妇女节就是母亲节的礼物，假花，花篮也是塑料的，做得像竹编的，挂在那里好几年了。她将花篮解下来，挂在原来固定电视机的钉子上，假花在中间，黄黄的框如同花园。她走出去几步看了看，心里竟安稳了很多。

    天才麻麻亮，窗外透出来一点儿蓝，有零星的鸟叫声，细细的，脆脆的。下了楼，骑上车，走了两步，仍旧感觉不大对劲，她就又停下车，这才想起来她是要找打气筒的。她使劲摁了摁车座，看了看车轱辘，重量还行。天气冷得厉害，她将围巾往上提了提，护住嘴和鼻子，白汽隔着围巾，如蒸笼似的，丝丝冒了出来。她琢磨时间来得及，推过去算了。手机"叮咚"响了一声，很准时，不是微信铃声，是另一个App，陌陌的声音，又是那个叫优素福的。自打聊上天这一个多月来，他每天准时给她发消息。她戴着手套，掏手机嫌麻烦，这个时间一般都不理会。

刚出巷子口，一辆共享单车驶了过来，擦着她车的前轱辘，一别头，对方骑进了一旁的树坑里，车子靠在了树上，一句脏话瞬时飞了过来。她赶紧往下扯了扯围巾，露出脸来。青年回过头，清晨的干涩还停在脸上，瞪着她，忽而脸色一下又和润起来，有了一点羞赧样儿，双脚一蹬，大力从树坑里骑了出去，等骑到路对面，还回头瞧她。她有些恍惚，上学的时候，那些毛头小伙子，也是那样的眼神，热热的，刺刺的。转眼一想，哈小童明年也要上高中了，身体跟玉米秆似的，一节节往上拔，就是蔫蔫笨笨的，不随叶儿古柏性子烈，说起话来闷闷的，眼睛老是低垂着，要是喊他一声，长长的睫毛扑棱几下才能回过神来，好似他有另一个世界。她想着得走快一点，赶叶儿古柏和哈小童起来，今天得给那爷儿俩做个别的，连着吃好几天的凉皮了。今天还得回趟娘家，奶奶的日子，要宰羊，要炸油香。母亲头天晚上打了电话，让她过去帮忙，她嘴上应承，心里想着，去了还不是跟往常一样当个摆设。

拐过一个红绿灯，往前走几百米就是市场，大大的一片空地，旁侧有一溜二层商业楼，锁飞燕凉皮店就在那里。快到市场的时候，她朝街拐角的小房子瞧了一眼，有个女人从里面走出来，提着一个小粉红色袋子。女人瞧见了她，快速将袋子压进大衣襟里，小跑了几步，骑上路边的电动车拐向市场里。今天是集，空地上，远近已经有零零散散的车，卖衣服的开始撑铝合金架子，光溜溜的，在清晨泛着白光；一些卖鞋的在支木板，天色暗淡，市场又空阔，远远看去，那些木板像是一块块补丁；哗啦一声，卖菜的掀开货车上的篷布，大白菜一捆捆压得密密实实，冷风吹过来一股子闷闷的草腥味儿。小房子是什么时候放到那儿的？夏天的时候。当时，也是一大早，她去送凉皮，看到几个男人从卡车上往下搬小房子。送完凉皮出来，小房子摆好了，立在商业楼的阳面，太阳出来一点点，光影子将楼分成了上明下暗的两半。过了几天，她从阿伊莎嘴里知道，小房子是卖成人用品的。

阿伊莎窃笑，说："哎呀，羞死人了，咋明晃晃地摆到街面子上去了。"

阿伊莎说她半夜去看过，可不是只有男人用的。

阿伊莎和她同岁，人家主动离的婚，说以前男人不是个攒劲人，降不住她，跟个软蛋一样，再加上婆婆嫌她化妆抹口红，嫌她做直播，她就把男人和那一家人一脚给蹬了。阿伊莎长得俊，头巾的花样多，经常都是卡着半边，一绺卷发耷在鹅蛋脸上，要是笑起来，那一绺头发像她的第三只眼，也是波光粼粼。叶儿古柏出车祸后，凉皮店的生意她应付不过来，转给了阿伊莎。以前锁飞燕凉皮店的生意就好，她心里清楚，一是她凉皮做得好，调料汁水是她的秘方，别人做不来那个味道；再者，她明白，男的都有瞧她的心思，乌泱泱坐一屋子，嘴上吃着凉皮，眼睛贼溜溜转。阿伊莎根本不会做凉皮，做的凉皮不筋道，软塌塌的，大多时候还烂成一堆泥，面筋也不松散，柔笨笨的，嚼起来跟橡皮一样，调料汁就更差了，跟隔夜的泔水差不多少。

入秋的时候，她路过凉皮店，走进去坐了一会儿，阿伊莎提了一个想法，想两个人合伙。

阿伊莎当时说："锁飞燕，你信不信？就咱俩往店里一站，不做凉皮，都有人来。"

她本来想着让阿伊莎换换牌子，别再用她的名义，那上面还挂着她的手机号，动不动就有人打电话，添加微信。阿伊莎又说那样的话，卖凉皮，又不是卖脸，她说自己错不开身，叶儿古柏瘫在床上，哈小童还要上学，家里得有个人。阿伊莎又提出新合作方式，店租和其他所有花销她负责，只要锁飞燕负责做凉皮，调好调料汁水就行，一张凉皮三七开，阿伊莎七，她三。阿伊莎说，碰上集的时候，锁飞燕要是能来帮个忙，哪怕到店里干站一会儿都行。她回去琢磨了，觉得能干。至于阿伊莎让她集上去店里帮忙，她知道阿伊莎的意思，嘴上应承，但从没去过。

凉皮店已经开了，卷帘门半推在上头，门口有一摊水，还丝丝冒着气，一边停着一辆越野车，她认识，路虎。叶儿古柏喜欢车，以前常给她介绍各种车。她立好电动车，把绑在两边的两个塑料桶解开，那里头装着头天晚上做好的凉皮、面筋、辣椒油、调料汁。塑料桶是叶儿古柏从前跑车的时候的机油桶，很结实，以前她收了很多，经常拿去送人，自打叶儿古柏出车祸后，不跑车了，就越来越少，只留下几个在用。她左右手各提一个桶，小心踏上台阶，扭转过身子，弓身用屁股顶开门，退了进去。店里还有些暗，热烘烘的。她将桶放在地上，朝二楼瞧了一眼，上头亮着。她张嘴刚要喊话，上面传来阿伊莎的笑声，又尖又野，还有男人的声音。她想着先出去，阿伊莎的声音又飘了下来，她赶紧往门口走，一拉门，铝合金门"咯吱"响了一声，她顿时觉得那声音好似自己喊了一声。

她在门口干干地站了一会儿，有只麻雀在空地上啄来啄去。她想看它到底在吃什么，往前一挪步，麻雀扑腾到另一边落下接着啄。她低头看了看，砖缝里有一些秕谷。她蹲下身，抓了一根树枝，将秕谷抠到砖面上，半蹲着退出去几步，等着麻雀来啄。等麻雀的工夫，扭头看到了凉皮店的牌子，牌子颜色褪了，字儿有些泛白。当时开店，设计这块牌子，搞喷绘的让她起个名字，她不知道该起个什么名字才好。做设计的问了她的名字，她不知道那几个字怎么写，那是她的经名，相当于一个外语单词。上学的时候，她试着写出来过，有很多种写法，索菲娅、所非也，还可以写成英文——Sophia。牌子打出来后，她怎么也没想到，还可以写成——锁飞燕。

她看着牌子上的字发愣的时候，阿伊莎裹着呢子大衣走出来，左右瞧了一眼，看到了她，立刻笑嘻嘻的，身后跟着一个男的。她认识，镇上的一个二流子，年龄比阿伊莎小，直直地瞧着她，她把围巾往上提了提，只露着一双眼睛。阿伊莎笑咯咯地瞪一眼男人，抬脚给了男人一下，踢的时候大衣襟掀开了一段，光溜溜的腿闪了出来。

"桶你腾一下给我，我家里没有空余的了。"

阿伊莎哦哦两声，快速转身走进屋子。

她站在台阶上看那一摊水，已经有了白白的光亮，却还冒着汽。她有些迷糊，不像是冬天，感觉那是春天要化开的冰。

阿伊莎把桶送了出来，她接过手将几个桶套在一起，卡在车腰踏板上，阿伊莎要帮忙，她没让。阿伊莎脸红红的，身上好像还有雾气在散。她看阿伊莎的样子，心里有些不高兴，本来车胎没气，想推到修车的地方打气，阿伊莎站在台阶上嬉笑着看她，她骑上车就出了市场。路过那个小房子的时候，一慌神，车头一歪，一下给摔了出去。车子滑出去几米外，她被甩在一边。好在戴着手套，只觉着膝盖一阵刺痛，往下一看，膝盖那里裤子擦破了。她气凛凛地看着几米外的车子，三个塑料桶滚到了路中间，还在被风吹着往下咯噔噔地跑。手机"叮叮"响了几声，是陌陌的铃声。

她没见过那个叫优素福的，陌陌上有他的头像，穿个细格子西装，坐在窗户前，侧头瞧着别处。他说他是个作家，给她发过他的小说，她看了一篇，写农村里头家里吵架的事，本来她觉得没多大意思，一看还给看进去了。她问过是不是真事，他说假的，小说都是假的。她不信，写得那么真，一定是真的。

铃声又响了几下。"咋不撞死算了。"她骂道。

叶儿古柏是四年前在新疆出的车祸。叶儿古柏拉电石，从新疆往河南拉。有一次路过家门口，她见了那东西，石头疙瘩，看着跟水泥一样。叶儿古柏说拉电石运费高，那东西见水就能烧起来。她问过，要是路上下雨，那不麻烦了。叶儿古柏说篷布盖得严，来回跑了几十趟，不会出事。叶儿古柏每次从新疆下来，到家门口，就会把电石偷一块，卖给当地一个私人化工厂，农用三轮车拉半车，能卖好几千块钱，省了来回的油钱。她让叶儿古柏别那么干，哈拉姆（非法的）钱，也是犯罪，迟早被人发现。有一次叶儿古柏出去跑车，晚上她梦到房子里堆满了电石，连她的床上都是一块块电石，屋子里还下起了雨，电石冒起白烟，剧烈地燃烧起来。她惊醒过来，热了一身的汗，当即就给叶儿古柏打电话。

　　出车祸那天，她正洗面做凉皮，一个跑车的朋友打过来电话，说叶儿古柏出了车祸，在新疆的医院抢救。她坐上火车，坐了二十几个小时到新疆。路上知道了出车祸的原因，叶儿古柏开困了，车子追尾，车头被挤得像踩过的易拉罐。叶儿古柏被人从驾驶室里拽出来，就擦破了点皮，但站不住了。她到医院看叶儿古柏好好的，还冲她傻笑，咋就瘫痪了呢？

　　在新疆住了半个月院，有个女人来看叶儿古柏，一个撒拉族女人，戴个咖啡色头巾，穿一身碎花旗袍，大高个儿，眉眼画得很重，打扮得很洋气，叫法图麦。法图麦说叶儿古柏和他的车队经常去她餐厅吃饭，很照顾她生意，算很好的朋友，听说叶儿古柏出了车祸，就过来看望一下。她头一眼见法图麦就觉得，她和叶儿古柏不简单。出院的时候，法图麦又来了，说怕锁飞燕一个人照顾不过来，反正也是闲着，过来搭把手。办出院手续的时候，锁飞燕看到了法图麦的手机屏，气得好一阵子呆呆站着没动弹。手机屏上是叶儿古柏和法图麦的合影，脸亲密地贴在一起。

　　从新疆回来的路上，叶儿古柏说撒拉女人的老公也是跑车的，出车祸无常了，带个娃娃很不容易，他们跑车的经常走那条线，去法图麦餐厅吃饭，一来二去就熟了。她那时候想着回家就离婚。叶儿古柏说了一路，希望她能原谅他，发誓赌咒，说以后不联系了，还当着她的面删了法图麦的微信和电话。回到家，她看着叶儿古柏蔫了，瘫坐在一边，像一堆旧衣服，她就把离婚的念头压了下去，觉得她那样做，很不仗义。医生当时说，只要好好治疗，可能会好。两年过去了，一点儿没好，两条腿反而枯干了，最后连屁股蛋子都皱巴起来，像干枣儿一样。给叶儿古柏看病，攒下来的钱花得跟流水似的，本来买房的钱也全搭了进去。叶儿古柏不看了，说看不好。她不放手，按着医生的交代，每天给他擦洗身子，用热水泡，再从脚指头开始一点点地捏、按摩。

叶儿古柏的药续不上了。以前一起跑车的一个小伙子欠叶儿古柏钱，叶儿古柏不要，说那人也没钱，不要逼人家。她没听叶儿古柏的，打电话要了一回，反被人家说了一顿，还说叶儿古柏活该，那趟车本来就不经过那条线，叶儿古柏是为了去看撒拉寡妇绕了路，才出的事。她又从其他跑车的那里确认了，叶儿古柏和他那个朋友都稀罕法图麦，两兄弟为了撒拉女人嚷过仗。她知道了，也不问叶儿古柏，只觉得自己的心也像叶儿古柏的下身一样，萎缩了。

她骑车刚到小区门口，哈小童背着书包走了出来。

"耳套子呢，天气冷了，别把耳朵冻了。"

哈小童"嗯"了一声，挪着步子走了出去。她推着车回身看儿子，瘦削削的身子板，宽大的校服下套着羽绒服，还是显大，被风吹着甩动，两条腿细细的，像是土豆上插着一双筷子。她忽而想到自己高中的时候，也是这般样子，怯生生的，可她想不明白，那时候为什么自卑。上学的时候，不论课间，还是放学，只要她出现在校园里，男生们就跑出来趴在护栏上瞧她。男老师看她的时候，眼睛不敢在她身上停留，都飘来飘去的。

她在亭子里把车放好，套好塑料桶上楼。刚走到楼道口，手机响了一声，她停下，脱下手套，拿出手机看。阿伊莎转来了钱，还有一条长长的语音，她点开语音听，阿伊莎说以后不做凉皮了，把店转让了，要去广州，有可能还会去香港。她听着语音，心里毛毛的，想着往后钱从哪里来。阿伊莎说去香港也不是假话，阿伊莎店里的小伙子她知道，给她打过电话，还加过微信，她没搭理。说在广东搞外汇，没上过学，只上过经学院，阿拉伯语和英语说得特别好，经常跑香港，和阿拉伯人打交道，走账，听说只要有张汇丰银行的卡，就能赚钱。被抓过，在香港坐过一年牢。每次都给人吹，说自己在香港坐过牢，当无比光荣的事说呢。锁飞燕点了收款，按着想说话，又松开，给回了一个笑脸。关了微信页面，她看到那个陌陌上的红点，点开看，他发的，一个"早上好"的小表情。

叶儿古柏已经醒了，坐在床上靠着墙看窗外，床头放着一个碟子，吃过的凉皮汤汁红红的。她放好塑料桶，拿出盆子倒了热水，端到叶儿古柏跟前，把轮椅推到床边，抓起叶儿古柏的双腿往床沿挪。叶儿古柏上身吃着劲儿，不动弹，斜乜了她一眼，回过眼珠子继续看窗外。窗外有只麻雀在树枝上，跳来跳去。她又扯了一把，叶儿古柏仍旧不动弹。

"你咋了？"

"没咋。"

"那你咋了？"

"我说没咋就没咋。"

叶儿古柏干脆躺了下去，侧卧着，仍旧盯着外头看。她朝外扫了一眼，麻雀飞走了。她就定定地看着叶儿古柏。

这一个多月来，隔几天，他就得来这么一回。她已经习惯了，就像习惯了每天晚上做凉皮，第二天早上送到市场，回来给叶儿古柏按摩，按摩结束做早饭，吃了早饭，给叶儿古柏熬中药的工夫，收拾收拾家里，洗洗刷刷就到了中午。中午吃过饭，她会推着叶儿古柏下楼，去小区转一转。头一年，她推着他还去远的地方，有时候去市里逛逛，有时候去市场上转转，还推到更远的田野里走走。离着高速公路口那里有个人工湖，头一年，她经常推他去那里散心，后来日子长了起来，就慢慢往回收，很少去市里了，从田野收到市场上，从市场又收回到小区附近一点点区域。

叶儿古柏仍旧不动弹，她手机响了，叶儿古柏瞧了一眼。她说是母亲打过来的，她问叶儿古柏想不想去，叶儿古柏别着劲不作声。她将要吃的药拿到床头，倒了一杯开水放好，将中药袋子泡到热水里热好。给车打完气，临走的时候给叶儿古柏转了几十块钱，留给他抽烟用，让他有事打电话，她赶晚上就能回来。

娘家离着不远，一个小村子，十几公里远，她骑电动车过去。她算过账，公交车5块钱，来回得10块，电动车充电的话根本用不了那么多。往后没有来钱的路数，她琢磨开春到市场上支个摊卖凉皮，有那种带罩子的小车最好，她可以推着叶儿古柏一起，就是那种小车恐怕得花不少钱。她又想到阿伊莎，人家怎么活得那么自在。这么一想，想到了奶奶。高三第一学期，她辍学了，奶奶天天嚷嚷，女娃娃，十七八了，在外抛头露面的，回来念经才是正道；还说她长得太妖，提早结婚，不然是个祸害。她不想退学，奶奶骂，狐狸精样子，早晚跟人跑了。她让母亲给说说话，母亲扫一眼她的打扮，骂："行了行了，你哥也没上多少学。"

有一次，学校里来了一个二流子，走进教室就大喊"锁飞燕"。教室里还有几个锁飞燕，都愣愣地站起身，不明白什么情况。那是奶奶给她介绍的对象，专门跑到学校里来看她。退学后，在家待了不到半年，几乎天天有人来提亲。十里八乡的人，她都没看上，最后选择了叶儿古柏。叶儿古柏那时候就在跑车，天南海北的，去过不少地方，人看着挺拔，个子高，眼睛亮，戴个墨镜，不笑的时候酷酷的，一笑就有些憨傻可爱样儿，衣服也穿得好看，像一个她喜欢的香港男明星。说起来也是巧，她前脚定了亲，后脚奶奶就走了；她前脚结婚，后脚哥哥也结了婚，就是把她的彩礼钱，挪给另一个退学的女娃。

骑了一路，脚下的路就是她上学时走过的路。车子拐过一个山丘，远处还有一道道积雪。她被吹得有点儿冷，还有沙子打过来，于是她勒了勒头巾。村子在山坡后头，周围是一片沙漠。她挑眼朝一侧看，那里有块林子。小时候她就奇怪，周围全是沙漠，干干的，黄黄的，唯有那一块地方，长着一片大大小小的树。以前上学走累了，就去林子里坐一会儿，周末放假，走到那里，也会在林子里转转。不论是回来，还是离开，只要看过去，夏日里，一片赤黄之中，它绿绿的一片，像是被人扔掉的一块绿色的小毯子。一到冬天，落了雪，沙漠被雪覆盖，林子看着更奇异，一片雪白里，它乌黑黑的一小块儿。

下过霰雪，沙漠里一道道黄白，像羊肉，白的是脂肪，黄的是肉。雪在沙上面的时候，风吹着雪跑，将雪盖在一边的沙上；沙在雪上面的时候，风吹着沙跑，将沙盖在一边的雪上。它们就这样嵌在一起，一缕缕，一步步，一层层镶嵌铺展，吹进那片林子里。她跟着滚动的雪和沙走了进去。

太阳姜黄的一圈，像摊鸡蛋，晒到人脸上暖暖的。她在林子里走了一会儿，踩了踩脚下的雪和沙，发现它们踩不到一起去，散散的。她蹲下身拿根枯树枝搅了搅，它们像细盐和沙子，各是各。她抓起一把往下扬，白雪和沙子一缕缕掉下，堆在一起。她又抓了一把，紧紧捏在手心里，等手心里有了凉意摊开看，这回它们糅合到了一起，湿漉漉的。阳面有一棵大树，它以前就在那里待着，她走过去靠在那里晒了会儿太阳。她小时候喜欢看太阳，闭上眼，眼前一片通红。她觉得好神奇，竟然能看到自己的肉，她就对着太阳睁眼，闭眼，闭眼，睁眼，只觉得那一层梦一样的色彩暖暖的。她看到那一片红之中，有个暗影儿朝她走了过来，越走越近，越走越近。她拿出手机，打开那个软件，想打字儿，又犹豫，随意拍了一张树杈发了过去。

进了院子，院子里跑着几个小孩，看到她骑车进来，愣了一会儿。她解下围巾，孩子们认出了她，嚷嚷着，喊着"姐姐"拥到她跟前，捉着她的衣角扯。都是亲戚的孩子，哥哥的，堂哥的，堂弟的，表姐的，表弟的，一大堆。他们稀罕她，每次看到她，都高兴得不得了。有一回，有个表姐的姑娘，六七岁，跟着她前前后后转，一直管她叫姐姐。她说，不是姐姐，是姨姨。人家愣是不叫，一直叫姐姐，惹得其他孩子都叫姐姐。大人骂，叫乱了辈分，小孩们根本不管，一直叫姐姐，叫的时间久了，也就没人管了。这会儿院子里飘满了各种脆生生的"姐姐"。

嫂子从厨房出来，掀开门帘看到了她，冲她憨笑。

孩子们拥着她走进屋子。屋里男男女女、大大小小、老老少少都在，大概是听到屋外叫姐姐的声音就知道她来了，十几双眼睛安安静静地等着，年龄小的辈分小的纷纷起来给她让座。母亲忙着收拾羊肉，提着菜刀转身只扫了一眼，看她一身灰扑扑的打扮，没作声，转身"咔咔"剁羊肉。

有个姨娘喊她过去坐，她走过去坐下，姨娘顺势捉过她的手挼捏，盯着她的脸，嘴里啧啧啧个不停。有几个堂姐妹在省里工作，有老师，有公务员，有公司里上班的，此时站在一旁静静看着。人家都收拾得挺隆重，她则穿着日常的衣服。她不怎么打扮自己，但凡稍微打扮一下，就很容易显得妖，她不想太惹眼。那几个姐妹，时不时扫她一眼，即便都是自家亲戚，都知道她的生活，每次聚到一起，看她的眼神还是带着好奇和距离。有几个亲戚问叶儿古柏怎么没一起回来，她说他不想来，也不方便。那些亲戚又说一些叶儿古柏的事故和腿脚之类的话，每回都是一样的说辞，变动不大；之后再问问哈小童的学习，上几年级了，学习好不好；最后又夸回她显年轻，咋长的，别人都越长越老，她倒好，好似从没变过，反而越来越年轻了。等亲戚们把她家的事儿揉碎掰烂，聊透了，几个姐妹终于将她和她的生活融到了一起，好奇的眼神淡回去了一些，才能凑过来跟她说几句话。

嫂子在一旁洗羊下水，她想去帮忙，嫂子不让，连连说："你别动，脏了吧唧的，你做不了这种活儿。"

母亲回过身说："你把她供起来算了。"

嫂子还是不让她干。嫂子胖胖的，脸红红的，走起路来像只大鹅，嘴里总是呼呼喝喝地喊。要是看着她了，就憋着个脸笑起来，有些腼腆样儿。印象里，除了结婚那天，她就没见过嫂子穿过有颜色的衣服，一直是灰扑扑的。她刚结婚那会儿，有些讨厌嫂子，不喜欢她看起来邋里邋遢、急切切的样子。她离开学校，离开家；嫂子也离开学校，来到这个家。后来每次家里过事，喊她回来，嫂子都不让她干，就自己吭哧吭哧忙活。母亲嚷嚷过好些次，但嫂子仍旧不让她做。要是看到她去扫个院子，或者洗刷碗筷，嫂子就赶紧跑过去，夺过手，把她推到一边，一副生怕抢了自己工作的样子。她想不明白，明明嫂子都知道，她做凉皮，啥脏活累活都干，可是到了嫂子这里，嫂子就觉得她不会做这些事，应该缓着，休息着，只等着享受现成的就好。

她对嫂子说："咱俩一样，你能干的我也能干。"

嫂子对她说："不一样，不一样。"

她对嫂子说："哪里不一样？"

嫂子对她说："哪里都不一样。"

这会儿，几个男亲戚坐在一边，低声说着话，一会儿讨论沙特和伊朗握手的事，一会儿又说巴勒斯坦和以色列打仗的新闻。男人们多是姐姐妹妹的老公，大声聊天的工夫，眼睛在她身上滑过去，滑过来。贴着她的姨娘80岁了，补她的黑色头巾，拿针穿线，眯着眼睛。她以为会很费劲，想拿过来帮忙，人家不让，很利落，一下就穿过去了。母亲在一边剁羊肉，她看着母亲手起刀落，咔咔响，将一块块羊肉剁好，红红的、软软的堆在一边。不知道怎么回事，这一回她看得有些揪心，感觉瘆得慌。

中午的时候，烩菜、烩肉、油香、馓子在盘子里随着人影来来去去，厨房里谷堆堆的全是人，但凡刚进来的，都要瞟她好几眼。散乜贴的时候，一个亲戚阿伯开玩笑："哎哟，仙女儿回来啦，又俊了，有对象了吗？"

一屋子人哈哈笑，母亲反倒硬狠狠地白了她一眼。

大屁股电视响了一整天，没什么人看。她没事儿做，干盯着电视——张曼玉穿着旗袍在昏暗的楼道里走。她没看过这个电影，也不喜欢张曼玉，上学的时候就不喜欢。那时候班里女生都有喜欢的香港女明星，她喜欢杨紫琼，酷酷的，也喜欢一个叫邱淑贞的，但不敢明着喜欢，觉得她太妖了。要是有同学问起来，她喜欢哪一个，她都说张曼玉。她有个笔记本，上面贴满了张曼玉的图贴，张曼玉那时候肉肉的，一笑还有个虎牙。眼前的张曼玉她没见过，让她有些迷愣，不知道那是不是张曼玉。她看着"张曼玉"，"张曼玉"点燃了一支烟；"张曼玉"袅袅婷婷地走上昏暗的楼梯；"张曼玉"和男主坐在餐厅里吃饭；"张曼玉"们在昏暗的街上说着话；"张曼玉"们沿着昏暗的小道走了出去……电影音乐响着，她心里忽而空了一下，像是有风呜呜地吹进去，有沙子和雪搅拌在一起，热热的，又冰冰凉。

天擦黑了，嫂子让她第二天再走，晚上天气冷。她还是得回去，叶儿古柏一个人，哈小童晚自习回来也得吃东西，还得回去洗面，做凉皮，不知道阿伊莎今天凉皮卖得好不好。她拿出手机看，阿伊莎一般会在傍晚说第二天需要的凉皮数量。她打开手机看到聊天界面，这才想起来，阿伊莎说不做了。

晚上风大，冷得厉害。她骑着车，在曲曲弯弯的小路上走，好几次风把头巾吹开，她停下车系好。骑一会儿，又被吹开，她就再系好。不知道怎么回事，总是系不住，来来回回好几次。路过那片林子的时候，她停下车，干脆给打了个死结，绑得死死的。她瞧了一眼侧旁的林子，在夜色里，在起伏柔曼的沙丘上，毛茸茸的。

到家已经8点多了，哈小童在客厅角落的小书桌上写作业。里屋传来手机声，叶儿古柏在刷手机。头巾勒得有点紧，她往下解，却怎么也解不开了。她走到门口，对着墙上的小镜子解，低头弄了半天，还是没解开。她喊哈小童帮把手，哈小童放下笔走过来，站到她跟前，对着她解。她看着儿子，跟她一般高了，眉毛浓浓的，睫毛长长的，微微呼着气。哈小童小学的时候，她去开家长会，学生和老师们站在一边瞧着他们母子。等哈小童到初中，她只去过一次家长会，男孩子们纷纷跑出来看她。后来哈小童不让她去了，她自然知道原因，青春期的小伙子们，总有些不着调的幻想，嘴上还没个把门的。

她抬手摸儿子的脑袋，哈小童把头撇开，说："解不开。"

"啥解不开，过来，我看看。"叶儿古柏在里屋喊话。

她走进卧室，叶儿古柏坐在床上。她坐到床沿，背对着叶儿古柏，叶儿古柏手在后头窸窸窣窣好一阵子，也没解开，问："谁给你系的？咋绑得这么死。"

她也懒得解，返回去厨房热从娘家带来的烩菜，叶儿古柏和哈小童说他们吃过了。她关了火，搬出盆子准备和面做凉皮。舀了面，倒上水，这才又想起来，哦，不做了。她一时有些茫然，在厨房里站了一会儿，走到客厅里又站了一会儿，又返回厨房看了会儿蒸盘、盆子，大大小小的调料桶，都摆放得整整齐齐，干干净净。她就坐到沙发上，想看一眼电视，那个电影是从半道看的，不知道会不会重播，她想看看那是不是张曼玉。这么想着，抬眼就看到了假花篮，继而眼睛在黄黄的长方形印记上绕了一圈。

哈小童觉得她有些奇怪，侧着身子静默地瞧她。

"解不开。"她说。

哈小童收拾了书本，懒懒地回了屋子，关了门。

她解不下来头巾，去卫生间洗漱，放开热水，往下蹲身拿盆子的时候，膝盖有点疼。她插上插销，脱了衣物，看到早上擦伤的地方，结了痂，刚刚的一蹲身，痂裂开了，一缕血丝，从小腿像一根线头一样滑了下去。朦胧的雾气里，她看到镜子里只一卦头巾，就又解了解，仍旧没解开。

不到5点，她就醒了。下了床，走到客厅，才又想起，哦，不用做凉皮了。那个铃声响了一下，她点开看，还是老样子——早上好。昨天她发了干枯树权的照片后，他分行写了一段字，可能算一首诗。她点开他的头像看了一眼，他换了头像，直直看着镜头，她放大看，一直放大到模糊，虚得已经看不出眼睛了才松手。她看窗外天还黑着，一片墨蓝，墨蓝穿过护窗，海水一样涌了进来。她又点进自己的主页看，她没有写名字，软件给了她一长串编号；她也没有照片，但年龄和性别她填了。她点开灰白的头像琢磨了一阵，在相册里找了一张最普通的照片，传了上去。软件显示设置成功，她心里一阵痉挛，又仓皇点击要换掉头像，这时，他回过来一条消息，几个惊恐的表情。她手不禁抖了一下，握紧了手机。"叮叮"又是一声响。她感到一阵蜂鸣，那声音好似是从地底下传上来的，钻过她的脚心，顺着小腿，像一条小蛇游过腹腔，一路爬到她心头，最后变成几个回复的字，在她眼前萦绕扑飞。

他紧接着发了一个地址，是城里的一个饮品店。

哈小童拉开门走了出来，看到她站在窗前，侧对着墨蓝色的天空，像是要融进那蓝色里去了。

她笑着拉了一把头巾，说："解不开。"

吃过早饭，哈小童收拾书包，她在厨房收拾碗筷，哈小童问他的耳套子在哪里，一直没找见。她洗碗，让他翻翻柜子找找。她突然一哆嗦，水柱打在碗背上，水花像把小伞一下散了出去。她心惊胆战地转过身去看，哈小童手上提着一个小的粉红色塑料袋，正探头朝里看。她赶紧别过身洗碗，将碗筷拨得哗啦啦响。

"我想起来了，我耳套落学校了。"哈小童突然大声说。

"哦，那就好。"她没敢转身，搓着一把筷子，哗啦哗啦响。

"我走了。"哈小童声音更大了。

"要不我骑车送你？"她仍旧没转身。

"不了，不冷，走两步就到了。"哈小童的声音朗朗的。

她听到门响，传来哈小童下楼的脚步声后，这才心颤着转过身看柜子，柜子关了。她在围裙上擦了擦手，走到柜子前，打开柜子。里面的衣服叠放得整整齐齐，像是没有被翻过。她探手扒拉开衣服，粉红色的袋子压在最下头。

吃过午饭后，叶儿古柏说想下楼走走。她推着他下楼，在小区里转了转，叶儿古柏还想去街上走走，她就又推着走出小区。两人默不作声，她静静推着，只一步步往前走。叶儿古柏想去湖边走走，她说太远了，冷得很。叶儿古柏抓着轮椅轱辘自己滚了起来，她就又使力往前推。

天空阴霾，西北风像巨大的梳子，一阵阵的，梳着干枯的柳树枝晃动。

叶儿古柏往后仰着头，看着她，说："你推我一把我试试。"

她使劲儿推了一把，轮椅快速往前走了几米，速度刚放慢下来，叶儿古柏就加紧又往前搓一搓轱辘。两人走了好一阵子到了湖边。湖水外围一圈已经冻上了，只有湖心还开着，被风吹着，远远地能看到水波翻动。她手机"叮叮"响了几声，叶儿古柏昂头瞧了一眼她。她弯下腰身给叶儿古柏盖了一下腿上的毯子，说等开春了，想找个二手的小摊车，到时候就到集上去卖凉皮。叶儿古柏搓了搓轱辘，靠到湖边扭转回轮椅说："咱俩离了吧。"

"要离早就离了，能等到现在?"

"我想一个人坐一会儿。"

她把轮椅往后扯了一把。

"放心，我好得很，没那么想不开。"

"我能干啥去?"

"转转去，哪里都行，"叶儿古柏咧嘴笑得有些恓惶，"算我给你放个假。"

叶儿古柏静静看着她，眼神里有一种决绝，说："真的，放个假。"

"我也看会儿水。"

"你让我一个人坐会儿行不行?"

叶儿古柏扭过脸没再看她，眼神眺得远远的。远处湖畔的树一溜延伸出去，黑黑的一层，在灰蒙蒙的天底下，像他脸上细细的胡楂。

她家在城西头，以前算是镇子，后来和城里慢慢给连上了，化成了一个新的区。奶茶店在市里头，靠城东边。她坐了一趟公交，小城很小，公交车走走停停，一顿一顿的。她坐在最后一排，快到站的时候，她拿出手机，掏出一支口红描了描，手抖得歪出去了一点，她赶紧拿起头巾的一角擦了擦。车子到站，她下了车，在公交站牌下站了一会儿，倒了几口气。奶茶店就在不远处，能看得见招牌。她路过一溜车子的时候，停住脚，在车窗上看着自己的影子。她想了想，把头巾掀了下去，让有些微卷的长发铺下来，她拢了拢，收了收。头巾挂在脖子上，像块丝巾，她用力往下压了压，呼出的白汽一下多了起来，像冬日里牛的喷鼻。她已经看到他了，坐在窗边。

小店很小，比她的房子大不了多少。他站在桌后，冲她笑了一下，有些腼腆，比她想象中的年轻些，30岁出头。他错过身子，走了出来，将对面的椅子扯了一把。

"感觉要下雪。"他声音有些紧，像拧了一把发条。

她坐下身，看到桌上高腰玻璃杯里有饮料，她用手握了一下，暖的。他怔怔地看着她，她紧张地撇过头看着映在玻璃上自己的脸。玻璃上一层水汽，有水珠一丝丝滑下来，她的脸嵌在玻璃和水汽之间。朦胧中，她看到脖子上的头巾的一角又翘了起来，正想要用手压下去，手机响了一声。她赶紧拿起来看，是他们三人的家庭群，叶儿古柏发了一张照片，拍的是还没冻上的湖心，镜头推过去拍的，照片有些虚。雾气迷蒙的玻璃里，她一手压着头巾翘起的一角，目光聚拢在照片上——模糊的水波里有三个小黑点儿。

她知道，那是冬天里，湖里游泳的野鸭。

杨乾，作家，编剧，导演，宁夏海原人，有中短篇小说见于《天涯》《莽原》，有作品转载于《北京文学·中篇小说月报》。曾获莽原文学奖、第十一届科幻"光年奖"，长篇小说《羊路》获"《鲤》·伏笔计划"首奖。

呦呦鹿鸣

◎吴 越

一

多吉把我从火车站捞出来的时候，我正站在一道铁栅栏旁找出站口。不知道怎么形容，从来没来过这种小地方，没有检票员也没有安全门，原来踏上月台的那一刻，手里那张火车票就已经达成了全部使命。

多吉拍了拍我的肩膀："我的朋友，放轻松。"他说几年不见，我好像还是那样，做起事来一板一眼的。

我也不客气地说："你倒是更随性了，又胖了不少。"

多吉就像鸭子那样爽朗地大笑："这不怪我，怪这里的地三鲜太香了。"

从火车站到多吉的驻地还有 30 里地，那是一个比这 K 字头的火车都不会停的小站更偏僻的地方。我坐在多吉小电驴的后座上，他很小心地避开了大部分小路上的坑坑洼洼，但我还是有一种五脏都摇匀了的感觉。

多吉说，总有一天他会请我坐一次拖拉机，他第一次来的时候，抖掉了半边屁股。突突突突，像小时候街上做炒米糖的机器。

"你坐过炒米糖的机器吗?"他的语气欢快。他总是兴冲冲的,令人嫉妒。

"太适合你了,特别适合胡思乱想。"

我就这样一路胡思乱想地跟着多吉到了他的驻地,他推开红砖瓦小院的门,露出空旷的营房。

我很惊讶:"这里居然就你一个人吗?"

"你以为?我们可是人手很紧的!"多吉瞥了我一眼,"现在你来了,正好给我搭个伴儿。"

我算是明白了,为啥多吉会不遗余力地怂恿了我大半年。一时间有种莫名的失落涌上心头,我那时是真的觉得,也许这个世上没有我存在的位置。

多吉像是看出了我的心思:"来,我给你点好东西!"他拉着我往院子的后面去,甚至没让我先把行李放下,我们蹚过好几条小溪,穿过云杉、红松和白桦的小树林,爬上一个山包。顺着多吉指的方向,我的眼前突然温热地一亮,满眼都是绵延的群山、森林与沟壑,那一瞬间,我心里仿佛有些东西被放下了。

"你看,这是长白山!"他笑嘻嘻地说,"现在,这都是你的了!"

然后他认真地看着我,眼睛里有星辰的光彩。

"阿朗,你也会喜欢上这里的,我保证。"

二

老实说,我觉得多吉的保证跟他之前所有的忽悠一个德行。

当天晚上，多吉就出去工作了，他说，他忙着去给母猪接生。他让我老实在家待着，如果嫌闷，就去他之前带我去的山麓，那里有他垦出来的几畦菜地。他是这样说的："你也不用因为自己白吃白住啥也不干感到内疚，毕竟我们团队经费有限嘛，那些菜很大程度上可以降低我们的生活成本，让我们为更多的乡亲做贡献，所以没关系的，放松些！"

多吉狡黠地笑了，露出脸颊上胖出来的两个酒窝。我仔细反刍多吉下午的话，恍然大悟，原来是"现在，这（些活儿）都是你的"。

没办法，第二天一大早，我便出门了。

我循着昨天的道路经过小溪和树林，路上还碰到了一群嘎嘎乱叫的鹅，昂着头把水花拍得到处都是。有羊倌跟我问好，我也只是很拘谨地点点头。像是在逃离那些陌生的声音，我匆匆赶往山上，终于在群山之间，找到了那片静谧的田地。

那里种着乱蓬蓬的豆角、没有掰穗的玉米，还有一些长成了野草的香菜与小葱，一眼望去，跟陶渊明种在南山下的田似的，和鲁迅笔下的百草园也有一拼，不过应该的确很久没人来打理过了。多吉说，初夏是他最忙的时节之一，辖区里有30多家养殖户超过700头母猪巴望着他，看来确实没有夸张。

我花了些力气，把丝瓜架子上的破篾席拆了下来，就着阳光最好的空地一铺，便躺了下来——别开玩笑了，谁会因为多吉的几句话内疚啊，我只想在阳光下面好好睡一觉。

不得不说，长白山的阳光有种别样的魔力，晒在身上暖洋洋的，就着泥土和森林的香气，我不一会儿就云里雾里地进入了梦乡。到了上午，竟然还有点燥热。我迷迷糊糊地蜷缩起了身子，把席子像睡袋一样裹在身上。我猜我那时的模样应该挺隐蔽，不然也不会把傻狍子招了过来。

就在我睡得正香的时候，隐约听到身边有些窸窸窣窣的声音，听起来像是谁在大家午休的时候偷偷摸摸吃饼干，在我们那儿是常有的事儿……等等！我突然反应过来，我现在不在大城市的写字楼里，我在长白山，身边有一只饥肠辘辘的东北虎这很合理吧？这么一想，我的睡意与燥热全无，冷汗瞬间就下来了。

我的心怦怦直跳，用尽浑身细胞来感知这不速之客的动静。兴许是闻到了一丝陌生的气味，它似乎也小心翼翼地在我身边来回踱步，把田里的杂草踩得叭叭响。我想象着它狐疑的目光，隔着这张破烂的席子同我博弈。我越发感到惶恐，如果它嗅觉灵敏，那么发现我就是迟早的事了。

过了一会儿，那东西的胆子似乎大了些，甚至在我的头顶薅草来嚼。薅草？那一定不是什么猛兽了，我这样想着，但即使野猪也是很危险的。还是一鼓作气把它吓跑吧！我打定了主意，于是猛地把身上的席子一掀，张牙舞爪，发出"啊——"的一声怪叫。

果然奏效了！那只出现在我眼前的、身形小小的、有着板栗色毛皮的小家伙四腿一软，一个劈叉坐到地上，随后又像根弹簧一样蹦起来，飞也似的逃走了，像极了动画片里的滑稽场景，边跑还边发出怪叫。

我想过多久我都不会忘记那个神奇的场景。

它一边卷起飞扬的尘土，一边叫着："汪！汪！"

三

"有一种小鹿，"我把正在家里补觉的多吉拍了起来，他揉着惺忪的睡眼，一脸生无可恋地看着我比画，"这么大，这么高，会狗叫！"

多吉歪着头思考了片刻："噢，傻狍子啊！"

原来那就是狍子，从小在课本里学过童谣"棒打狍子瓢舀鱼，野鸡飞进饭锅里"，今天算见着了。

"你看，'狍'字和'狗'字多像，所以咱们的老祖先多有智慧啊！"多吉解释说，他又打趣道，"不过野生动物是很少会到人类的地盘上活动的，看来你和长白山挺搭，这么快就交到朋友了。"

谁要和傻狍子交朋友？肯定是多吉太久没打理菜地，荒芜到被野生动物占领了。

我虽然满口这样说着，心里还是莫名涌过一丝暖意。有个傻朋友不是坏事，我有过很多顶顶聪明的朋友，可是现在，肯陪着我的还是傻里傻气的多吉。

我隐隐有些期待再次遇到那只傻狍子，我甚至细心地拔掉野草，多种了几丛香菜。可惜事与愿违，一连好几天，那个板栗色的小东西都没有再出现。

"你的刻板印象太多了，狍子也没你想的那么神经大条，它们是很机敏的，不然也不能在大自然里存活下来，"多吉安慰我说，"没事的，咱长白山好朋友多的是，下次我给你带一只人参炖鸡！"

现在回想起来，多吉的话是有道理的。后来我多次上山，听到好多种动物的叫声，可除了自信能够逃走的松鸦，我几乎没有看见过其他动物。

在大自然里生活，果然不是容易的事情。

再次见到它，时间过去了一周多。那天我正在田里加固丝瓜架子，透过歪斜的栅栏，我就看见了它。

傻狍子到底是傻狍子，它直直地站在离我50步开外的地方，歪着头愣愣地看着我，那时我心咯噔一下，却佯装很镇定地继续绑着铁丝，我害怕又吓跑了它。

可事实上，我的担心纯属多余，见我没有反应，它径直走到我跟前来，我按捺住心里的激动，任由它朝我上下打量。那是一只歪嘴的狍子，尖下巴黑鼻子，面相有点像袋鼠，它睫毛很长，在阳光下泛着微光。它从上到下把我看了一遍，然后从我脚边熟练地薅起一把香菜，卷进嘴里。

我没有忍住，把手轻轻地放到它的头顶，不想这下像是摁到了它的"开关"，狍子反应过来，连眼神都变了色彩，它重复了一遍上次那个四仰八叉的动作，又没命似的逃走了。

望着它绝尘而去的背影，想着之前它一定是把我当成不会动的稻草人了，所以才大起胆子走过来的，傻狍子就是傻狍子。

"狍子的嘴都是歪的吗？"后来我问多吉。

多吉说："那倒不会，不过狍子抢地盘是会打架的，而且特傻劲儿，落下什么伤都不稀奇。"

"你那个狍子，兴许是没打过人家才不得不到人的地盘上谋生，你得对人家好一点。"多吉说着，特贫地瞅了我一眼。

好吧，傻里傻气的朋友有时候也不见得好，特别是当你有两个的时候。

四

我也说不好那只傻狍子是什么时候变得信任我的，等我回过神来，它就已经赖在我的菜地，香菜和豆子叶也从此保不住了。

我给它取名叫小鸣，因为我发现它只有在遇到危险的时候才会发出狗叫，大部分时候，它的叫声都是"呦呦"的，呦呦鹿鸣。当我告诉多吉的时候，他露出一脸震惊。

于是我得意地说："你的刻板印象也太多了吧！"

那时我到长白山也差不多有两个月了，我渐渐习惯了这里，熟悉山林、熟悉田地、熟悉流水和嘎嘎叫的鹅。

夏天的东北是很舒适的，这里有微凉的风、甘甜的泉水，不像我在写字楼的时候，指着中央空调和外卖咖啡活着。短短两个月，大城市的生活已经像一个埋藏在远古的梦，变得无比遥远。

小鸣会在每天上午太阳最好的时候过来，它悄无声息地从附近的山上下来，装出很随性的样子，先是嚼着那些粗粝的野草。"哟，小鸣！"我跟它打招呼，它就抬起头来，朝我努努歪掉的嘴，好像在说："哟，赶巧！"

它最喜欢豆子叶，其次是香菜，我给它掰下来的玉米穗和黄瓜，它也不挑，吃啥都香，鼓着腮帮子满嘴吧唧响，活脱脱一个四条腿版的多吉。

不过它不会从我手上吃东西，要我放在地上它才过来，我知道这是好事，它是野生动物，不应该与人太过亲近。

话虽如此，我却忍不住想再靠近些。我摸它不太光滑的毛皮，有点像起了球的毛毯，它在心情好时也会用不太灵光的脑门顶我的膝盖，像个大号的傻狗子。

我与小鸣的关系日渐亲密，有一天多吉炒菜的时候，发现茄子上有一个牙印。

"我说阿朗，要不你把你的狍子请家里来，我请他喝冰镇可乐？"多吉阴阳怪气地说，我知道他又在贫嘴，没有搭理他。

多吉嘟嘟囔囔了一会儿，突然叹了口气："阿朗，我知道这原本是好事，但我得提醒你，和野生动物相处最好得有边界，这是对你好，因为它们……是很脆弱的。"

我的眼神不经意间暗淡了一下，我又何尝不知道呢？

小鸣的领地范围，大概包括了我菜地的山麓以及门前两座大山的前山。多吉说，长白山的狍子有很特殊的习性，它们既群居也散居，一大片山里也许是一个群落，繁殖季节聚在一起，其他时间各占山头。我问："什么时候是繁殖季？"他说："就是现在，所以你的傻狍子大概率和咱们一样，都是单身，什么时候叫上它来家里好好唠唠？"

我跟他说："闭上嘴，好好工作，生你的小猪。"

秋天的长白山是一片色彩斑斓的世界，头顶是蓝天和白云，身边是黄的和红的树，地上有落叶和被松鼠搬空了松子的松塔。

我带着野餐篮子，跟着小鸣上了山，第一次真正走进它的"家"。

"小鸣，把你身上的毛借点给我呗？我用苹果和你换！"

小鸣开始换上越冬用的长毛，看起来要比夏天胖不少。它歪着头瞅了我一眼，继续啃着地上的草。那时，它依然不肯吃我手上的食物。我也依旧不能摸它头顶中间的"开关"，那样它还是会立马劈个叉，然后逃出几丈远。

不过没关系，我知道我们已经是好朋友了。

森林的深处时不时会传出汪汪声，小鸣会抬起头来回应，我知道那是它不愿露面的伙伴在警惕地呼唤它，山上来了我这个"不速之客"。我至今对狍子的这种粗犷的叫声耿耿于怀，仿佛一名少女拥有了腾格尔的嗓音般违和，不过多吉告诉我说，雄狍子的头上会有一对角，看上去要和这种叫声搭配那么一点点。

这么说，我的小鸣确实是一名"少女"。

我和小鸣漫步在山林里，阳光透过树叶斜缝展现笑容，灰尘与落叶飞舞，身边围着几只松鸦，树深时见鹿，溪午不闻钟。那场景，真的让我有点误入仙境的错觉。

松鸦是特别好奇的动物，它们围着我们打转，歪着头研究我的鸭舌帽，小鸣用嘴巴拱出来两个松塔，这大概是松鸦们藏起来的越冬食品，遭到它们哇哇地抗议。有个胆大的，竟然蹦蹦跳跳走过来，从小鸣的屁股上薅了一把毛。

"你干吗，你干吗？"说来不信，我居然对一只松鸦发了火，我那真跟心疼闺女似的。

松鸦昂起白色的喉咙，跃跃欲试地左右蹦跶，像个等待上场的拳击手，仿佛已做好准备同我"吵架"。

我挽起袖子，准备接下它的战书，就在这时，一道黄色的身影闪电一般扑来，那只松鸦甚至来不及惨叫，便已经丧生在利齿之下。

"啊！"我吓得大叫，周围其他的鸟儿也哇哇叫着逃命去了，森林里灌满了翅膀的扑腾与哀号。那道黄色的身影停下来，缓缓朝我回过头，那是我第一次见到这种动物，黄色的身体和黑色的脑袋，光是那种配色便让人警觉，它大概只有猫的大小，眼神却闪着凶狠的寒光，不输给我在电视上看到的豺狼。它毫无惧色地与我对视，坦然又狡诈，竟让我心里生出几分寒意。

"嗖——"等我回过神来，它已经叼着猎物不见了，我惊魂未定地回头，小鸣也不知道什么时候逃得无影无踪了。

五

"那是蜜狗子！"多吉说，他的神情难得显出几分严肃，"那是长白山的顶级杀手之一。"

"顶级杀手？"我有些难以置信，即便它捕猎的样子确实凌厉又凶狠，但毕竟只有猫的体型，说出来谁信？

"你可千万千万千万不要小瞧它们！"多吉加重了语气，"蜜狗子的战斗力是非常恐怖的，它们甚至能够捕猎野猪。"

"捕猎野猪！"我结结实实吓了一跳。

"转圈、佯攻、锁喉，一气呵成！"多吉对着我的脖子瞎比画，要我相信蜜狗子的厉害。

我说，我看见蜜狗子一招就把松鸦给制住了。

多吉说，好吧，其实这也是当地猪场的老乡告诉他的，他们说刚开始成立猪场的时候，有段时间蜜狗子经常半夜下山来偷家畜，偶尔还会伤人，为此当地政府花了极大的精力，好不容易才让它们记住了人的气味，现在这一带的蜜狗子通常都离人远远的。

多吉顿了顿，他看了看我的眼睛，又补充说："但是狍子，是在它们捕猎范围里的。"

我一听就急了："那政府不管管吗？狍子可是保护动物！"

多吉撇了撇嘴："蜜狗子也是啊！狍子是国家二级保护动物，蜜狗子也是国家二级保护动物！"

有一种莫名的无力感，爬上我的身体，见我这么失落，多吉拍拍我的肩膀："我们人类啊，只能管住我们自己，而大自然，有自己的道理。"

初冬就这么来了。第一场雪落在十一月，落雪声很轻，像笔尖落在纸上的声音，我裹在被子里听了一夜簌簌的落雪声，在梦里写了一封不知道寄给谁的长长的信。第二天推开门时，长白山已经是真正的"长白山"了。

我想出门去山里，被多吉给拉住了："大雪天瞎跑啥哩？给你家傻闺女点私狍空间不好？"

彼时我已经差不多有半个月没见到小鸣了，我给它留的豆子叶，都爬到了丝瓜的篱笆上。多吉说，不必担心，现在是长白山狍子最后的繁殖季，要是弄得好，来年我就能当姥爷了。

雪比想的要更大，大雪总在晚上来，飘了整整三宿，大雪直接封了山，我去前山转悠的时候，看见了好几棵被风雪压倒的桦树横躺在山坡，树根突兀地翘起，带着黑色的泥土，成为雪白世界里的唯一一点异色。

大雪落完的第二天，小鸣回来了。

它傻傻地站在我的菜地里，前腿内八，后腿外八，四条腿各管各的，它用鼻子在雪地里来回拱了一会儿，就站起身来发愣，似乎是在思考着这里丰盛的豆子叶、香菜、茄子、丝瓜和黄瓜都去哪里了；又过了一会儿，它的四条腿各自开动，往雪地里刨起来，我以为它是在刨大雪埋起来的豆子叶，虽然那十有八九已经冻坏不能吃了，没想到它刨了个大坑，顺势躺了进去。

我没忍住笑起来："怎么，你也准备躺平了吗？"

我走到它的身边盘腿坐下，摸出身上的半张馕分给它，不等我掰下来，它就拼命把歪嘴伸到我面前狼吞虎咽起来，鼻子里的水汽喷了我一脸。这是小鸣第一次从我手里吃东西，大雪封山，山里的生活应该很不容易吧！

我怜爱地摸了摸它，换上冬装的毛皮手感比夏天好了不少，蓬松又暖和。一路打量下来，我忽然发现小鸣腰上的毛缺了一块儿，再仔细一瞧，眼眶上也有一片淤青。

"又和谁打架了吧？真是！"我点了点它的鼻尖，"要不，咱别去山上了，就住在菜地里？"

我小心翼翼地同它商量，宛若真的在同自己叛逆的女儿谈判。

"呦呦！"它把头甩到一边去。

小鸣没有住到菜地，但一整个冬天里，它会时不时过来，从我这里讨东西吃。我也不厌其烦地去赶集买来包菜和胡萝卜带给小鸣。

不用想，多吉那嘴又碎上了："说种菜补贴家用，咋还整倒贴上了？这日子没法过了！"

我没有搭理他，默默地把白菜炖猪肉里的白菜又抠出来半棵。

六

转眼便过年了。

长白山下的小镇，不像城里到处挂着彩灯，但皑皑的白雪与树上冒出的芽苞似乎有一种别样的年味，那是告别严冬，迈向春天、迈向生机的气息，是在城市的霓虹灯里体会不到的。

多吉问我："你不回家吗？"

我摇摇头，如今哪儿才算我的家呢？

我问多吉："你呢？"

他理直气壮地瞅了我一眼："回家？这会儿可是母猪怀崽儿的关键时候，我走了，谁给它们授孕呢？"

这话讲完我和他都沉默了。

最后还是多吉自己打破了沉默："走吧！反正你也闲着，陪我去工作？"

我是第一次知道，原来给母猪配种是这么麻烦的事儿。

我站在猪圈外边，抱着手提录音机，里面播放着据说是公猪的叫唤声，伴着多吉戴着厚乳胶手套的右手，缓缓伸进母猪的肚子里，"吼吼！"母猪一阵哆嗦，后蹄一抬，扬了多吉一身猪粪。

那场景，我是多么不想说给别人听。

等从猪圈出来，我俩身上已经满是野性的味道了，够我们相互嫌弃半宿的。

猪场主人是个50多岁的老妈妈，她对我们双手合十，连声说着感谢，又端来了牛奶和点心，虽然数九寒冬，虽然满身猪粪，但那时，我觉得心里暖暖的。

临走，她又叫喊着追上我们的小电驴，把怀里的一只狗崽塞给了我们。"这是猎狗的崽子，长大了会顶顶了不起的！"她嘴里不断说着，执意要我们收下，说啥也没用，"在长白山，哪有不养条猎狗照看院子的道理！"

这下，我们本就拮据的生活又多了一张嘴。

多吉一路叫嚷着，只能把我的那份肉分给狗子，他的不行。

我告诉他别贫了好好看路。

然后，我俩连同狗子就栽倒在路边的阳沟里。

"你干什么呀！"我抱怨着，从地上爬起来，还好咱们都穿得厚，没什么大碍。

我还想埋汰两句，却看见多吉一脸严肃地看着前面，我顺着他的视线望去，借着倒在地上的车灯，我看见结了冰的路面上，有一摊凝固的血迹。

"啊！"我喊出了声。

我们走了过去，发现那是一只死去的蜜狗子，它蜷缩着身子，保持着绝望的姿势。多吉蹲了下来，他缓缓伸出手，似乎想要抓住什么，但一阵颤抖之后，又缩了回来。

有几滴水珠落了下来，我看了看多吉，他的睫毛上结了层霜。

"走吧！"多吉站起来的姿势很沉默，像一个摇摇欲坠的不倒翁。

"等等！"我抓住多吉的胳膊，示意他别动。不一会儿，四周传来细微的声音，"吱吱"，像幼鼠的呼唤声，我们屏住呼吸四下寻找，终于在路边的草丛里，发现了两只蜜狗子幼崽，看上去刚刚睁开眼睛不久，正惊恐地瞪着我们。

多吉顾不得它们的挣扎，解开防风衣，把它们塞进怀里。

"快上车！"

我们连夜骑行了80公里，于深夜叩开了野生动物救助站的大门，望着在工作人员怀里喝着奶的小蜜狗崽子，一路无言的多吉终于露出了点点笑容。

"咱哥儿俩整两盅？"多吉难得地说。

两杯啤酒下肚，胸膛顿时暖了起来，我奔波了整晚快要僵掉的四肢终于又有了知觉。

我跟多吉打趣说："看不出啊，你个糙汉子挺多愁善感！"

多吉笑了："你太不了解我了，你知道我为什么来当这个猪倌儿吗？"

他接着纠正道："不对！是兽医志愿者！"

"现在这长白山下的养猪户，十有八九，从前都是猎户！后来政府封了山，他们才都改了行！"

我暗暗吃了一惊，原来是这样，多亏政策好，我才能够遇到小鸣！

"可是呢！叫猎户们放下枪容易，叫他们改行难啊！那些猎户，祖祖辈辈都靠打猎为生，你不为他们指条路，悉心引导，他们还是只能向大山索取……所以，你现在明白了吗？"

我眼里这个发了福的多吉，此刻突然变得高大起来。

我揉了揉有些许醉意的眼睛，原来是多吉站起来了，他背对着我，挡住了半边灯光。

"你看，在长白山，人、动物、树还有山，所有的命运都是相连的，在长白山啊，生活很不容易呢！"

七

春节过后没多久，气温便开始回暖了，每天看着天气预报跟竹子拔节似的涨，没几日，我甚至听到了小河里叮咚响的水声。

我惊讶于在大东北，冰雪消融得比城市更早，正当我预备把冬衣收起来时，倒春寒来了，气温瞬间倒回零下几十摄氏度，比之前更冷。

多吉说，那不叫春寒，春寒是暖十多天冷个几天，这里是冷个把月暖个几天，能一样吗？

我听了多吉的话，默默给自己又加了一件衣裳。

长白山啊，还真是喜怒无常。

我又有好多天没看见小鸣了，只是这次我的焦虑少了好多，它是野生动物，它属于大自然，我爱它，所以必须接受它。放下那些自以为是的控制，去感受、去接纳，我夜里不再失眠了，我想我那时是真的从城市里走出来了。

春寒的间隙里小鸣来过一次，我从雪地上的浅坑里发现了它来过的证据，那里有一大把浅色的毛。

多吉告诉我，做好准备，把眉头展开，没事就多搓搓手。

"什么意思？"我问。

多吉笑嘻嘻地说："狍子拔自己屁股上的白毛，是为了分娩做准备，恭喜你要当姥爷了。"

那天我拉着多吉又喝了两盅。

直到三月末，气温终于开始稳定，大地慢慢褪去冬装，我的菜园子又可以种菜了！我种下了不怕冷的茄子、番茄、香菜和春豆角，也时常能够看到小鸣了，不过它似乎变得有些谨慎，总是远远地看着我，我知道那是将要成为母亲的本能在驱使着它，于是我也默默地遥望，从不靠近打扰。

褪去冬天的厚毛，小鸣的肚子大得更明显了，在那里，正孕育着一个可爱的小生命，一想到这些，有一种比早春的太阳更加温暖的东西在我的心里流淌着。生命啊，大自然啊，感谢你们如此神奇！

四月的一天傍晚，我拔完田里的杂草，正准备回去，一回头，看见小鸣突然站在我身后。我吓了一跳，刚想责备两句，突然发现它的神情很不正常，仔细一瞧，它浑身瑟瑟发抖，有一些透明的液体顺着它的后腿淌到地上。凭我这几个月跟着多吉出诊的经验，我知道坏了！

我安抚着小鸣，让它在这里等我，然后用最快的速度往家跑，多吉被我拽过来的时候一路骂骂咧咧，抱怨着他晚上要去劁猪，整整16头啊，够炒好几盘菜了！我跟他说小鸣难产了，多吉这才闭上嘴，不一会儿就跑到了我前头。

我们赶到菜地的时候，小鸣已经站不起来了，它趴在刨出来的坑里，呦呦地叫着，多吉摸着它的脑袋："闺女，等着，你大舅这就来帮你！"

话说完了，多吉却迟迟下不了手。

我在一旁急得像峨眉山的猴子，龇牙咧嘴地求多吉快想想办法，多吉额头上的冷汗一直冒："阿朗，你说狍子的产道和猪的会不会差不多?"

事到如今，已经不是考虑这些的时候了！多吉最终戴上乳胶手套，颤抖着伸出了手。"初极狭，才通人。斗折蛇行，犬牙差互，不可知其源。复行数十步，豁然开朗……"后来多吉是这样跟我形容的。在我看来，他哭丧着脸，就跟小时候去捡滑进便池的肥皂似的，一阵左突突右突突，然后就把小狍子给揪出来了。

"呦呦!"小狍子轻轻地叫着，我们就跟跑完了马拉松似的，如释重负地躺倒在初春的菜地里，满脸都是藏不住的笑容。那时天已经黑了，漫天的星斗眨呀眨呀，可好看了。

"阿朗，生命很有意思，对不对?"多吉朝我侧过脸来，我重重地点点头。

多吉又淡淡地说:"所以，请不要再轻易地放弃了。"

我沉默了，拼命地睁着眼睛望着天上的星星。

突然，我的手上传来一些冰凉的触感，我转过头，发现是小鸣，它已经恢复了精神，正低着头舔我的手腕，那里原本刺眼的那道疤痕，仿佛如同融化的雪一般消融。一整条银河亮堂了起来。

那时，我的心，也悄然融化在灿烂的夜空里。

八

小鸣把它的孩子留在了菜地里。

小狍子平时一动不动，像个委屈巴巴的小尿蛋，淹没在豆子叶的中间，我给它取了个名字，叫豆芽。

多吉说，长白山的狍子是这种习性，它们会把小狍子藏在自认为最安全的地方，然后跑得远远的，把危险都带走。

我既开心又担忧，开心的是小鸣把我的菜地当成最安全的地方，担忧的是它会去更远更危险的地方谋生，只为了把安全留给孩子。

一早一晚，小鸣会回来给豆芽喂两次奶，它跑回山上的时候，会汪汪地狂叫，大概是想把那些虎视眈眈的猎手都吸引走吧！

每到这时，我的心都会抽紧。我只好告诉自己，在我来之前，小鸣也是这样生活的，所以没事的。

豆芽长得很快，半个月就冲了一头，好在我的豆子叶长得更快，我给拉了架子，依然足够豆芽在里面藏好。渐渐地，豆芽偶尔会蹿出来活动活动，大概是因为我看着它出生的缘故，豆芽比小鸣更加亲近我，仿佛天然没有隔阂。趁着它在我身上撒娇，我揪过它的嘴巴仔细瞧，不错，已经长出来几颗牙了。小鸣回来的频率也明显变少了，大概是觉得豆芽已经可以吃草了吧！

可是豆芽明显有些妈宝的特质，宁愿饿得呦呦叫，也不愿扭头吃几片豆子叶。多吉说，这是常有的事，也许小鸣的母性不强。我觉得不会，明明是那么努力才生下来的孩子，谁会舍得呢？我觉得小鸣一定有别的原因。

但无论如何，喂饱不愿吃草的豆芽才是当务之急。在多吉的帮助下，我找附近的养殖户要来了一些羊奶，听说我要喂小狍子，又贴心地拿来喂小羊和小猪的奶瓶子送给我，直到那一刻，我终于明白多吉是对的，原来善意是会传递的，长白山的人、动物、树还有山，都是相连的。

倚坐在群山脚下，我一手拿着奶瓶，一手按着豆芽的脑袋。

没办法，我要不按着它，这小家伙估计已经蹬到我的鼻子上了。豆芽急得嗫我的手指，小舌头冰冰凉凉的……"唉！不许用牙咬！"我赶紧把奶瓶塞进小狍子的嘴巴里，它仰着头，跟喝嗨了的多吉一样"吨吨吨"就下去了，也跟喝嗨了的多吉一样，自己喝一半儿，洒出来让天跟地喝另一半儿。我算了一下，从昨天到现在，大概28小时没喝上奶了，瞧把孩子饿的。

这确实不太寻常，但那时，我光顾着给豆芽喂奶了。

豆芽吃得太香了，一旁的小旋风都看得流下口水来。忘了说了，小旋风就是那只老妈妈一定要送给我们的狗，它俩年纪一般，青梅竹马、两小无猜，从第一次见面，关系就铁得不得了，小旋风是一只栗子色的小猎犬，和豆芽一个色系，它俩打闹在一起，我经常分不清谁在咬谁。

看着吃饱喝足的它们在菜地里嬉戏，我突然有些感慨，这可是一只猎犬和一只狍子在一起玩耍啊！如果没有多吉帮助猎户们变成养殖户，这将是永远不可能出现的场景。大自然有它自己的法则，但是多亏了多吉，这条法则变得更加温情。我们人类，仍有可以尽力的地方。

"哇！哇！"刚站起身，乌鸦叫声又传到我耳朵里。从早上到现在，周围就一直有乌鸦在盘旋，我挥舞着手臂，想赶走这倒霉的鸟儿。突然，我意识到了什么，乌鸦是食腐动物，它们大量出现，绝对不会是凑巧的。

莫名地，有一丝不安划过心口。我急忙跟着乌鸦的叫声走去，越过山林，蹚过戈壁，终于在一条山溪前发现了源头。河滩上已经聚集了好几十只乌鸦，我走过去，鸦群散开，露出底下一具尸骸。

彼时那具尸骸已经露出了不少白骨，但我还是从那只歪鼻子辨别出来，那是小鸣。一时间，我感到天旋地转，初春寒彻的河水，沿着碎石爬上我的膝盖，缠绕我的腰间，灌进我的胸口。我心窝窝里所有的温度都被抽走了。我一屁股跌坐下来，丧失了五感。

多吉沿着河找到我时，天已经黑了。残月挂在天上，照不清我的泪痕。

"嘿嘿！喂喂！"多吉用电筒晃着我的脸，他扒拉我的眼皮，说看看我的魂儿丢了没。

我推开他的手，无力地指了指地上。我扭过头，已经不忍再朝那里看了。

多吉没有说话，只是用他粗大的手拍了拍我的肩膀。

"我再给你五秒钟！"他说。

"什么？"

"五、二、一！起！"多吉说着，双手越过我的胸口，用海姆立克急救法的姿势把我抱了起来。

"阿朗，你看看，看看这长白山！"他大声朝我喊着，"这是残酷且温柔的长白山啊！"

"对不起多吉，我真的、真的坚持不住了！"委屈、不解、痛苦像决了堤的洪水，在我的脸上肆意流淌，它们在夜里奔涌着，仿佛随时要掀起巨浪将我灭顶。"让我也跟它去另一个世界吧！"我痛苦地喊叫着。

"瞧你这点出息！生命永远会找到出路，你看！"

他勒住我的胸口，把我掉转了方向，泪眼中，我看见两个黑点在河滩上跳跃。我的眼睛突然睁大，微弱的月光下，是小旋风和豆芽正朝我亲昵地奔过来……

山林的夜静悄悄，只有呦呦鹿鸣挂在月牙上。

九

"小鸣，你放心吧，豆芽的好兄弟，小旋风可是条好狗呢！等它长大，长成威风凛凛的猎犬，山里所有的猎手都怕他！有小旋风在，豆芽会好好的！"

"豆芽啊，它也会生小狍子的，还会有黄瓜、香菜、土豆、秋葵……咱们的狍子家族会兴旺起来的！"

我的眼里闪着泪花，但嘴角笑着。快乐、悲伤，都是生命的历程。

现在我想和生命待在一起。

我给我的父母写了封信，告诉他们我就暂时不回城里复诊了，我在长白山，现在很好，它们在治愈我的伤口。

放下笔，我扭头看着准备出门的多吉。

"多吉，你们志愿者，还缺人吗？"

他怔怔地看了我五秒钟，然后露出惊喜的笑容："我们工资很少的！"

我说："管饱就行，我的、小旋风的，还有豆芽的。"

"得嘞！走您！"多吉眼见着高兴得手没处放，在油腻的工作服上来回擦拭，"去劁了这窝小猪，咱哥儿俩回来吃爆炒猪蛋！"

我微笑着摇摇头，跳上小电驴的后座。"笃笃笃"，我们一路颠簸，在苍茫的长白山中，悠然驶向远方。

（原载《人民文学》2024年第9期）

吴越，1987年生，重庆人，作家。曾获冰心儿童文学新作奖、小十月文学奖、"周庄杯"、"温泉杯"、"笔尖上的童心"陈伯吹儿童文学创作大赛奖等。已出版《国宝奇幻归家记：归兔万里》。